岩 波 文 庫
31-219-1

三島由紀夫紀行文集

佐 藤 秀 明 編

岩 波 書 店

目次

Ⅰ

Ⅱ

アポロの杯

航海日記

十二月二十五日

手続と仕事の疲労。あわただしい出帆。少量の風邪。クリスマス・ディナー。サンタクロースから贈物をもらって、クリスマス・カロルをうたう子供らしいパーティー。就寝。(船の名はプレジデント・ウィルスン、船室は一八二二号室)

十二月二十六日

隣室の日本人の友人二人は船酔で起きて来ない。一人で朝食をとる。今朝はやや時化《しけ》である。

千夜一夜物語の筆法によると、この船の生活は一行に尽きる筈《はず》である。

「それから私たちは、十四日の航海を経て、バグダッドに着きました」

それはバグダッドでも、われわれのように桑港《サンフランシスコ》でも、変りはない。船客としての航海日記はほとんど意味がない。ここには行為が欠けているから、書く価値がないのである。

船客の生活というものは抽象的なものだ。プロムネイド・デッキを初老の夫妻が、腕を組んで、衛兵のように規則正しく行ったり来たりしている。私はデッキ・チェアに寝ころんで、この単調な動物の運動を見物している。少くとも四ヶ月、私は仕事をしないでもいい。仕事をしていない時のこういう完全な休息には、太陽の下に真裸で出てゆくような、或る充実した羞恥がある。

船客たちの抽象的な生活、それは必ずしも純粋な精神生活の保障とならない。目の前の単調な散歩がその一つの証左であるが、精神生活と肉体生活が殆《ほとん》ど同様の意味をしかもたないようなそういう抽象的な生活なのである。精神生活が潑剌《はつらつ》としているためには、肉体がもっと具体的なものにつながっていなければならない。ところがここでは具体的なものに、たとえば海という自然に肉体がつながる場所とては、ただあの船酔という場所を措《お》いてはないのである。

一方「船客立入るべからず」の札の彼方《かなた》では、具体的な躍動する生活がたえず緊張して動いている。それは海という自然を指し示し、いつもその自然の機密を人間に密告しているレーダーや羅針盤をめぐる生活、さらにまた船が発明されて以来伝承されている縄をたぐったり、機関を操作したりする肉体的な力のいとなむ生活なのである。

こうした具体的な生活の営まれる場面の更に彼方から、航海のあいだ、自然はなお、鉄壁をとおして船客たちの抽象的な生活に影を投じて来る。それが船酔なのである。単なる船酔を、思考と思いちがえている知識人がいかに多いことであろう。

＊

「君は太平洋を泳いで横断できるか?」と案内書に書いてある。つづけて「わけはない。毎日本船の施設完備のプールで泳ぎたまえ」

＊

私たちの食卓のボオイは気さくな老人だ。彼はいつも口のなかで歌いながら料理を運んで来る。「コーンド・ビーフ、ツウ」……「グリーィーン・ティーイ」──時には、紅茶の袋をポットに入れるのを忘れてお湯のまま持ってくる。「チョッ、チョッ、チョッ、アイム・ソーリィー・アイヴ・フォーフォーゴットン」

この年とった鸚鵡《おうむ》は料理の名なら大抵知っている。それから沢庵《トクアン》と梅干《アメボシ》まで。

十二月二十七日

きのうにまさる時化である。日は暗く、時として雲ごしに現われて、暗澹たる光を投じる。海は昨日も今日も黒い。船尾と、彼方の波が砕ける真際とに、丁度硝子《ガラス》の切目に見られるような碧玉色が鮮やかに現われる。それだけである。私は船室へ眼鏡を忘れて来た。今プロムネイド・デッキの窓際をかすめた鳥が、鷗《かもめ》だったか、それともボオドレエルが自嘲の詩篇「信天翁《あほうどり》」だったか、見定めることができない。……船の中では税がかからないというので、今日私はカフスボタンを買った。ああ、愚劣な買物。きのうも今日も、木下杢太郎氏が紀行の中で、「味のない煙草」と罵《ののし》っているペルメルを買ってのんだ。「味のない煙草」を喫して、胃をいたわるためである。

木下杢太郎氏の紀行は、K氏の貸与によるものである。文章は甚だ美しい。殊に眺めるに美しい。

その「寂しい旅」の心境が、私の心境とあまりに隔っていることに愕《おど》いた。ゆくりなくもモンテーニュが「随想録」中の「悲しみについて」の章で、「この悲しみという情緒は私とは縁遠いものである」と書いている冒頭の数行を、対蹠的に思い起した。「智恵の悲しみ」は十九世紀人に流行したダンディズムである。ヴァレリーは地中海的晴朗のうちへこれを脱出し、ワイルドはメナルク式の哄笑のうちへ、ジイドは欲望《デジール》のうちへ、これを脱出して赴いた。今世紀の文学者はほとんどダンディズムを持っていない。芸術家が市民的な、できれば銀行家のような装いをすべきことを説いたのはマンである。

ボオドレエルは不感不動を以てダンディーの定義をした。感じやすさ、感じすぎることは、これはすべてダンディーの反対である。私は久しく自分の内部の感受性に悩んでいた。私は何度かこの感受性という病気を治そうと試みた。それには二つの方法がある。濫費して使い果たすこと。もう一つは出来うる限り倹約すること。私はこの二つの方法にかわるがわる拠った。一見反対の効用をもちながら、併用することによって効果を倍加する薬品があるものである。

感じやすさというものには、或る卑しさがある。多くの感じやすさは、自分が他人に感じるほどのことを、他人は自分に感じないという認識で軽癒する。子供のころ私は父や母が、人前で私の恥かしいことを平気で話すのをきいて、絶望した。しかしやがて世間の人がさほど思っていないことを識《し》るにおよんで安心した。

世間の人はわれわれの肉親の死を毫《ごう》も悲しまない。少くともわれわれの悲しむようには悲しまない。われわれの痛みはそれがどんなに激しくても、われわれの肉体の範囲を出ない。

感じやすさのもっている卑しさは、われわれに対する他人の感情に、物乞いをする卑しさである。自分と同じ程度の感じやすさを他人の内に想像し、想像することによって期待する卑しさである。感じやすさは往々人をシャルラタンにする。シャルラタニスムは往々感じやすさの企てた復讐である。

私はまず自分の文体から感じやすい部分を駆逐しようと試みた。感受性に腐蝕された部分を剪除《せんじょ》した。ついで私の生活に感じやすさから加えられているさまざまの剰余物、こってりとかけられたホワイト・ソースの如きものを取り去ろうと試みた。私の理想とした徳は剛毅であった。それ以外の徳は私には価値のないものに思われた。


午食《ひるしょく》のとき、卓がかしいで、皿もコップも片方へ辷《すべ》ってしまう。すこし遠いところにあるコップを支えようとして、椅子を乗り出すと、椅子が辷り出して、私は辷りながら落ちそうになった。

「どこへ行くんですか」

とボオイが笑いながらきく。

私が答える。

「サンフランシスコへ」

十二月二十八日

はじめての晴天。海は穏やかである。船長以下白服に着かえる。

亭午《ていご》、船は北緯三十度二分、東経百六十三度十三分に在る。横浜を隔ること千二百六十マイルである。

テネシーのカレッジを経てハーバード大学へ留学する坂庭君と、二世の木村君と三人でShuffleboardというデッキ・スポーツをする。興の乗るあまり、救命具をつけて集まる船客待避演習におくれる。

日没ちかくまで露天の椅子にいた。四囲に陸影を見ない。

今日すでに私は怠惰に慣れている。こういう私を見るのが私は大きらいだ。

太陽！　太陽！　完全な太陽！

私たちは夜中に仕事をする習慣をもっているので、太陽に対してほとんど飢渇と云っていい欲望をもっている。終日、日光を浴びていることの自由、仕事や来客に煩わされずに一日を日光の中にいる自由、自分のくっきりした影を終日わが傍らに侍《はべ》らせる自由、この一日サン・デッキにいて、忽《たちま》ちにして私の顔は日灼《ひや》けした。

今日の快晴と平穏とは、昨夜おそく甲板に出て、かすかにゆれている檣上《しょうじょう》の灯や、頭上のオリオンを仰いだとき、すでに予期されたものである。陸の影も、船の影も、雲の

影もたない巨大なフラスコの内部のような海。このすばらしさは、これから見るどんな未知の国のすばらしさをも凌駕《りょうが》しているように思われる。こういう時にわれわれは、えてしていちばん下らないことを思い出す。「ワイルドの回想」の一頁に、ジイドがこう書いている。「太陽を崇拝すること、ああ、それは生活を崇拝することであった」

今日はじめてプールに海水が湛《たた》えられた。外人の父子《おやこ》が嬉々として泳いでいる。私も少し泳いだ。水はまだ甚だ冷たい。水の中にいたのはわずかの間である。

私は今日、日没を見なかった。一日、太陽の面差に見惚《みと》れていたので、その老いの化粧を見ようとは思わなかった。ポルト・リッシュの「昔の男」に出てくる感じやすい少年オーギュスタンは、日没にばかり興味をもつことで、その両親の心配の種子《たね》をつくる。私もまた日没以外に太陽の存在理由をみとめようとしなかった少年時代を持っている。そういう感じやすい頑固さから今や自由であることの喜びを、私は太陽に身をさらしながら満身に感じる。

夕刻、船長コックス氏招待のカクテル・パーティーへ出る。

北米紀行

序　曲

六十ちかい小柄な痩せた女で、お納戸いろの洋服を着て、金ぶちの眼鏡をして、首にレイをかけて、プロムネイド・デッキの窓から、遠ざかりゆくホノルルの灯をみつめている。彼女はハワイまで同行して来た同郷の老いた友人たちとここで別れ、一人でロサンゼルスへかえるのである。

四十年まえ、彼女は仙台から米国加州へ移民に行った。今ではロサンゼルスに中どころのホテルを持ち、一家はその土地で栄えている。日本へかえったのは、今度で四度目である。三度目のときは二十八年前の関東大震災にぶつかって、出帆真際に、荷物をすっかり焼かれてしまった。四度目の今度の旅が、彼女にはどうしても日本の見納めだと思われるので、四十五日の旅券をさらに延期して、ほうぼうへ足をのばして、四国や九州や、そうかと思うと故郷からそう遠くない平泉や雪の松島を見た。松島は一等親しみ

のある名勝であるが、雪に包まれたこの島を見たのははじめてである。もう四十年も米国に居り、息子や姪は米国の市民権をもっているのだから、自分も帰化さしてくれてもよさそうに思う。しかし帰化の手続はなかなか捗《はかど》らない。九分九厘巧く行きそうになると、また御破算になって、はじめからやり直さなければならないのである。市民権のない者には、土地所有が許されない。彼女は自分の土地を姪の名義にしており、姪が遠い都会にいるので、税金の書類一つ出すにも、そこへ書類を送ってやって署名をしてもらう面倒を忍ばねばならない。

太平洋戦争がはじまったとき、彼女は即日抑留された一人である。そこの監房には、彼女を入れて九人の女がいて、誰もが、日本海軍が遠い真珠湾を攻撃するに留まって、米本土に攻め上って来ないことを残念がっていた。米本土上陸作戦が行われるその光景を一目見れば、彼女はよろこんで犠牲になって、自分の体が日本軍の砲弾のために粉微《こなみ》塵《じん》になってもいいと思った。彼女たちは昂奮し、死を心に決め、自分のいる監房なんぞを攻撃の場合に気にかけてもらうまい、自分の死は歴史に書かれるにちがいないとめいめいが思った。もしまた、自刃の羽目に陥ったら、みんなで首を括って死のうと相談した。監房には縄がなかったので、彼女たちは靴下をほぐして、その糸で細い縄をなった。

今では彼女はテレヴィジョンをもっている。独立して手許《てもと》を離れた息子の代りに、五歳のポメラニアンを愛している。それは寝ていろといえば、小児用ベッドの羽根蒲団にくるまっていつまでも寝ている大人しい犬である。五歳になった誕生日に、娘や嫁たちが誕生日のお祝いを贈ってよこした。その一つ身の着物を着せられた犬を抱いて、彼女は記念写真をとった。

ハワイ

一月一日

ホノルルは、未開と物質文明とのいかにも巧みな融合である。「巧みな」というのは当らないかもしれない。本来この二つは、何ら融合をさまたげられない本質をもっているのかもしれない。

動物園の前の芝生で爆竹を鳴らしてさわいでいたアロハを着た跣足《はだし》の土民の少年たちが、追いつ追われつして街路へ駈け出した。この薄汚れた悪童どもはパーキングされている無数の自動車の中の、光沢の美しい一台の新車に四方から攻め寄せて、見る見るうちに、ドアをあけてこれを占領して、窓からつき出した顔は何か大声でわめきながら、忽ち車を走らせて立去った。それは事実彼等の自動車なのである。自動車は三人に一台の比例で普及している。

水族館では目もあやな魚たちが泳いでいる。色どりあざやかな蹴球選手のようにそれがすれちがうときにもつれ合ったり、競馬の騎手のような装いをして並行して速さを競うたりしている。亀は前肢《まえあし》を翼のようにはためかせて遊弋《ゆうよく》し、海蛇は海底の岩蔭から、鋭い歯の並んだ忌わしい口をかっとひらいている。これらの熱帯魚の服装が、それからまた州花ハイビスカスや「極楽鳥」bird of paradise という花、「虹の驟雨」Rainbow Shower という花や、Ti leef, Anthuriune Alamaula (きいろい花) Plumeria, Vanda-joaquim(ワンダ・ワキームというレイにつかう花)などの花の服飾が、そのままアロハというあの人間どもの服飾なのである。風景は完全に広告画家の絵具で描かれており、一寸《ちょっと》汚れかかると忽ちペンキを塗られて新築同様に生れかわる色とりどりの家のたたずまいも、夥《おびただ》しい自動車の色も、空の色、海の色も、五セントで売っている紙筒入り氷《こおり》苺《いちご》のシロップの色も、われわれが人工的な着色だと思い込んでいる、あのライフやコリヤーの天然色広告写真のありのままの現実化なのである。ワイルドの理論を借りれば、ハワイの風光は、商業美術の発達なしには考えられない筈である。

ハワイにはわかりやすくないものは何もうけ入れられないように見えるが、ハイフェッツもメニューヒンもこの島へ来るのである。東京のようにメニューヒンを祭り上げる事大主義の歓迎をあざ笑って、二世たちは彼らを冷静に迎えたことが自慢である。ハワイでは精神の緊張がともすれば失われるので、意外に肺結核や胃腸病や精神病が多い。自動車の発達が、足を退化させ、消化を不良にする傾向を、皆が心配している。二世部隊の忠勇義烈が、こうした degeneration の危惧に対するまことに有力な反証になった。

ホノルルは何か用意周到な野趣というようなものを持っている。あらゆる観光地には、「売られた花嫁」のような野趣、いわば野趣の売笑化があるものだが、ホノルルのはそれとも幾分ちがっている。それは文明のもたらす生活的利便の、さらに先廻りをしている自信をもった、熱帯のあの偉大な自然の怠惰の威力なのである。こういう対抗手段をもたない不幸な米国本土の婦人たちが、生活の完全な電化のために生じた閑《ひま》な時間をもてあまして、来る日も来る日も、倶楽部で昼間から骨牌《カルタ》に耽って、憂鬱な表情で札を繰っている写真を、何某の雑誌で見たことがある。これに反して、物質文明の利便に追いつめられた果てにのがれてゆく先を持っているハワイは仕合せである。その先には何ものも侵すべからざる怠惰があり、何もせずにいることこそ熱帯のお家の芸であり、これこそホノルルを観光客に魅力あらしむる野趣であり、ホノルルの真の健全さの源泉であるかもしれないのに、この風土にあきたらないで多くの青年がなおアメリカ的野心にかられている。

ホノルルでの十時間のあいだ、印象の深かった景色は何かというと、それはあの広大なパリ・ロードの眺めでもない、著聞のワイキキ海岸の日没でもない、私の今乗って来た巨船が碇泊しているさまを、町の一角からながめた風景である。港の入口に沢山植えられた椰子《やし》に船腹を半ば隠されて、船は今、夏雲を背景に、自動車の行交う銀行やビルディングの整然たる街路へ、乗り入れようとしているかに思われる。この画面には、凡庸であればあるほど一層尽きない詩情があったが、見ているうちに、私はそれが一度どこかで見た風景であることを思い出した。須臾《しゆゆ》にして思い出した。それは私の船の属する会社で発行したパンフレットの、或る頁に印刷された天然色写真の図柄だったのである。

桑港《サンフランシスコ》

一月六日—八日

船が Farallon 島の傍らをすぎると、冬の朝の薄曇りの湾内に、桑港が徐々に姿を現わした。左方の山脈は雪をいただいており、船のゆくてに金門橋が模糊《もこ》として見えた。

PILOTと白書した水先案内のヨットが近づいて来て、甚だしく揺れながら、検疫官をのせたボートを下ろした。その檣間をおびただしい鷗がかすめ、ウィルスン号の残肴《ざんこう》を追って湾口深く護衛して来るこれらものほしそうな水先案内の鳥たちの、一羽一羽の愛らしい横顔を、われわれはプロムネイド・デッキの窓から、目近《まぢか》に眺めることができた。そのまっ白な紡錘形の軀と、その黄いろい嘴《くちばし》と、小さい黒い目は、大そう生真面目に見えた。鷗はときどきあわてて外見《よそみ》をする生徒のように、その身は船の方向と平行を保ちながら、われわれの見ている窓のほうへ顔だけをちらりと向けたりした。

＊

日本料理をたべさせる店があり、私の泊ったお粗末な宿のように、日本料理の献立を看板にしている日本人経営のホテルがある。ここでは日本という概念が殊のほかみじめなので、まるでわれわれは祖国の情ない記憶だけを強いられているような気持になる。顔いろのわるい刺身と、がさつな給仕と、一膳飯屋の雰囲気と、粗悪な味噌汁と、日本では下等な宿でしか使わない均一物の食器との食事である。

身をかがめて不味《まず》い味噌汁を啜《すす》っていると、私は身をかがめて日本のうす汚れた陋習《ろうしゅう》を犬のように啜っている自分を感じた。こういう陋習のかずかずには、日本にいるあいだ、私自身可成《かなり》颯爽とした反抗を試みていたつもりであったが、桑港に来て、（幸い本国の日本人たちの目にとまらない場所ではあるが）私はその「陋習」という存在に復讐され、刑罰を課せられているのである。

あらゆる民族が、その住む土地に彼らの民族的風習を持ち込むことは、恕《ゆる》すべき場合もあり、微笑に価《あたい》する場合もある。英国人はあらゆる土地に英国をもちこみ、米国人はあらゆる土地に米国をもちこむ。そうして東京の接収住宅の石灯籠を白瀝青《しろペンキ》で塗り上げたりする。殊に米国人は科学があらゆる風土の生活の非衛生や非合理を解決してくれるものと信じているし、英国人は自分たちの傲岸が、あらゆる風土にいつか銅像を建ててくれることを信じている。銅像は大ていの寒暑には耐えるものである。日本人だとて、この例には洩れない。われわれは南方や満洲でかれらと同じことをしたし、土人を鳥居のついた神社に参詣させたりしたのである。

一国民、一民族の風習は、支配者を通じて専制的に君臨する場合もあるし、被支配者を通じて屈服するかにみせて浸潤する場合もある。桑港の味噌汁は、君臨もせねば、浸潤もしない。これは一種の郷愁にすぎず、黄いろく変色した記念写真のようなものであり、中華料理のようにあらゆる外国の都会に浸潤しているのとは趣きがちがっている。

一方また米国人のように他国の米国化が即ちかれらの善意の表現であるわけにはゆかず、われわれは善意を以て（あるいは専ら栄養的見地から）あらゆる米国人に味噌汁を飲ませることに熱心にはなれないから、いきおいこの味噌汁の味は説得力を欠き、われわれ日本人の舌をも閉口させる代物になっているのである。

そればかりではない。桑港はほとんど風土を感じさせない。一地方の自然と人間の歴史とのあの永い感情的交錯を感じさせない。そういう感情的交錯がないことは、合衆国という土地が、与えられたものではなく、獲得されたことによるのであろう。合衆国の自然は、後天的なものであって、先天的なものではない。いかなる意味においてもこの国の自然が、住民にとっての宿命でないことによるのであろう。

日本人が移入して、ささやかに日本人の間だけで売られている味噌汁には、こうした意味で二重の不調和があり、二重の醜悪さがある。それは善意を欠いた消極的な小さな汚れた嘘のようなものであるのと同時に、移住した風土と調和を見出し、あるいはこれに反抗しようにも、その対象を見出すことのできない迷児になった風習であり、しかも遠い故国の風土自身が精力に乏しいところから、畸型に育ったその遺児なのである。

＊

桑港周遊の一日は、時雨《しぐれ》の往来のあわただしい一日である。止むかと思えば降る。今し自動車の前窓を大粒の雨が叩くかと思えば、人気《ひとけ》のない広大な金門公園の森の一角に、突然現われる日ざしを見たりした。

われわれは Mark-Hopkins Hotel の楼上に上って、午後の酒をすこし呑んだ。ここは桑港市を一眸《いちぼう》の下に収められるところである。

桑港湾の眺望を右方にベイ・ブリッジが、湾口に紅《くれな》いの金門橋が区切っている。きのうその金門橋をくぐった私の船は、今眼下に紺と赤の煙突を見せて憩《やす》んでいる。湾の中央に連邦刑務所の Alcatraz 島がうずくまり、その右方に、トレジャア・アイランド(宝島)と名付けられた埋立地が横たわっている。監獄島のあたりは雨らしい。

対岸はバークレイ、リッチモンドの地である。中央に加州大学の白い塔が瞭然と見える。このとき風景は、思いがけない異常な美観を呈していた。湾の中央部まで雨雲が佇《たたず》んでおり、その彼方《かなた》は日が当っているので、対岸の市街全体が、白昼でありながら、月光を浴びたようにきらめいていたのである。というよりは、それらの市街の一軒一軒が、太陽の光線をうけてはじめて光りを放つ死んだ星のように、夜の灯火も及ばない異常な白い花やかな反射光を一せいに放っていた。それはいわばかれら自身の存在以上、能力以上の光に照らされている無力な恍惚感を湛《たた》えており、われわれが日光を浴びていると気がつかないでいる自然や市街の表情、森や白壁や、岸壁や、石塀や、塔や、急坂や、教会や、住宅地の窓でさえも、おのずとうかべているかもしれない、こうした天体と全く同じ表情を、雨と晴との微妙な同時の交錯のおかげで、私はぬすみ見ることができたのである。

ゆくりなくも謡曲「船弁慶」の「波頭の謫所《たくしょ》は日晴れて見ゆ」を思い出させるこうした風光をたのしんだのち、われわれは楼上を去りがけに、湾と反対の方角の空にかかった一条の稀薄な虹を見た。

*

桑港で活動写真を二つ、「クォ・ヴァディス」と「ホフマンの物語」を見た。前者は無味乾燥な見世物である。後者はどんなに讃《ほ》めてもいい佳品である。殊に第二の挿話の「ジュリエッタの物語」は詩趣横溢している。レオニイド・マッシイヌ扮する蒼白のシュレミールは、ワイルドの「漁夫と人魚」の鞭《むち》をたずさえて森にあらわれる蒼白の貴人を髣髴《ほうふつ》とさせ、その奇聳《きしょう》にして憂鬱な黒衣は、宛然《さながら》ビアズレエ画中の人である。

一月八日―九日

羅府《ロスアンジェルス》

ハンティントン美術館は英国美術とルイ王朝仏蘭西《フランス》工芸品と英国古典文学の古文書との注目すべき蒐集を展覧している。ヘンリイ・E・ハンティントン氏が一九〇八年から一九二七年に亘る蒐集の公開せられたものである。

ロココ様式の調度で統一された窓のない仄暗《ほのぐら》い一室に、ルイ十五世時代の幾多の白粉《おしろい》筥《ばこ》や、十八世紀末から十九世紀初頭にわたる英国華冑界《かちゅうかい》の名華の肖像をえがいた、あまたのメダイヨンが陳列されている。

この一室は就中《なかんずく》、ここに佇む人をしばらく夢みさせる。白粉筥は甚だ精巧な細工を施され、その工人の手は優雅と巧緻の境を極めている。蓋《ふた》の一つ一つが檣《ほばしら》の櫛比《しっぴ》する港の光景や、戯れに矢をつがえている幼ない薔薇いろの裸のクピイドや、美しい三人の姉妹の肖像画や、古典劇を演ずる劇場の風景や、貴族の男女が緑濃い庭に嬉戯するワットオ風の画面や、狩の動物の密画などで飾られており、細かい宝石をちりばめた色あざやかな七宝や彫金の額縁がこれを囲んでいる。その蓋をあけようにも、これらの白粉筥は無粋な硝子《ガラス》の檻《おり》にとじこめられているので、手をふれることができない。しかし七宝の鮮やかな緑や庭園嬉戯図の潤いのある夕空の彩色などを見ると、これらの小筥の中、たとえば金の小さな蝶番《ちょうつがい》の内側などに、そのかみの白粉のほんの一刷毛《ひとはけ》ほどが名残をとどめていそうに思われる。硝子をへだてて移り香はわれわれに届かないが、小筥の周囲には今なお昔の佳人の薫りが漂っていそうに思われる。その人は亭午をすぎてものうげに目ざめ、昨日も今日も同じ無為の一日の装いのために、窓あかりが鳥籠の影を落す窓わきの鏡台に立ち向い、白粉筥の蓋をあけたであろう。しかしこの些《いささ》か繊巧に過ぎた白粉筥は、むしろ頽齢《たいれい》を予感している貴婦人の午後の化粧にふさわしいかもしれないのである。むしろ貴婦人はこの小筥の収める白粉の量のあまりに少ないことを嘆いたあげく、日々費される夥しい白粉を収めるためには、黒檀の大きな筥のほかにはないことを、感じだしていたのかもしれない。そうだ、これらロココ趣味のエッセンスのような白粉筥は、却って私を不吉な夢想に誘う。その形はともすると、小さな棺《ひつぎ》の形を連想させて止まないのである。

むしろわれわれの目を、生涯の最も若く最も美しい絵すがたを残しているメダイヨンの人々の上に移そう。

これはエドガア・ポオの、あのロマネスクな「楕円形の肖像画」たちである。ポオのこの作品の奇妙な芸術的効果は、作品自体が小さく完全で、冒頭の風景描写を人物の暗い背景としたその作品自身、一つの「楕円形の肖像画」たることである。この物語はかくて二重の効果をあげている。

メダイヨンはいずれも、金の、あるいは七宝の、宝石の額縁を持っている。その彩色は今もあざやかな光沢を保っている。もちろんそれらは厳密な意味での芸術品ではなく、富と権勢が工人に強いた「人工的」な美にしか過ぎないが、なまじ芸術的な気位が剔出《てきしゅつ》した醜さよりも、これらの媚態の作り出した美しさのほうが、今では残すに価値あったものとさえ思われる。

それでも大英帝国の「かがやく藤壺」を形づくったこれらの麗人たちは一人一人潑剌たる性格を帯び、多くはいたずらっぽい目付を典雅な額の下にかがやかせている。一人一人が誇らしさの表情を頬に宿していることだけが、唯一の共通点だと云っていい。というのは一人一人が、自分をこの世の最上最高の美貌だと信じていたに相違ないからだ。彼女たち、あるいはそのメダイヨンを隠し持っていたその愛人たちは、おそらく夢想もしなかったことであろう。半世紀にわたるこれらの肖像画が、一世紀後、新世界の一劃《いっかく》の閑雅な美術館の一室に、その小さな硝子の陳列棚の中に一堂に会することになろうとは！

この陳列棚の周囲を飽くことなくめぐり歩いて、その一人一人に胸を焦がした若人たちの愛恋の跡を偲び、さて、意地悪な批評家の目に立ち戻って、この競艶会の品隲《ひんしつ》を試みるほど、心たのしいことはあるまい。そうだ、品隲は困難ではない。一とおり眺めわたして、私は最高の美女と、最高の美男を難なく見出した。（青年の肖像画も十あまりある）そしてそれらが芸術的にもすぐれていることは、カタログの数少ない写真版に、その二人ながら収められていることでも推測できる。

その二人の名を思い出すことは困難である。私は今機上にあり、カタログはチッキの大鞄の中に入っている。ともかく二人とも一番美しい。一番若々しい。一番気高い。ともすると私はその名を思い出さないほうがよいのかもしれない。何故なら私の夢想は、二人の相愛を偲んで止まないが、おそらく年代をしらべると、二人の年齢は同じ若さと美しさの時期に、かれらを逢わせることがなかったかもしれない。そして万一私の夢想が真実だったとしても、その夢想の結果に思いを及ぼすのは、怖ろしいことである。二人の間に出来る子供のこと、……ああ、この両親以上の美を考えるのは怖ろしい。しかし美はその本質上不毛なものであるから、よし二人が結婚したとしても、子孫を儲けることなく終ったかもしれない。

——羅府より紐育《ニューヨーク》にむかうA・A・L機上にて

＊

大英美術館から借用出品のターナアをたくさん見る。ターナアは私をおどろかせた。水彩のスケッチは殊にいい。イタリーの劇場の印象、オセロのスケッチは殊にいい。

＊

ウィリアム・ブレークの初版本「ソングス・オブ・イノセンス」を見た。自刻の木版に水彩を施したもので、きわめて美しい。これを見たことは羅府における私の最も大きな浄福だと云っていい。

ニューヨーク

一月十日―二十日

その土地土地で、そこにふさわしい日々を送ることが、私のこの度の旅行のたのしい目論見《もくろみ》であり、野心でもあった。素速い順応と転身の想像は、その土地に着く何日も前から、旅人の心をそそって止まないものである。桑港の味噌汁が私を怒らせたのは、その逆の理由に拠る。

さて紐育で、私ははからずも、甚だ紐育的な日々を送った。つまり寧日ない日々を送ったのである。

東京における米人の友パッシン氏の紹介状が殊のほか利目《ききめ》があった。飛行場へ出迎えに来たクルーガア女史の属する団体が、紐育滞在中いろいろと私の面倒を見ることになった。

その団体は反共的社会主義者の多い団体であるが、合衆国におけるペン・クラブの力は微弱なので、パ氏はペン・クラブよりも多くの芸術家が参加しているこの団体へ私を紹介してくれたのである。氏は私について随分と法螺《ほら》を吹いてくれたらしい。そこでこの団体の歓迎ぶりは、友誼的でもあり、礼を尽くしたものでもあった。殊にクルーガア女史の親切は、親身も及ばないものだったと云っていい。

クルーガア女史は社会主義者である。三十七、八の見るからに俊敏な女性で、良人《おっと》と子供三人と或るアパートメントに住んでいる。紐育っ児で、早口で、実にてきぱきしている。それでいて情にもろくて、感情が激してくると、途端にふつうの女にかえるところなどは、日本にも決して珍らしくない型の女性である。彼女はその団体——American Commitee for Cultural Freedom というのであるが——の事務所へ毎日通っている。一日に何十という電話をかける。家へかえれば炊事をする。家事を一切切り廻す。やっと寝に就くと、今度は早く寝ていた赤ん坊が夜中に起き出して、遊んでくれとせがむ。——明日カクテル・パーティーがあるという日、彼女は奮発して、シイクな店でスウェードの靴を買う。その晩一晩、社会主義のことを忘れて、靴を買った幸福に酔う。時々彼女は自分の結婚生活を省みて、自分は二十年の歳月を良人と子供の犠牲になって無駄に費したのではないかと考えて泣く。殊に良人にブロンドの女があるのではないかと想像するときはそうである。

彼女の髪はブロンドに近い色をしている。そうかといって赤毛ではない。しかし赤毛の女を彼女は時々羨しいと思う。

私を案内して彼女は生れてはじめてエムパイヤ・ステート・ビルディングの頂上へ登った。これは私が毎月泉岳寺のすぐ近くで会合を持ちながら、一度も泉岳寺の門内へ入ったことがないのと同様である。さらに彼女はレイディオシティー・ミュージックホールへ案内して、その劇場の規模に私がびっくりするように要求する。地下室の婦人用化粧室がすばらしいから、それを私に見せたいと思うが、流石《さすが》の彼女にもそれはできない。そこで出しなに、案内係に劇場の収容人員を大声で聞く。案内係は七千人と答える。

「おお、七千人!」

彼女は一番先に模範的におどろいてみせる。近くにいたお上りさんの若者二人が、今度は彼女からそれをきいて、目を丸くする。

クルーガア女史は、ゲイシャ・ガールについてしきりとききたがる。そうしてゲイシャ・ガールを好く日本の紳士やアメリカ紳士について、何度も同じ冗談をいう。私は社交喫茶の女のことも話して、法外なチップについてこぼしたが、彼女はその何割が彼女自身の手に帰するかと質問した。私はよく知らないが七割ぐらいだろうと返事をした。七割ならいい、それならいい、と彼女は大いに我意を得た。

クルーガア女史の着物の好みは渋い。派手な色は好まない。丁度よい程度にお洒落《しゃれ》である。彼女は黒い着物を好む。それが髪の色に似合うからである。彼女は私が話すグリニッチ・ヴィレッジのボヘミアン・ライフの話をきいて、舌打ちをしながら、私はボヘミアンではない、と言った。

彼女は自分の年が、私の同伴者としては多すぎるという冗談を何度もいう。一度私が彼女の年についてひどい冗談を言ったら、大声で笑って、あとで少し泣いた。明くる日、私にこう言った。

「きのうのあれはゆるしてあげるわ。貴方《あなた》だって、本当に私がおばあさんだったら、そんな冗談は言わなかったでしょう」

「そうですとも、貴女《あなた》が若いから、僕だって平気で云ったんです」

「よろしい。ゆるしてあげる」

彼女は私を社会主義者にしようと試みる。

アメリカの社会主義者はきわめて少数である。その或る人たちはかつて共産主義者であったのが、今は社会主義者に転向している事情は日本に似ている。アメリカの社会主義はまだ英国におけるがような実績をあげていない。国有化の行われた産業は一つもない。それはまだ知的一傾向たるを脱していない。

私を社会主義者にしようとする彼女の試みは、同様になかなか功を奏しない。見送りに来た飛行場の休憩室で、彼女はまたその議論をむしかえす。そのため私は危うく飛行機に乗りおくれるところである。

私はタラップをかけのぼって、もう閉っているドアをノックして、乗せてもらった。

＊

いたるところで、マッカーサア氏をどう思うかときかれるのが毎度のことである。返事をしない先から、否定的な返事をその表情が待っている。アメリカの知識階級から彼が毛虫のように思われていることは、甚だしいものがある。はじめ私は社会主義者だけがそうなのかと思っていたが、フロリダで会った富裕な男女からも、アメリカのインテリはこぞって彼を毛ぎらいしているという証言をきいた。よほど彼の超人主義がアメリカの水に合わないのであろう。

＊

私は紐育に着いた晩のこと、メトロポリタン歌劇場で、オペラ「サロメ」と「ジャニ・スキキ」(プッチーニ作曲)を聴き、滞在中ミュージカル・プレイ「コール・ミイ・マダム」と「サウス・パシフィック」を見、コメディ「ムーン・イズ・ブルウ」を見、活動写真「羅生門」「欲望という名の電車」を見た。知識階級のあいだでは「羅生門」の評判は非常なものである。

リヒャルト・シュトラウスの「サロメ」(1)は、私の眷恋《けんれん》の歌劇である。主役を演ずるソプラノ歌手は楽天的に肥っていて、到底この役のエクセントリックな性格に適しない。しかしこの歌劇を見て、私の渇は大方癒《いや》されたと云っていい。欧洲のどこかの都市で、同じ作曲者の「エレクトラ」を見たいと思う。

その晩は慈善興行で、客は大方正装を凝らしている。オペラ座の内部は欧洲のオペラ劇場を模した金ぴかな仏壇のような装飾だが、廊下や厠《かわや》は、日本の映画館のように古くて汚ならしい。その廊下をお引きずりの貴婦人達が歩いている。幕間《まくあい》に、新聞の社交欄の写真班らしいのが、お引きずりの若い女たちを一ダースあまり階段に並べて写真を撮っている。眼鏡をとり出してそれを眺める人がある。中にはわざわざ、廊下の遠くから、オペラ・グラスで以て眺め比べている男がある。

「サロメ」の舞台装置はオペラ然とした常套的なものである。ワイルドが意図し、シュトラウスがその意を承《う》けた世紀末的な雰囲気は毫も見られない。上手《かみて》の平舞台に井戸があり、下手《しもて》は城壁をとりまく階段と、テラスの出口とで、立体的に組立てられている。劇の後半この階段に群衆が列座して、上手の平舞台のサロメの一人芝居に照応せしめられる為である。幕があくと、われわれは、不安な雲のたたずまいに隠見する月を見たが、オペラの舞台はこうなくてはならない。天井が高いので、空のひろい部分が、この劇の場合は殊に大事な要素である。数人の士卒が彳《たたず》み、下手の階段の下段に、ナラボとこれを恋している侍童がいる。シリヤの士卒の衣裳もナラボの衣裳も羅馬《ローマ》風の軍装である。ひとり侍童がシリヤ風の短衣を着ている。

シュトラウスの音楽は、神経質で無礼な音楽である。この一幕は感情のおそろしい誇張の息づかいを音楽が執拗にくりかえし、ヨカナーン斬首のあとの兇暴な抒情の展開にいたって、極点に達する。彼は二十世紀のワグネルである。ニイチェを激怒させたワグネルという蝎《さそり》の嫡子である。純然たるデカダンの徒である。私はかねて彼の交響詩「ドン・ジュアン」を甚だ愛した。そしてシュトラウスをして、トマス・マンの「ヴェネチヤ客死」を作曲せしめたいと空想した。

演出の特に記憶に残っている部分をあげて、日本でこれを上演しようとする人の参考に供したい。第一にコーラスが秩序整然として分を守り、芝居に身を入れていることである。第二に主要人物の演技は皆音楽に則《のっと》っていて、ある部分は歌舞伎に近い。誇張の限りを尽している。

エロド王の登場と共に宴の群衆が出て階段の上から下までを悉《ことごと》く占める。その後の劇の進行に際しての群衆の反応は、常識的にでもきちんと計算が行き届いている。エロディアスの脚下には、二人の侍童が寝ころんで、たえず媚《こび》を含んでふざけている。妃エロディアスの生活の淫蕩を、この二人の侍童の姿態をして間接に語らしめる。ヨカナーンの首が井戸の中からさし出されると、悉くの群衆は色を失って倒れ伏す。凝立していた群衆が塁々と倒れ伏す瞬間は劇的である。エロドすら面をそむける。ひとり妃エロディアスが微笑を含んで孔雀扇をゆらしている。この効果も劇的である。

七つのヴェールの踊りは、サロメの裸体が楽天的に肥っているので、面白くない。サロメの髪が赤毛の断髪のようなので面白くない。日本人の考えでいうと、ここのサロメは髪をふり乱していなくてはならないのである。

（1） 指揮者　フリッツ・ライナア、舞台装置　ドナルド・エンスレーガア、エロド（テノール）：セット・スヴァンホルム、エロディアス（メゾ・ソプラノ）：エリザベス・ヘンゲン（初舞台）、サロメ（ソプラノ）：リュバ・ウェリッチ、ヨカナーン（バリトーン）：ハンス・ホタア、ナラボ（テノール）：ブライアン・サリヴァン

＊

ミュージカル・プレイというのは、日本でもいろいろと評判をきいていた。見てみると、「大衆化されたオペラ」である。オペレッタともちがうところは、「南太平洋」のように真面目な主題をも扱いうるところである。

「南太平洋」(1)の音楽は、評判だけのことがある。「バリ・ハイ」の如きはいかにも耳に

快い。しかし私の見たのは、すでにオリジナル・キャストではない。主要人物に扮する俳優がどれも魅力が薄い。それから話の筋立に辛子が利いていない。いかに戦争中の話とはいえ、出てくる人間が野暮に見えて仕方がない。

「コール・ミイ・マダム(2)」のほうは、音楽はさほどではない。しかし主役のエセル・マーマンが実に結構な個性の持主である。日本でいえば笠置シヅ子に近いが、この役は笠置にはこなせまい。合衆国でただ一人の女の公使が、リュクセンブルグへ派遣されている。それをもじってリヒテンブルグという国と合衆国ワシントンとの間を物語が往復する。政治諷刺がうまくこなされていて、アチソンやチャーチルや、終幕にはトルーマンと瓜二つに扮装した俳優まで登場する。夜会の場で、女公使がトルーマンからの電話に、「ハロー、ハリー」と心安立てな返事をして客を笑わせる。この公使は怖いもの知らずで、無軌道で、いつも暗記している同じ文句の無味乾燥なスピーチをやってのけて、全然因習にとらわれず、非外交的で、時に初老の博士との恋にあっては甚だ初心《うぶ》である。エセル・マーマンは舞台の「アニーよ銃をとれ」のタイトル・ロールをも演じた人の由である。

装置は「南太平洋」もこれも大して金がかかっているように思われない。場合によっては日本の大劇場の装置のほうがよほど立派である。衣裳も概して在《あ》り来《きた》りのものである。ただこれだけ長い興行をやっていながら、端役の衣裳まで仕立卸しに見えることは、それだけ見えない費《つい》えがかかっているからにちがいない。一つ特筆大書しておきたいことは、拡声器を一切使わないことである。しかし日本のように毎日二回も歌うのでは、咽喉《のど》をいたわるために、拡声器が必要なのかもしれない。

（1）ジェイムス・ミッチナアのピュリッツア賞受賞小説「南太平洋物語」に拠るミュージカル・プレイ。脚色　オスカァ・ハムマスタイン、作曲　リチャード・ロジャース、ネリイ・フォーブッシュ海軍少尉：マーサ・ライト、エミール・ド・ベック：ロジャー・リコ〈マジェスティック劇場〉

（2）作曲並びに脚色　アーヴィング・バーリン、演出　ジョージ・アボット、サリー・アダムス夫人：エセル・マーマン、コスモ・コンスタンチン：ポール・ルカス〈帝国《イムペリアル》劇場〉

＊

コメディ「ムーン・イズ・ブルウ」[1]はライト・コメディである。日本でもいつぞや上演された「ヴォイス・オヴ・タトル」と同系列のものである。米国風なブウルヴァール演劇と謂《い》ったらよい。

序幕がエムパイヤ・ステート・ビル頂上の見晴し台で、終景がまたここで、二人が出会って、めでたしになる。間の三景が青年のアパートメントで、お定まりのいざこざがある。気の利いた会話だけでもたせる一種の情緒劇である。登場人物は、青年と娘と青年の女友達の父親と娘の父親とわずか四人である。娘の父親は端役なので、本当のところここまでは三人である。いきおい軽い会話のやりとりが大切な要素になる。

序幕から次のアパートメントに移る転換の早さにはおどろいたが、あとで人に案内されて舞台裏へ行ってみると、仕掛には愕《おどろ》くべきものはなかった。展望台と背景を飛ばして、部屋の道具を押し出すだけのことである。アパートメントの道具は、色彩が茶と灰色と緑で統一された趣味のいいもので、精巧にがっちりと出来ている。演出家は、「高度に様式化された装置だ」と私に語ったが、日本で費用節約のためのおどろくべき様式化を見慣れている私には、どこが様式化なのかわからなかった。
主役は、モルナアルの「お人よしの仙女」の主役を髣髴とさせる、どこまで人がいいのか悪いのか、純情なのかあばずれなのかわからない、しかし見かけだけは至極可憐な娘である。彼女はたえず喋っており、たえず人を当惑させるような質問を発する。この役を演ずる女優がなかなかよいが、楽屋で一寸話した様子では、本当のあばずれのようであった。

（1）作　ヒュー・ハーバート、パティー・オネイル：バーバラ・ベル・ゲヅス、ドナルド・グレハム：バリイ・ネルソン、ダヴィッド・スレイタア：ドナルド・クック

〈ヘンリー・ミラー劇場〉

＊

「ミュージアム・オブ・モダン・アート」を見物にゆく。美術批評家スウィニイ氏が連れ立って行ってくれる。ここで私は合衆国の画家の作品で、心を動かしてくれるものに会いたいと思った。果して私の心を動かしてくれたものがある。ほんの二、三点ではあるが、水彩画家のDemuth（デムース）である。

この美術館では毎週古物の活動写真を見せる。今週はヴァレンチノの「黙示録の四騎士」をやっていた。私は見なかった。

ここにはピカソの「ゲルニカ」がある。白と黒と灰色と鼠がかった緑ぐらいが、ゲルニカ画中で私の記憶している色である。色彩はこれほど淡白であり、画面の印象はむしろ古典的である。静的である。何ら直接の血なまぐささは感じられない。画材はもちろん阿鼻叫喚そのものだが、とらえられた苦悶の瞬間は甚だ静粛である。希臘《ギリシャ》彫刻の「ニオベの娘」は、背中に神の矢をうけながら、その表情は甚だ静かで、湖のような苦悶の節度をたたえて、見る人の心を動かすことが却って大である。ピカソは同じ効果を狙ったのであろうか？

「ゲルニカ」の静けさは同じものではない。ここでは表情自体はあらわで、苦痛の歪《ゆが》みは極度に達している。その苦痛の総和が静けさを生み出しているのである。「ゲルニカ」は苦痛の詩というよりは、苦痛の不可能の領域がその画面の詩を生み出している。一定量以上の苦痛が表現不可能のものであること、どんな表情の最大限の歪みも、どんな阿鼻叫喚も、どんな訴えも、どんな涙も、どんな狂的な笑いも、その苦痛を表現するに足りないこと、人間の能力には限りがあるのに、苦痛の能力ばかりは限りもしらないものに思われること、……こういう苦痛の不可能な領域、つまり感覚や感情の表現としての苦痛の不可能な領域にひろがっている苦痛の静けさが「ゲルニカ」の静けさなのである。この領域にむかって、画面のあらゆる種類の苦痛は、その最大限の表現を試みている。その苦痛の触手を伸ばしている。しかし一つとして苦痛の高みにまで達していない。一人一人の苦痛は失敗している。少くとも失敗を予感している。その失敗の瞬間をピカソは悉《ことごと》くとらえ、集大成し、あのような静けさに達したものらしい。

デムースの水彩画は、前にも言ったようにほんの二、三点である。デムースは五十そこそこで死んだ今世紀前半の画人である。私はここで、自転車競走の絵と、階段のコムポジションを見、さらにメトロポリタン・ミュージアムでの5の字を大書した商店の飾窓のコムポジションを見た。いずれも不吉な感じのする絵で、好んで使う朱と橙色《だいだいいろ》がこの感じを強めている。

ほんの小幅だが、私には自転車競走の絵が一等気に入った。選手のジャケツの色が非常に鮮明で明るくて、それでいて不吉なのである。

＊

黒人部落《ハレム》の酒場――午前零時半から三時まで

白人は二、三を数えるにすぎない。しかも酒場は立錐の余地もない。その周囲に客がひしめいている円形のスタンドの内側には、漆黒の巨人が立っている。彼がこの酒場の主である。たえず野次を投げられてやり返したり、時には怒声を発したり、かと思うと白い歯を露《あら》わして愛嬌をふりまいたりしている。スタンドの檻《おり》がなかったら、この漆黒の獅子は人を嚙みそうに思われる。

私は白人の友、コロンビア大学のB君と一緒に行った。彼は物馴れていた。ついさっき巴里《パリ》からかえったという黒人の老優と、私は彼の仲立ですこし話した。老優がわれわれに酒を奢《おご》った。そしてわれわれ二人が黒い娼婦にからかわれるのを見て愉快そうに笑った。

黒人の娼婦は、われわれの間に割って入って、B君の頭を撫ぜ、私の咽喉を撫ぜた。年端のゆかない少女で、にせものの宝石をたんとぶらさげている。毛皮の襟のついた外套を着て、大きな金の留金の手提を携えている。

われわれはまた黒人のレスビアンの人目もなげな戯れを見た。

またこの喧騒をつんざいて、われわれの耳に抒情的な歌声がひびいてきた。黒人の給仕と女給仕が、ピアノにあわせて、古い恋唄をうたうのである。

客の喧騒はやまないので、主人が制止の声をかける。その声が大きいので、喧騒は倍加される。そのために却って、抒情的な節の哀切さが増すのである。われわれのいた二時間あまりのあいだ、思い出したように歌われるこの恋唄を四、五曲ほど聴くことができた。女も男も、その声ははなはだ美《よ》かった。

醜い白人の中年女が、その歌に合わせてときどき口吟《くちずさ》んだ。彼女はしたたかに酔っていた。酒を浴びて、汚れた金髪がところどころ濡《ぬ》れていた。

ハレムのバアはこのように面白い。しかし情趣を求めるのはまちがっている。ここにあるのは、悪徳の情趣ではなくて、悪徳の健康な精髄の如きものである。いかがわしい人々を支配しているのはむしろ常識である。われわれはここでもきわめて常識的な殺人にしか会わないだろう。

黒人たちはもう匂わない。ここには船の三等船室のような匂いもない。ある黒人たちの趣味はいい。銀座の伊達《だて》者のほうが、時にはよほど悪趣味である。ここのバアには、娼婦も女衒《ぜげん》も水夫も紳士も俳優も運動選手も学生もジゴロもお尋ね者も一緒くたになって呑んでいる。立ったまま、肱《ひじ》もぶつかるほどに混み合って、呑んでいる。黒人たちの表情は、わが家にいる落着きで、くつろいでいる。そして自分たちの皮膚の黒さが白人の心に投影するあのふしぎなもの、醜さや罪悪や悖徳《はいとく》や無智の印象の或る輝やかしい精髄が、自分たちにそなわっていることを感じて、心ひそかに満足している。かれらはそれを、嘗《かつ》て太陽から得たのである。

＊

紐育の印象――

などというものはありえない。一言にして言えば、五百年後の東京のようなものであろう。今の東京と似ているところもいくらかある。ここでも画壇の人たちは朝から晩まで巴里に憧れて暮している。

フロリダ

一月二十一日―二十四日

マイアミの飛行場で待合わせて、私はフライシュマン氏と共に、フロリダ・ネイプルスの氏の別荘へ行く道すがら、百二十哩《マイル》の自動車道のかたわらに、たえず心をたのしませる鳥類の生態を見た。

道路に沿うて川があり叢林がある。禁猟区なので鷺《さぎ》や五位鷺や野鴨や、時には鶴の群棲を見るのである。翼をひろげて低く飛ぶ鷺の姿はいかにも美しい。

インデアン部落があって、そこで車を停めて二十五仙《セント》を払って見物する。家はおおむね日本の農家から、壁と床と畳を除いて、屋根だけを残したようなものである。無愛想な若いインデアンが、その家の前でコカコーラを売っている。雨季このあたりに水が充ちると、かれらは飛行機のエンジンの廃物をつけた危険な小舟で往来する由である。

＊

フロリダ・ネイプルス沖のキング・フィッシュ漁――

――ジュリアス・フライシュマン氏は、フライシュマン・ウィスキーの社長である。芸術愛好家で、ブロードウェイの芝居に出資する。例の committee に出資する。出版事業に出資する。ネイプルスには別荘と植物園のほかに、十人の客を泊めうる贅沢なボートを持っている。それに乗って沖へ釣に出かけるのである。その朝フライシュマン氏は、ほかに客を招《よ》ばなかった。私と氏と、老船長と若い助手の船員と、乗組員は四人だけである。

ネイプルス海岸は多くの潟《かた》を抱いている。潟は屈折して、小島や洲《す》をところどころに露出している。潟の両岸も小島もほとんど同じ背丈で連なっている。つまりマングローヴの灌木林が、いたるところを覆うているのである。

マングローヴの緑は柔かで美しい。その叢林は、一切ほかの植物をまじえない。単調で、秘密にみちた、静かな音楽のような叢林である。というのは、船がそのかたわらをすぎるにつれ、ところまだらな日かげが叢林のなかにこぼれている無人の境を垣間見ることができるのだが、そこにはいかにも人や生物が棲《す》む代りに、意味をもたない音楽が棲んでいるように思われるのである。水のほとりの部分には、それらマングローヴが静かに水中に垂れている夥しい枝根が見られる。

洲にもまた二、三の孤独なマングローヴを見ることができる。そのかたわらに人がいて牡蠣《かき》をとっている。やや行くと、水域はせばまって、海へひろがる部分が屈折しているので、マングローヴ林間の倦怠にみちた河を遡《さかのぼ》りつつあるように思われた。私はポオのアルンハイムの庭園、ランダアの地所を想起した。

私は潟の水の色について書き落した。それは濁った泥の色で、叢林の柔かい緑とふしぎな対照を示している。

ボートは機関の音をひびかせて、永い広大な水尾《みお》を引いた。

潟はやがて尽き、われわれの船はほとんど屈折をもたない海岸線を離れて一直線に沖へむかった。

沖へ出ると、その一劃《いっかく》は港のような雑沓であった。われわれの船がいちばん大きいが、大小さまざまのモータア・ボートが散らばっている。このあたりが、キング・フィッシュの漁場なのである。

船尾の二つの椅子に、フライシュマン氏と私は坐って、船の水尾の両側にめいめいの釣糸を垂れた。船は同じ速さで進んでゆく。二十分も待つと私の釣糸が痙攣《けいれん》した。若い船員は操舵室へむかって「フィッシュ！」と叫ぶ。これに応じて船長が速度を落す。私は釣糸を繰るハンドルをしきりに廻した。

私は釣の経験をもたないが、釣の面白味がこの瞬間だけに在ることは想像がついていた。獲得の一歩手前、九分どおりの確実な希望、逃がすかもしれないという一分の危惧、手ごたえで測る魚の大きさ、あるいは目ざす魚でなくて下らない獲物かもしれないという危惧、……こういう快楽は、人間の発明した大抵の快楽の法則を網羅している。思うに快楽というものは、欲望をできるだけ純粋に昂揚させ、その欲望の質を純化して、対象との関わりを最小限に止《とど》めしめるものでなければならない。純化されない欲望は対象にこだわるから、どんな対象もその欲望を満足させず、従って欲望は真摯になって快楽から遠ざかる。快楽の対象は、それが得られる前には欲望を昂揚するために十分であり、しかも得られたあとは、欲するものが得られてしまったという絶望を惹起しないために、出来るだけ以前の欲望を思い出させないような、些細な客観的価値をもっていなければならぬ。その価値はしかし主観的には伸縮自在でなければならぬ。虚無あるいは理想は、主観的な価値をしかもっていないから、おそらく快楽の対象として最適のものである。海の中から私の釣糸を引いているものは、実はまだこの瞬間には魚ではない。釣の主要な点はここにあるので、魚を引上げるまでのあいだ、暫時われわれは魚ならぬものと格闘し、それがわれわれの獲得に帰した瞬間、それは魚になる。つまり値があるにしろ、われわれの払った費用や労力とは比べものにならない、些細な客観的価値をしか持たないものになるのである。

……さて今私の糸を引いているものは、これはまだ魚ではない。それは甚だしく観念的な力が、物理的な力を装うているのにすぎない。ハンドルをまわすには幾ばくの筋力を要するが、一個の明確な観念を脳裡から釣り出すためにも、精神は多少の筋力をいつも貯えていなくてはならない。徐々に魚の姿が、水の表面ちかくにあらわれた。その銀いろの背は船を追って疾走してくるかのようである。

最後の小ぜり合い、……宙に釣り上げられた鱗《うろこ》の反射が躍動して私の目を射た。船員の介添で一米《メートル》ばかりの丈のこの最初の獲物は、船尾のブリキ張りの櫃《ひつ》に収められた。

キング・フィッシュは鯖《さば》に似た猛々《たけだけ》しい銀いろの大魚である。背鰭《せびれ》は鋸《のこぎり》状に尖《とが》り、その筋肉は見るからに固く締っている。銀箔《ぎんぱく》のような薄い皮膚は、この魚をほとんど裸体に見せる。櫃のなかで跳ねまわる音は、まるでブリキ箱の中で金槌《かなづち》があばれていると謂った感じである。頭蓋骨を打ち砕かれ、顎《あご》を裂かれた彼は、口から血を流しながら、まだ自分の死を信じない。彼はひどく苦しんでいる。そしてこの苦痛が、魚なんぞには不似合なものであることを、誰かが教えてやらなくてはならない……。

その晩のカクテル・パーティーで、気のいいフライシュマン氏は、私の勲功を皆に誇ってくれた。私は生れてはじめて釣に出て五疋のキング・フィッシュと、一疋の魴鮄《ほうぼう》を得たのである。

席上一人の夫人の口から、私は beginning's luck という重宝な英語を教わった。

San Juan《サン・フワン》

一月二十五日

マイアミを午後四時半に発った飛行機は、九時ごろプエルト・リコの首府サン・フワンに着いた。ここは現米国領土の内、コロムブスが足跡を印した唯一の地である。そのIのち Ponce de Leon が拓植に力《つと》め、今なお西班牙《スペイン》植民地時代の建築と、近代亜米利加《アメリカ》建築との奇妙な混淆で目をたのしませる町である。

翌朝のリオ・デ・ジャネイロ行を待つために、私は機上知り合った米人の紹介で、ホテル・パレスという安宿に泊った。その宿は街衢《がいく》の只中に在って、空港を隔ること二哩である。

部屋へ導かれた私は、白い四角い蚊帳《かや》に包まれている二台のベッドを見出した。避病院の一室のような殺風景で不安な部屋である。私は風呂に入ろうと思って、まる裸になって、浴槽の湯の出るべき栓をひらいた。出てくる水が、いつまで待っても、熱くなろうとしない。私は風呂へ入ることを断念して、シャワーを浴びた。米本国では、どんな安宿でもありえないことである。紐育の一等安いフラットは湯が出ないので、コールド・ウォータア・フラットと戯れに呼ばれるそうだが、グリニッチ・ヴィレッジの、天井が傾いて、ドアが矩形《くけい》に歪んでいるフラットでも、湯にだけは不自由をしていない。

私はまた着物を着て、街へ散歩に出た。十一時前だというのに、すでに街路は閴《げき》としている。大方の店は閉ざしている。夜の早い町である。街角に人が佇んでいる。傍を通ると、プエルト・リカン特有の鋭い暗い目付でこちらを見る。又別の街角には、身振はまだ少年の名残があるのが、一様に口髭《くちひげ》を生やしたプエルト・リカンの若者たちが屯《たむろ》して談笑している。かれらは涼んでいるのであるらしい。小公園の前へ出る。先刻の雨に濡れているベンチには人影がない。

映画館の前をとおる。それもすでに閉っている。看板の電気広告がすでに灯を消して白々と見える。

……MUSICA……

……AMOR……

……APASIONADO……

私は突然、明日南米へ自分の身が運ばれることを思って胸のときめきを感じた。日本を発ってはじめて感じる旅のときめきと謂っていい。

私は只一軒あけている汚いキャフェテリヤを見出して、わざと名物のラムは呑まずに、この土地の人の注文に倣ってVAT六十九のウィスキー・ソオダを呑んだ。脚下には紙屑が散らばっている。人々は声高に笑っている。そのさわがしさは、もしハレムの酒場ほどに混んでいたら、あれにおさおさ劣るまいと思われるほどである。私の隣りでは中年のプエルト・リカンが、たえず大声で独り言を喋っている。それをきいていると駃舌《げきぜつ》という言葉の適切なことを思わずにいられない。畳句のように、彼は何度も「プエルト・リコ」という言葉をはさむ。私に理解できるのはその一語だけである。従って私には彼がプエルト・リコの悪口を言っているのか、讃辞をならべているのか、そのへんがわからない。しかし常連やバアテンダアが微笑して彼を見ているところを見ると、日本の右翼がかった酔客が、二、三分ごとに「日本」「日本」とくりかえして管を巻くのとはちがっているらしい。私はウェイトレスの髪の黒い、琥珀いろの肌をした、つぶらな目の少女を見た。働きながら、彼女はたえず何かを喰べたり呑んだりしていた。そしてときどきつんとした生意気な表情をした。それが莫迦《ばか》に美しく見えた。

宿へかえって、窓のフレンチドアをひらくと、アラベスクの古い鉄の欄干が露台の代りをしているのを見出した。眠っている家々の窓には西班牙風の露台があった。建物はみな古かった。一軒の二階の露台は、丁度街灯に下から照らされているので、欄干の影が壁に美しい唐草を描いていた。

ここは海が近い。海の音かと思うと、驟雨《しゅうう》が来たのである。向うの銀行の時計台の青いネオン・サインがおぼろげにみえるBANCO POPULAR。そのバンコのNとOが灯っていない。

雨は欄干に当って容赦なく室内へ飛沫《しぶき》を散らした。暖雨である。銀行の時計台がこのとき十二点鐘をおもむろに鳴らした。

＊

あかつきに私はサン・フワンを発った。雨であった。飛行機が雲上に出ると、私ははじめて雲間《くもま》をつんざいて昇る太陽の光に遭った。

――機上にて――

南米紀行——ブラジル

リオ——転身——幼年時代の再現

一月二十七日—二月四日

一月廿七日午前一時すぎである。

深夜コンステレーション機は、リオの上空にさしかかった。リオ・デ・ジャネイロの夥《おびただ》しい灯が眼下に展開した。黒大理石の卓に置かれた頸飾《くびかざり》のように、シュガア・ローフ(Sugar-loaf)峰をめぐる海岸線の灯火が見える。私はこの形容の凡庸さを知っているが、或る種の瞬間の脆《もろ》い純粋な美の印象は、凡庸な形容にしか身を委《まか》さないものである。美は自分の秘密をさとられないために、力《つと》めて凡庸さと親しくする。その結果、われわれは本当の美を凡庸だと眺めたり、ただの凡庸さを美しいと思ったりするのである。

しかしリオのこの最初の夜景は、私を感動させた。私はリオの名を呼んだ。着陸に移ろうとして、飛行機が翼を傾けたとき、リオの灯火の中へなら墜落してもいいような気持がした。自分がなぜこうまでリオに憧れるのか、私にはわからない。屹度《きっと》そこには何ものかがあるのである。地球の裏側からたえず私を牽引していた何ものかがあるのである。

翌《あく》る朝おそく起きて、私は新鮮なオレンジと、よく肥えた短かいバナナを食べた。実においしかった。そして私は案内者をもたずに、ひとりで街へ散歩に出た。

日曜日のことで劇場と飲食店をのぞく多くの商店は閉ざしていた。人々は連れ立って映画館の前に堵列《とれつ》していた。私はプラサ・パリスの手前を右折して、人通りのすくない街路に向った。突然坂になって、丘の中腹に重なっている古い住宅地の街路には、ねむの並木のおとす影のほかに、寂然《じゃくねん》と真夏の日光が充ちているばかりで、人の姿がなかった。

私は、心理学者がよくその分析に興味をもつ一つの心理現象、一度たしかにここを見たことがあるという、夢の中の記憶のようなものに襲われた。

門扉《もんぴ》はいずれも閉ざされて、家中が外出をしているとみえて、高台にそそり立つどの家も、露台の扉と窓の鎧戸《よろいど》を閉ざしていた。古びた塀には風を失った蔦《つた》が彫金のように凝然《じっ》としていた。

夢の中に突然あらわれるあの都会、人の住まない奇怪な死都のような、錯雑した美しい、静寂をきわめたあの都会、それを私は幼年時代に、よく夏の寝苦しい夜の夢に見たことを思い出した。都会は塔のように重畳《ちょうじょう》とそそり立っていた。その背景の新鮮な夏空の色と雲の色も同じであった。私は自分が今、眠りながらそれを見ているのではないかと疑った。

このとき痛切な悲哀の念が私を襲った。それもまた夢の中の悲哀に似ていて、説明しがたい、しかも痛切で純粋な悲哀なのである。この現実の瞬間の印象が、帰国ののちには夢の中の印象と等質のものとなること、なぜなら記憶はすべて等質だから、夢の中の記憶も現実の記憶と等質のものでしかないこと、その記憶の瞬間において、私の観念はまた何度でもリオを訪れリオに存在するかもしれないが、私の肉体は同時に地上の二点を占めることはできないこと、もはや死者が私の中に住むようにしてリオは私の中に住むにすぎまいが、もう一度現実にリオを訪れても、この最初の瞬間は二度と甦らぬであろうということ、その点では時がわれわれの存在のすべてであって、空間はわれわれの観念の架空の実質というようなものにすぎないこと、そして地上の秩序は空間の秩序にすぎないこと、……私はこれらのことをつかのまに雑然と考え、荘子の胡蝶の譬《たとえ》や、謡曲邯鄲《かんたん》の主題をあれこれと思いうかべた。

荘子の譬は、転身の可能について語っている。われわれは事実、ある瞬間、胡蝶になるのだ。われわれはさまざまなものになる。輪廻は刻々のうちに行われる。大きな永い輪廻と、小さな刹那《せつな》刹那の輪廻とがある。小さな輪廻と大きな輪廻とは、お互いを映している鏡影のようなものである。ひとりわれわれの意識が、われわれをあらゆる転身の危険から護り、空間にとじこめられた肉体の存在を思い出させてくれるのである。さもなければわれわれは二度と人間に立戻らないで、その瞬間から胡蝶になってしまうことであろう。……私は人間の肉体に立戻った。というのは、そのとき街角を曲ってきたポルトガル人の家族――卅四、五の母親と、可愛らしい三人の娘と、その末娘の手を引いている黒人のアマとであった――が、その賑かなお喋りでもって、私の意識をよび戻してくれたのである。

私はプラサ・パリスの外れの円池に臨む石のベンチに腰を下ろした。私はそこに二時間もいた。隣りのベンチの婦人も、その隣りのベンチの中年男も、二時間をすぎてもそこから立去る気配がなかった。

リオはふしぎなほど完全な都会である。美しい木蔭も、刈り込まれた庭樹も、古いポルトガル風の建築も、超近代建築も、昼のあいだは黙っていて、日曜の夜だけ美しい五彩の灯火を包んで迸《ほとばし》る噴水も、ここのベンチから見える。杖をついて静かな散歩をつづけている老婦人の葡萄いろのスーツの色も、子供たちの日曜の晴着も、一人の子供が追いかけている風船の淡い桃いろまでが、ふしぎなほど完全である。黒人たちの肌の色までが、ここでは北米の都会のように、インキの汚点のようにはみえず、一つの暗い強烈な色彩の役割をうけもっている。

私のベンチのかなたには、海の青い一線がある。海は真夏の日にかがやいている。そこを今し白い小さな汽船が、ゆるやかに湾口から出てゆくところである。汽船はしばしば街路樹の蔭にかくれる。それが悠長な隠れん坊をしているかのようだ。汽船はまた現われる。そしてたゆみなく、公園の日曜日の午後の時間を、沖のほうへと運んでゆく。

私は夏服を明日買おうと思う。しかしこうやって、暑いのを我慢して、冬服をきちんと着込んでいるのも悪くない。何故かというとこの着心地のわるい暑さは、私を半分病人のような気持にさせ、その病気と閑暇の情緒が、私の中に徐々に病弱な幼年時代の夏を甦らせてくれるからである。

私はふりむいた。

私の背後には大樹の木かげに包まれた街路があった。市内電車がそこの停留所から、木洩れ陽を縫って動きだした。

リオの市内電車は郷愁的な形をしている。車体は古く、ある電車はもう一まわり小型の車体を牽《ひ》いている。その電車は窓硝子もなく板壁もない。屋根と柱と、走る方向へ向いて順に並んでいる木のベンチと、その一方の側を遮《さえぎ》る低い金網と、一方の側の、立乗席と出入口をかねた縁側のような張り出した板とで出来上っている。それは遊園地の子供の汽車を拡大した形だと思っていい。張り出した板の上には多くの乗客が、柱につかまって鈴なりに乗っている。コパカバナの海岸へ海水浴に行ったかえりの、濡れた裸の跣足《はだし》の少年たちもそこに乗っている。電車は愉快に、体をゆすぶりながら賑々《にぎにぎ》しく走り出す……。

私は又しても幼年時代の記憶に襲われた。病院のかえりに、こうして木洩れ陽を浴びながら、電車を待っていたことがたしかにある。暑さは耐えがたく、いとわしかった。その上麻の窮屈な子供用の背広と、ネクタイが私を締めつけていた。電車はなかなか来ない。……永い気のとおくなるような期待がつづいた。そのあげく、こうした古い懐しい市内電車が、雀踊《こおど》りするように揺れながら、突然人気のない真夏の街角に現われたのである。

私は美しいプラサ・パリスの花壇のほとりを歩いた。庭樹が小鳥や馬や象や花籠や巣箱や駱駝《らくだ》の形に刈られていた。私はグヮラナをのみ、子供たちに伍して映画館の行列に加わった。

というのは、ここでも私は自分の幼年時代に出会ったのである。短篇や漫画にまじって、連続活劇の一巻が上映されていたが、これこそ幼年時代の私の憧れの全部であった。それは荒唐無稽な冒険の物語で、別の天体の上の奇妙な王国、若い英雄、清らかなその恋人、嫉妬にかられる王女、奸臣《かんしん》と忠臣、眠り薬、地下牢、火竜の出現などからでっち上げられたものである。

私は子供たちの間にまじって、子供たちと一緒に笑った。そしてとある短篇の宝石泥棒の一場面で、その盗賊の非行に憤慨して、子供たちが思わずあげる怒声をきいた。われわれも、かつてこのように、正義のために怒ることができたのである。しかし幼年時代に喝采を送った正義が、売られた勲章のように見すぼらしくみえる年齢に、やがて彼らも達すると考えるのは悲しいことである。

宵に私は知人のアパートメントのテラスにいて、近づいてくる太鼓の音と歌声をきいた。

「あれは何ですか」と私は問うた。

「謝肉祭《カルナヴァル》の練習です。まだ一ト月も先のことなのに、かれらは今からああやって練習していたのです」

太鼓と鐃鈸《にょうはち》と呼笛《よびこ》の単純な音楽が歌声にまじっていよいよ近づいた。曲はおそらくサンバである。

私はアパートメントの門に立った。人々は踊りながら、街路に溢《あふ》れて進んでくる。先頭の若者が、首からかけた太鼓を手の平で叩いて音頭をとる。あとは二、三の少年鼓手や黒い楽人が踊りながら後《しんが》りに立つ。その間をほぼ三、四十人の町内の子供や若い男女が、乱舞しながら、行くのである。そして日本の祭と同じように、見物人たちは、両側の歩道と列のうしろに、ぞろぞろと連れ立ってついて行った。

太鼓の音は、曲馬団の綱渡りの時に使う擦打《すりうち》ほどに迅《はや》いこと甚しかった。

黒人は白人の少女と肩を組み、あるいは黒人の少年と白人の少年は腕をつらねて踊っている。合衆国では決して見られない眺めである。かれらは、時々見物のなかの子供や少女の上に踊りながら襲いかかって、踊りの渦の中へ捲き込もうと試みた。

暗い鋪道は時折り明るい窓明りや街灯の下へ出た。するとかれらの狂喜乱舞は、あからさまに照らし出された。そういう道へ、自動車が進んで来たりすると、自動車は行くことができない。しばらく辛抱したあげく、警笛を鳴らして走り出す。するとその場は恰《あた》かも革命劇の一場のようになり、群衆は自動車を群がり襲って、行かせまいとするのであった。

程よいころに、踊りの人たちは休息をとった。道ばたで煙草を吹かし、新聞紙で焚火を焚いて、太鼓の革を乾かした。五分も休むと、かれらはまた踊りだした。そして草むらに腰を下ろして煙草を喫《の》んでいる、目の美しい少年鼓手をせき立てた。

道は丘の頂きへ向って螺旋形にのぼってゆく。踊りの群はわずかずつそれを登ってゆくのでいつ果てるとも知れない。夜は暑かった。人々は前庭の椅子に涼み、前庭をもたない人は、門前の鋪道に茣蓙《ござ》を敷いて横たわっていた。或る人は二階の窓から、戯れに火のついた巻煙草を群衆の上へ投げたりした。

私は丘の頂きまで行かずに、道の半ばでかれらに別れて石段を下りた。その時かれらは休んでいた。しかし石段を下りかけたとき、又おこる歌声と鼓笛の響におどろかされた。

濃紺の星空に包まれている丘上へむかって、かれらの踊りながらゆく影が、街灯に照らされて大きく躍動するさまが眺められた。一人の黒人の少女の影が、突然高く跳躍して、人々の影を抜きん出たりした。

植民地時代の古い建物の並んでいる夜の暗い街路をゆくと、暗い石塀に墨で黒々と描いた絵がある。それはべっとりとして、まだ絵具が乾いていない。絵は一人の男の立姿らしい。そして描きそこねて、墨で塗りつぶしてしまったものらしい。

突然白い歯が笑う。絵はうごめき、身悶《みもだ》えするように、壁からその身を引き離そうと努力しているのがわかる。やがて、身を離して夜の街へ何事もなげに歩きだす。

私はこの小さな奇蹟の理由をたずねた。そうだ、あんなにたやすく画像が背景をぬけ出すことのできた責任は画家にある。彼は黒い夜の中に黒人を描く過ちを犯したのである。

アパートメントの発達がポルトガル風の習俗を大方滅ぼしてしまったが、まだ街のそこかしこにそれら古い恋の絵は残っている。

二階の露台、窓、前庭の石のベンチ、低い鉄門、低い石塀、……それらが因襲的な恋の舞台である。マリアンナ・アルコフォラードの末裔が、まだ夏の蒸暑い夜へ開け放った窓のうしろにいて、男の永々しい口説をきくために、窓枠に肱蒲団《ひじぶとん》を置いたりしている。あるいはまた若者は門柱に、娘はすでに閉ざされた低い鉄柵の門に凭《よ》って、夜の更けるまで語らいをつづけていたりする。窓のうしろで母親がちいさな咳払《せきばら》いを響かせる。娘は男とつつましやかな握手を交わして、裾《すそ》をひるがえして家の中へ消えてしまう。門の繁みにともっていた小さな恋の蠟燭が、そうして消える。このふしぎな蠟燭は明日の晩もともるであろう。あさっての晩も、同じようにともるであろう。少くとも謝肉祭のあと、娘が若者の不実を知って泣く日までは……。

私はまたとある前庭に、マリイ・バシュキルツェフの描いたような、窓と子供たちの構図を見た。低い塀から行人が見物している。石段に並んで腰かけた白い子供、黒い子供、女の子、男の子が五、六人、笑いさざめきながら唱歌の練習をしているのである。教えているのは、十八、九の快活な美しい少年である。彼の黄いろいポロシャツが宵闇の中に、蝶のように動いている。

私がこの場面に感じた詩情は多少思いすごしの感があった。リオには子供の歌がすくないので、子供たちは自分の歌をもっていない。今かれらが練習し、少年の先生がやっきになって教えているのは、ラジオの広告放送で毎日やっている、

「ビタミン入りのチョコレート
これほどおいしいものはない……」

と云った歌なのである。

リオの美しいものの一つは、ポルトガルの遺習といわれるモザイクの歩道である。そ

の模様は町ごとに変っている。ある町では一双の大きな怪魚が、車輪形の舵《かじ》を囲んでいる。これはもっとも浪曼的な図案である。

コパカバナ・パレス・ホテルの周囲の歩道は、主として曲線や円から成る抽象的な模様である。それはエレガンな女たちの往来や、畳んだビーチ・パラソルを抱えて駈けてゆく裸の子供たちによく似合う。

私はきのうからこのホテルに引移った。海へ出て波乗りに疲れて、砂浜に横たわって陸地の景色を眺めやると、最初この町の一角が、夢の場面のように思われた理由がはっきりしてくる。コパカバナ海岸のゆるい大きな半円を、車道一つを海との堺に、櫛比《しっぴ》する高層建築が縁取っている。その高層建築のうしろには、南画風の突兀《とっこつ》たる丘が聳《そび》えている。

そういう奇抜な対照は、ボタフォーゴ(Botafogo)からコパカバナへ向ってくる途中で、岬の先端に夕日をうけている高層建築と赤い禿山と、半ばかすんでいる島の遠景との間にも見ることができる。又あるところでは、二つの丘陵の迫った寂しい谷間に、異様な大ビルディングがそびえている。

それらの奇聳《きしょう》な幻想的効果は、ニイマイヤアが建てた文部省の建物などよりも数等まさっている。いたるところに隆起している南画風な丘の山ふところに抱かれた高層建築を見出すと、われわれはそれらの建物が、今忽然《こつぜん》と生れたように感ずるのである。千夜一夜譚の黒島の王の物語にあるように、魔法の解けた原野に忽然と大都会がよみがえるのを見るのである。

……そして今この海辺の陽炎《かげろう》の下から眺めやるコパカバナの高層建築群は、何か蜃気楼のように思われる。

私は海から上って二階の部屋へかえって手紙を書いた。

突然窓硝子が慄《ふる》え、ペンが痙攣した。甚しく近い爆音が起ったのである。

私は窓に駈け寄った。向いのビルディングの窓からは人の顔がたくさんのぞき、モザイクの歩道を、子供たちが海のほうへ駈けている。私は着物を着、サロンへ下りた。給仕たちはテラスの入口に立って海を見ていた。

「何だい、あの音は」と私は英語のできる給仕にたずねた。

「何ね、砲台で演習をやっているんです」

そのとき再び、右方の岬の先端の禿山の砲台から、轟音《ごうおん》と一しょに沃度丁幾《ヨードチンキ》いろの砲煙が上った。沖の小さな島がその標的らしい。

砂浜では、ビーチ・パラソルのまわりで人々がボールを投げたりして、事もなげに遊んでいる。海水浴場特有の、あのたえず蜂の羽音のように耳につく叫喚が、自動車の警笛を縫って昇ってくる。

リオはいかにも幻想的な都会である。部屋の窓の欄干をこえ、その白い帷《とばり》をゆらして砲声が私の部屋に轟《とどろ》いて来たとき、私が突然聯想したものは、流行の近代兵器では決してない、私は帆布のはためきを、海の潮風と血のために黒ずんだあの粗い帆布のはためきを聯想したのである。

……「激しくもかの帆布は胸にうかぶ」……。（アルチュウル・ランボオ）

動物園――

海の色をした青鸚哥《いんこ》。(Arara azul)

少年のような顔をした貂《てん》。

そのまま襟巻になりかねない小さい豹。(Jaguarundi vermelho)

豚ほどの大きさの肥った鼠であるところの Capivara という齧歯《げっし》類。短い尻尾を除けば、まるでそのまま鼠の拡大図である。戸棚をあけると、こんな奴が出て来たら大変だ。(但し食用になる)

Sanitarios――と書いた立札に矢印がついている。そこの檻《おり》は出入自由である。檻の中には、あまりめずらしくない動物がたくさん立っている。つまり人間どもである。大きな声では云えないが、そこは厠《かわや》である。

リオでの二度目の日曜日。

きょうは朝日新聞の茂木氏は、在外事務所の上野氏と競馬に行った。誘われたけれども、行かないでしまった。私は競馬を好かない。

茂木氏は本当に立派な人だ。旅先でいろいろつまらない日本人に会うと、こういう人の立派さがはっきりする。日本にも下らない日本人が多すぎる。外国にも下らない外国人が多すぎる。

今日一日ひとりで海水浴をしようと思っていた予定は、涼しい風と、今にも雨になりそうな空模様とで崩れてしまった。私は仄暗いサロンで二、三の手紙を書いた。滞在客の外人の家族も退屈そうに坐ったり立ったりしていた。テラスが濡れだした。可成《かな》り大粒の雨である。雨のなかに、甚だしく高い波が崩れて、水煙を上げているのが見える。今日の海は、モザイクの散歩路のほとりにまで迫っている。

私は部屋にかえって、覆布をかけた寝台の上に寝ころんだ。疲れていたが、眠ることはできなかった。茂木氏に電話をかけた。この天候であるのに、果して彼はいなかった。煙草を喫《の》もうと思った。ライターは油が切れていて、つかない。……私は突然立って、ウェザア・コートを着て、ホテルの玄関口へ下りて、タクシーを雇った。別に行く当てがあるのではない。アルゼンチンのバレエと音楽の活動写真を見にゆく。それはタンゴやルムバではなくって、ベートーヴェンとショパンの音楽である。「言葉の死ぬところ」という題は、「言葉の死ぬところに音楽がはじまる」という寓意である。

活動がすむと、夜食をしに行った。すこしはメニューも読めるようになったので、ほぼ想像しているとおりの料理が卓に運ばれる。最初の晩には、海老《えび》を待っていると、牛肉が来たものだ。

紐育《ニューヨーク》の繁忙に懲りて、私はリオでは、自分の時間をどんどん侵蝕されそうな紹介状は役立てなかった。夜食がすむと、もうすることがないが、それは自分の選んだ生活で、仕方がない。酒も大して呑みたいと思わない。リオ・ブランコの繁華街へ行ってみる。日曜日のことで、大方の店は閉ざしている。雨は止んでいる。飾窓の明りをうけて、路上のモザイクの大きな怪魚が、水たまりの中にいきいきと見える。

私はそれから引返して、プラサ・パリスの散歩路を歩いた。赤や黄の照明に染められた噴水のほとりを歩いた。道はぬかるみで歩きづらい。私はタクシーをとめてホテルへ帰った。

「こんな一日は」と私は考えた。「東京にいても時々ある。日ごろはお喋りのくせに、そういう日は誰とも口をきかないから、言葉が通じても通じなくても同じことだ。実際どこにいたって、同じことだ。リオにまで、こんな一日があろうとは思わなかった」。

私は幸い欠伸《あくび》を催したので、はやばやと寝に就いた。明日は早朝からvisa取りにまわらなくてはならない。明後日、私はリオを発って、サン・パウロへゆく。カルナヴァルの前に、私はまたリオへ戻るだろう。

サン・パウロ

二月五日—十日

ルア・アイモレス、ルア・イタボッカ、古いインディアン語の街の名。

その街は飾りもなく、人目を惹《ひ》く看板ももたず、古い他奇のない軒並にすぎない。ただ低い窓が街路にむかって際限もなく連なっている。扉にも同じ窓がある。それは窓ばかりの町である。

どの窓にも硝子《ガラス》はない。粗い鎧扉《よろいど》に似た桟の内側に、観音びらきの板戸がある。或る窓はその板戸をひっそりと閉ざしている。

車道の石畳をとおる車はほとんどない。しかし歩道は、夜に入ると大そう雑沓する。

その町には明りと云っても所まだらな街灯のほかには、桟を洩れる窓明りがあるにすぎない。男たちは忘れものをしたように、窓の中を丹念にのぞいてすぎる。或る男は伊達《だて》な様子で、窓に凭《よ》りかかって話している。或る男は突然扉をひらいて出て来て、何気ない顔で行人の群に加わる。

窓の中には灯がついていて、レコードの音楽がきこえたり、歌声がきこえたりする。窓の中には何か幸福に似たものがあるらしい。

それが証拠に、年とった花売り女が歩道をうろうろしている。仄暗い百合の花束を、その丈にあまるほど抱えている。或る男たちは扉のあいだから、百合を一輪、窓のなかの団欒に贈ってやる。まるでそのなかの幸福にあやかろうとするように。

桟が眺めをロマネスクなものにする。女ばかりの騒々しい家族。女ばかりの諦めに充ちたものしずかな家族。或る窓のなかでは、家人は灯を点《つ》けわすれたままどこかへ出かけていると見えて、赤い汚れた安楽椅子と、マホガニーまがいの卓と、その上に置かれた花瓶と、楕円形の額に収められた伊太利《イタリー》人らしい若者の肖像画だけが、留守を守っている。それはどのみち永い外出ではないらしい。卓の上の灰皿には、口紅のついた煙草がそのまま煙を上げ、飲みかけの青い飲料のコップが置かれている。

桟は丁度目の大きさほどの幅がある。そのために或る窓は、潤んだ大きな目と、逆光をうけた栗いろの髪だけで占められているかの感を与える。その瞳が時折ゆらいだり、笑ったり、片方だけ瞼《まぶた》をすばやく閉じたりする。と、窓がそのとき急に揺いだり、笑ったり、半ば閉ざされたりしたかの感がある。

桟が、(不吉なことに)、檻のように見える場合がある。それはその窓の女あるじが、両手をもっと高い桟にかけて、顔を桟におしつけるようにするためである。彼女は腋《わき》の下に風をあてようというつもりらしい。しかし戸外は冷やかだが、夕方から風が落ち、そこを好んでそよがせてとおる微風はない。

時々、窓のなかは舞台に似ている。多分その思わせぶりな照明のせいである。月賦のそろいの家具を並べた寝室が、幕あきを待っている。小道具の末まで揃っていて紅い綴織《つづれおり》まがいの帷のかげで、出を待っている初々しい主役の、胸の鼓動が聴かれそうに思われる。

或る舞台では、すでに幕があいて、乳房の凄まじく大きな黒奴女のダンスが見られる。彼女はもう五枚目までヴェールを脱いでいる。彼女は大声で笑う。窓に人だかりのしているのが嬉しいのである。すると、長椅子にいる女は負けまいとして、もっと大きな声で笑う。彼女は酔っている。薄鼠いろのスラックスの腰の釦《ボタン》を一どきに外してしまう。臍《へそ》を見せて、嬉しそうにまた笑う。臍は仄暗い明りの下で、白い、死んだ薔薇の莟《つぼみ》のようにみえる。

そのとき奥の帷がさっとひらく。「意地悪な王妃」役を演ずる、無恰好《ぶかっこう》な老女優があらわれる。彼女は決して笑わない。短い呪《のろ》いの言葉を二言三言いうだけである。すると女たちは凍ったように立ちすくみ、王妃が立去るまで暫《しば》しの間無言の活人画を演ずるのである。

或る舞台では……

いや、そこは、額縁と云ったほうがいい。なぜかというと、その窓の女は、見物なんぞに目もくれようともしないからである。窓からほんの一間ほどの壁に、一角の破《わ》れ落ちた大きな壁鏡が掛っている。その鏡は彼女の金髪に照らされて明るくみえる。彼女は黒い紗《しゃ》のシュミーズをまとっている。足もとにじゃれついてその丸い膝に這いのぼろうとする純白のポメラニアンに手をのばして、うつむいている。そしてときどき垂れかかってくる髪をうるさそうに、揺ぶるので、仔犬はますますその金髪にじゃれつこうとする。女の胸とお腹《なか》のところについている黒いレエスが、ひらひらして、仔犬を苛立《いらだ》たせているらしい……。

或る舞台では……

そこは明かに終幕である。窓のなかの場面は室内ではない。

湿った石畳を、鉄の窓と、窄《せま》い出入口と芥捨箱《ごみすてばこ》との暗い建物の背景が囲んでいる。彼女だけが窓明りをもっていない。窓外の街灯の明りがそこまで届いて、まだ若いのに、目の落ちくぼんだ顔を照し出す。彼女はほとんど桟につかまって身を支えている。さもなければその身は湿った石畳の上に崩れ折れてしまうにちがいない。

彼女は何か叫ぶ。自分のものではない、何か偉大な不似合な台詞《せりふ》を叫ぶ。しかしそれはきこえない。高架線のけたたましい汽笛と車輪の響が、その叫びを打ち消してすぎるからである。

彼女の窓には観客は一人もいない。この悲劇の大詰は大そう永いので、誰もおしまいまで観ようとしないのである。

リンス　二月十一日―十六日

ブラジルの雲

ブラジルの雲、そういう呼名に値いするものを、私ははじめてリンスで見た。

元東久邇若宮《ひがしくにわかみや》、多羅間《たらま》氏の農園《ファゼンダ》は、リンス近郊十八粁《キロ》のところにある。一日私は、多羅間氏の運転する車に同乗して、リンスの町へ行った。まだ鞣《なめ》していない大きな豹の皮や、さまざまな馬具や、自転車を売っている角店《かどみせ》を見る。半長靴《はんちょうか》と乗馬袴《ボンバイショ》を穿《は》き、つば広の帽をかぶり、伊達な樺《かば》いろのスカーフを首に巻いた牧童《ボヤデーロ》が主人と話している。

牧童はむしろ牛追いである。その社会には厳しい仁義があって、ジュスティッサ・デ・マットグロッソとよばれるその仁義にそむくものは、投げ上げた燐寸《マッチ》を二分する様な拳銃の腕前で、忽《たちま》ち処分されねばならない。賭事は盛んでない。慰みは酒と女である。かれらは遠い牧場主から牛を市場の町へつれてくる仕事を請負って、一ト月、時には四十日の旅路を数多い牛と一緒に来る。あるいは大牧場の牛に焼印を捺《お》すときに、投縄を投げるのもかれらの仕事である。私は知人からサン・パウロ州とマット・グロッソ州の境界をなすパラナ河を、かれらが蒸気船につないだ筏《いかだ》で牛を運ぶ話をきいた。八十頭から百頭の野生の牛を、筏にまで誘導するためには、まず牛たちをして、群を作《な》さしむる必要がある。野生の牛は一頭だけのときは兇暴だが、群をなすと従順になるからである。

牧童は真紅のマントを羽織って、馬を一頭の牛の前から疾駆させる。牛は馬を追って駈け、茂みをこえ沢をこえる。追いついた牛があわや馬の横腹に角を突刺そうとする刹那、牧童は真紅のマントを馬上からその牛の角をめがけて投げるのである。牛は角に引掛ったマントを、狂奔しながらふりまわすので、これをめがけて多くの牛が走ってくる。群をなすに従って、牛たちの昂奮はしずまり、三、四十米《メートル》先で牧童が鳴らす角笛のひびきに従って、しずかに河畔をめざすのである。

——わずか五十年の間に忽然と出現し、今はテレヴィジョンの発信局まであるリンスが、新しいということから来る卑しさを持っていないのは喜ばしい。家々の代赭《たいしゃ》いろの壁も屋根瓦も、その道路の赤土の色とよく似合い、すべてがこの土地の風土に叶っている。

私が雲を見たのは、その帰路の自動車の窓からである。

リンス近郊の遠景には、牧場や珈琲《コーヒー》園のただなかに、ふしぎな形の枯木が彳《たたず》んでいるのを見ることができる。それは開拓に当って焼き払われた原始林の名残である。焼かれた樹は孤立して、真黒で、ふつうの枯木にない奇矯な人工的な形をしている。その背後、牧場や珈琲園や赤土の道に区切られた地平線上に、雲の恣《ほしいま》まな乱舞があった。

これらの熱帯性の雲は、下辺が皆定規をあてて裁断されたように平行している。(1) 高い雲も低い雲もそうである。大西洋の水蒸気がアンデス山脈に運ばれて出来たこれらの雲は、別段原料に不足しないが、秋から冬——三月から九月——にかけてどこかの倉庫に貯蔵されてでもいるらしく、草は枯れ牛馬は痩せる乾燥期のあいだ姿を見せない。今日は盛夏の雨季の一日で、しかもこの一帯は快晴なので、雲を見るには好適の機会であった。

それは実に雄渾な眺めで、雲はわれわれの見る方角にも、ボリヴィヤ松の美しい並木の上に、いくつかの峯を連ねていた。光りを夥《おびただ》しく受けている部分は、白い大理石の隆々たる筋肉が内部から光を放っているように見え、光りと陰翳《いんえい》の相半《あいなかば》している部分は、荘厳な墓石のようにみえた。私はウィリアム・ブレークの飛翔する神や天使の絵が、雲に暗示をうけていることを疑わない。

いつも自然の形象からうける私の感動が、絵画的というよりも音楽的なものであることは言葉の表現を大そう困難にする。私は音楽を作る才をもたないが、雄大なあるいは美しい自然に出会うと、目を以てよりも耳で以てこれを味わずにはいられない。私の内部にはこのときたしかに音楽があるが、それは外部に流露する機会をもたないで、徒《いたず》らに蓄積されるほかはないのである。不幸にして私は詩人ですらないから、言葉に変化したこの音楽が恰《あた》かも音符のように、最初の新鮮な幻影を喚起する幸福にも恵まれない。小説家は何よりもまず、立派な散文を書くことに力《つと》めなければならない。そこでこうした音楽は、散文のなかにそのまま言葉の形であらわれたり、浅墓《あさはか》な文章のリズムとしてあらわれたりするよりは、むしろ沈澱して散文の堅固な目に見えない実質として甦えるために、一度は死ぬ必要があるのである。

永らく私の内部には悪い音楽があって、文章に不必要な悲しみの調子を与えたり、故《ことさ》らな抒情味を齎《もた》らしたりした。今も私はそれと戦わねばならないが、今では良い音楽の効果に関する確信が、私を勇気づけるに十分である。悪い音楽は散文に悲哀の調子を与えるが、良い音楽はおそらくそれに別箇のもの、喜悦の調子を与えないでは措《お》かないからである。

（1） この雲は単なる積雲であろう。積雲の形態の特徴は、上面がドーム形に隆起し、底辺がほとんど水平なことである。

小邑《しょうゆう》ヴィラサビノ

きのうわれわれは、ブラジルの典型的な小邑を訪れた。その名をヴィラサビノという。大多数の小邑は発生が新らしい。古い小さな町がさびれたまま残っているのは、わずかにチェテ、イツウなどを数えるにすぎない。ヴィラサビノも農園に囲まれて、――現に最近までその村自体がある大地主の地所であったが、――住民たちが遠い町まで買物に出る不便を救うために、一軒ふえ二軒ふえして出来た小店舗や小住宅の聚落《しゅうらく》である。村になる前の段階の二、三軒の店は、農園の外《はず》れなどに孤立していて、ヴェンダとよばれる。

小さな教会がある。ポルトガル風の細い出入口と窓をもった酒場がある。呉服屋がある。ガソリン・スタンドがある。行商人の家があって、ここが彼らの根拠地であることがわかる。硝子窓はきわめて稀で、灼熱の戸外へ開け放たれている窓の内側には板戸がある。

赤土の街路には二、三台の自動車と、繋《つな》がれている四、五頭の馬がある。雑種の背の低い馬である。鞍を覆うて赤茶けた色の羊の毛皮が敷かれている。野宿のときには、それが牧童の褥《しとね》になるのである。

跣足《はだし》の子供が、自動車を下りるわれわれをしげしげと見る。

日本の村のように、この村は雞犬の声を妨げる何ものもない。代赭いろの土、代赭いろの壁、代赭いろの屋根、鞍上《あんじょう》の代赭いろの羊の皮、崩れた壁からのぞく代赭いろの煉《れん》瓦《が》の色、……それらはまるで動物の保護色を思わせる。村は寂《せき》として、亜熱帯の強烈な夏の日光を浴びている。空にはまた寂然《じゃくねん》と魁偉《かいい》な夏雲が聳えている。

もしあるとき、何か不測の凶事が襲って、ヴィラサビノが地上から消え去ったとする。世界の新聞はそれを告げず、この国の新聞も数行を割くにとどまるだろう。誰もその消失に気がつかない。あるいは隣村の住民でさえ、それに気がつかずにすむかもしれない。

何故かというと、この謙虚な村が全く同じ色をした土に帰しても、難が去ればまたその土の中から、そしらぬ顔をして起《た》ち上り、再び雞犬の声が起り、何も知らぬさすらいの牛追いは、静かな町角にその馬を繋ぐにちがいないのである。

葉切蟻・蛍・蜂雀・駝鳥《だちょう》

ここへ来て、昆虫学者になりたいと思った少年時代の夢が甦えるのを私は感じた。たとえば夕空の青と橙色も、蝶の羽根の色としか思われなくなった。

多羅間家の庭の叢林の一角に、私はすでに住んでいない白蟻の高い巣を見た。一米弱の高さの巣で、堅固なことは岩のようである。高い塔の尖端に、もはや一匹の白蟻の出入もない穴が見られる。その塔は苔むして、宛然《さながら》、王族蒙塵《もうじん》のあとの古城である。

私はまた夜更けの雞舎をよぎって、玉蜀黍《とうもろこし》の実と、荷《にな》うに適当な大きさに切りとったパイネーラの葉をはこぶ、葉切蟻(1)の大群を見た。

この夥しい群盗の行列は、荷い手よりも荷の方が大きいので、懐中電灯でこれを照すと、まるで三角や四角に切った無数の葉と玉蜀黍の無数の実とが、地上一センチほどのところで宙に浮いて一つ一つその影を土に落して、ゆっくりと練り歩いてゆくようにみえる。低い止り木の上で眠っていた雞が、寝苦しそうに羽搏《はばた》いて、向きをかえる。しかし蟻の行列は乱れることなく粛然と進んでゆく。

葉切蟻の体色は赤茶けており、頭は大きく、働蟻の姿が、日本の蟻の兵蟻《へいぎ》に似ている。収穫の葉は醗酵させて、ビスケットのようなものに作る由である。それに適当な葉をかれらはよく知っていて、或る晩は薔薇の葉ばかりを、或る晩は石竹の葉ばかりを狙うので、時には丹精の草花が一夜で悲惨な裸の姿になったりする。

旅行者の目は幸いなるかな。ブラジルの農村の悩みのたねであり、ブラジルが蟻を滅ぼすか、蟻がブラジルを滅ぼすか、とまで云われるこの葉切蟻を、何の利害ももたずに、ただ旅の興趣として眺めることができる。旅先では、悪もわれわれの心を悲しませず、もっと喜ぶべきことは、やかましい幾多の美徳も、われわれを悩ますことがないのである。

昨夜、私はこの農園に附属している農夫たちのコロニヤを見に行った。門のかたわらに日本人の監督の家がある。そのテラスに鐘が吊してあり、夜は九時の就寝時、朝は五時の起床と六時の仕事はじめの鐘を、監督が手ずから鳴らす。

そこのコロニヤは、十軒ほどの家並で、一軒一軒が二つの区劃《くかく》に分れており、その一区劃毎に一家族が住んでいる。悉《ことごと》くブラジル人の農夫である。室内は暗く、調度は貧しい。流れ者は寝台ももたず、床にマットを敷いて眠るそうだが、ある家にはラジオもあって、家族がラジオを置いた卓をかこんでいる。多くは戸口のところで涼んでいる。週末のほかには、これと言って娯楽を求めない。われわれが、「今晩は《ボア・ノイチ》」と呼んですぎると、おのおのの戸口の人影が、ボア・ノイチと答えるのであった。

私はコロニヤの叢《くさむら》にとびかわす蛍を見た。その光りはたおやかで、話にきく南米の巨大な蛍のようではなかった。捕えてみると、この種類は日本の蛍と大差がなく、大きさも、尾の光るさまも同じである。灯下でその姿を点検すると、日本の蛍とちがっていた。

今日私は、眷恋《けんれん》の蜂雀をはじめて見た。それはたった一羽の、しかも瞬時の訪れであった。凪のない午後の灼熱の日ざしの中を軽い模型飛行機のプロペラのような響きが渡ってくる。来るのは何十種とあるなかで、最も巨《おお》きな種類の蜂雀である。と謂ってもその巨きさは小さな雀にさえ及ばない。それはまずテラスの欄《てすり》にまつわる蔓草《つるくさ》の花、つややかな葉は山梔《くちなし》に似ているが、大輪の花は黄いろい夕顔のような、アラマンダに近づいて、翼を虻《あぶ》のように顫動《せんどう》せしめて空中に止ったまま、長い嘴《くちばし》を花にさし入れた。ブラジル語でこの鳥をベジャフロールという意味は、ベジャは接吻、フロールは花である。

蜂雀がアラマンダの花蜜を吸っていたのは、ものの一、二秒と云っていい。

それは忽《たちま》ち身をひるがえして、藤棚のプリマヴェーラの洋紅色の花に移った。一、二、三の花々を訪れたのち、このせわしない訪問者、吉報か凶報かはしらないが告げては去り告げては去るこの急使は弾丸のように裏庭の花壇へ抜け、咲き誇っているカンナには目もくれずに、叢林の中へ翔け去った。

ハドスンがあれほど微細に描写しているその羽搏いているときの翼の色などは、この最初の出会のおどろきに制せられて、見きわめる余裕を私はもたなかった。

数週間前、リンスの町をふしぎな訪客が駈けすぎた。

それははじめ近郊の珈琲園にあらわれて、その独特な足型を土にのこした。農夫が農園主に注進に行った。

「今、ここを駝鳥がとおりました！」

農園主は信じなかった。彼がその大きな足跡を見て首をひねっているうちに、駝鳥は赤土の自動車道路を悠々とリンスの町へいそいでいた。ある医者の家では、庭のカンナの花壇の只中へあらわれた。ある酒屋の客たちは、昼間の街路をゆく一羽の駝鳥の姿におどろいた。気がついて人々が追いかける用意にかかったのはすでにこの町の訪問をおわった駝鳥が、行方をくらましたあとであった。

（1）　英国の動物学者ジュリアン・ハックスリは、この葉切蟻(Market Gardening Ants――市場蔬菜栽培蟻)についてこう書いている。

「先ず蟻の園芸家中首位を占めるハキリアリをとって見よう。テキサスからブラジルに亘《わた》る森林中では、踏みならされた道を、往々にして長さ百碼《ヤアド》或はそれ以上にも及ぶ列をなして、蟻が行進するのを時折見ることがある。一方に向って進む行列は口になにもくわえていず、道の片側を歩いて行く。反対の方向に進む行列は道のもう一つの側を通り、緑の葉片を運んで行く。この葉片は、屢々《しばしば》それを運ぶ蟻を隠すほど大きいことがある。そういうわけで、この蟻は、パラソル蟻と呼ばれるようになったのである。葉を持っていない方の職蟻《しょくぎ》は、樹に登って行って、顎《あご》で緑の「パラソル」を切り取る。切り取った葉片は巣に持って帰るか、でなければ葉を一つずつ地面に落すのであるが、そこには別の隊がいて拾い上げることになる。巣は巨大な真の地下街といってよく、洞窟の土くれは、直径十呎《フィート》から二十呎に及ぶ塚に積み上げられている。普通のブラジル産パラソル蟻(Atta sexdens)の塚は、二百六十五立方米に及ぶ土からなり、重量は数百噸《トン》で、五十万以上の居住者を棲《す》まわせることができる。

ハキリアリの中性蟻は、大頭の兵蟻からはじまって大きいのや中位のや小さな職蟻を通じて極く小さな最小蟻に至るまで、大小の点では色々なのがいる。兵蟻は、巣を防衛したり、葉を咬《か》みちぎるのを仕事としている大、中職蟻の隊を警護する。

巣の中では、葉片は更に小さなかけらに切り刻まれ、他の職蟻が前以て掘っておいた大きな地下室の床の上の苗床につくられる。それからこの苗床は最も小さな職蟻の手に渡されるのである。これらの職蟻は時折光線と外気の中で遊ぶために外に出て来るといわれているが、働くのは地下ばかりである。腐朽した葉片の上には菌の白い網状組織が発生する。彼等はこれを何かわからない方法で処理して、繊維を小さな膨らんだ球状の房にこしらえる。この小さなキャベツ状の玉を咬みとって、自らの、又幼虫の大切な食物として用いるのである。

（中略）ハキリアリの各種はそれぞれ異る菌を育てる。そして異種のものが巣の中で生え始めると、除いてしまう。丁度かりかりした真白なセロリーの茎は、人間が手掛けた結果出来たものであるように、菌の玉は明かに蟻の園芸の技術的産物なのである。」

珈琲園の騎行

多羅間農園の五百町歩は主として珈琲園と牧場から成立っている。門を入ると右側にフットボールのグラウンドがある。この競技はブラジル人の生活から切り離すことができない。

グラウンドの一方には、ユーカリ樹の並木がある。その並木のもっている気高い感じは、わずかに北海道のポプラ並木が、これに比肩することができる。

一方にはパイネーラの並木がある。

前庭には孔雀椰子《くじゃくやし》がある。鳳樹がある。孔雀椰子は房なりに実った実を、柳のように幹の半ばから垂らしている。

木靴《タマンコ》にする木の意味で、タマンケーロと呼ばれる樹がある。果樹アバカチがある。マンガがある。十二月ごろマンガが強烈な匂いを放つ果実を枝にみのらすとき、けたたましく囀《さえず》りながらこれを襲う、鸚鵡《おうむ》の大群を見ることが珍らしくない。庭は低い生垣で珈琲園に接している。

黒人の少年が二頭の白馬を前庭に曳《ひ》き入れた。私はきのうヴィラサビノで見たのと同じ羊の毛皮が、その鞍上に敷かれているのを見た。

われわれは麦藁帽子をかぶって、日ざかりの珈琲園のなかに馬を行《や》った。ブラジルの馬は背が低くて小造りである。反動は小刻みで激しくない。跑足《だくあし》の反動は羊の毛皮で柔らげられて、汽車の座席の動揺と大差がない。

珈琲の葉はつややかであった。今年の収穫の予想は大へんいい。珈琲の葉かげの土から、黒いものがむくむくと起き上って、ボア・タルジという。日灼《ひや》けのした伯人の農夫が、午寝《ひるね》をしていたのである。傍らの葉の上に、煙草の包みと燐寸《マッチ》の箱が載せてある。

頭に丸い壺をのせた女が、道を避《よ》けてボア・タルジという。亭主のところへ弁当を届けに行ったかえりである。

われわれは珈琲園をぬけると人通りのない赤土の道へ出たが、よく珈琲園内で道に迷って明け方まで出られなくなるという話がある。この灌木の畑は単調で、見た目に変化の面白さを示すものがあるわけではない。

われわれはまた、とある珈琲の樹の根本に大きな蟻の巣や、アルマジロの穴を見た。

赤土の道ばたに、日本の石地蔵の祠《ほこら》のようなささやかな屋根をもった慰霊碑《カッペイラ》を見た。それに開拓時代に土地や女の争いからここで殺された人の名が彫られている。

慰霊碑は雨季の気まぐれな天気の日毎に、何度も雨を浴びたり日光を浴びたりする。ゆきのはげしい雲に翳《かげ》ったり明るんだりする。今それはまともに午後の日を浴びている。その背後には白い瘤牛《こぶうし》たちのゆるやかに移動している牧場があり、雲が地平線上に夥《おびただ》しく湧いている。

瘤牛自体が日本では珍らしいものであるが、ここには白い瘤牛が多く、首のうしろに高い瘤をもった白牛は荘厳な姿をしている。これらは乳牛ではなくて、食肉用の種類である。

われわれは多羅間牧場の一角に入った。馬の群れている柵の傍らへ立寄った。はじめ仔馬たちはわれわれを見て逃げた。やがて親馬たちに従って、われわれの乗馬のそばへすり寄って来て、無言のまま、柵ごしにその鼻を寄せた。

帰路、沢に架けられた板橋を、馬はおそれて渡ろうとしなかった。われわれは馬を下りてその手綱を引いた。橋の丸木の連なりは、蹄《ひづめ》の下に動揺して、ある丸木は沢水の白い飛沫《しぶき》を立てた。

再びリオ・デ・ジャネイロ

二月二十日―二十九日

テアトロ・ムニシパールの前のショパン像が、数日前から板囲いで封ぜられてしまった。その上に謝肉祭の造り物が架せられるためであるが、リオの市民は、カルナヴァルの喧躁《けんそう》なサンバを、楽聖の耳に聴かせるのは気の毒だから、市当局が板でその耳を塞《ふさ》いだのだと云っている。

ショパン像の上に円屋根形の八本の柱が架せられ、今夜その頂上に、巨大な王冠の造り物が起重機でとりつけられる段取になったので、物見高い連中が、時折雨のぱらつく街路にいつまでも立って見ている。いわゆるアヴェニレイロである。

起重機の作業はなかなか捗《はかど》らない。王冠は空中に上って、また空しく路上に降りてくる。見物は根気づよく待っており、ある人たちは劇場の石段に手巾《ハンカチ》を敷いて腰を下し、ある人たちは今夜中にうまく上るかどうかという賭事をはじめている。

アヴェニーダ・リオブランコの両側には、二、三間おきに大きな旗、謝肉祭のさまざまな仮装の絵をえがいた旗が下げられた。かつて一七八八年の羅馬《ローマ》の謝肉祭についてゲエテが言ったように、早くもあらゆる街路が、「室内のような感じを一層募」らせ、この効果には最適の街路のモザイクは、まるでこの日のために敷かれたかのようである。あらゆる場所に祭のための造り物が目につくので、（ちょうどホテル・セラドールの私の窓からは、上院議場《セナドール》と彼方《かなた》の海が眺められるが）、上院議場の青銅の円頂をめぐって、四方へ喇叭《らっぱ》を吹鳴らしている四体の青銅の天使たちも、その喇叭の吹奏で謝肉祭の開始を告げている贅沢な造り物のように見えてならない。

こうして謝肉祭のはじまる前日が来て、われわれは夜食の前に、祭の景気づけに作られた、奇妙な莫迦《ばか》さわぎの活動写真を劇場で見ていたが、突然はげしい雷鳴が起り、室外へ出ると驟雨《しゅうう》であった。私ははじめその大音響を脈絡も何もない筋をひっくりかえすために使った乱暴な音響効果かと考え、つぎには花火かと思い直したが、外へ出て稲妻を見るに及んで、はじめて雷鳴だったことを知ったのである。

われわれは、料理店へ行こうとして軒づたいに歩きだしたが、雨ははげしくなるばかりである。ある街角まで来たときに、雨の響にまじって、日本の披露目屋《ひろめや》のような楽隊の音楽と合唱がきこえてきた。

商店はすでに四時間も前、六時の定刻に店を閉めている。下した鎧扉《よろいど》の上のネオン・サインと街灯のほかには、明りを見ない。その鎧扉の前に、踊りの一群がたむろしている。三十人ほどのうち、黒いのや白いのや少女や少年が入りまじっている。おおむね貧しい人たちで、祭の晴着は明日のためにとってあるとはいえ、雨と汗に濡《ぬ》れ放題のシャツもズボンも、かえって濡れ映えのするような代物である。その上、数人は半裸になって、手にもったシャツをふりまわし、多くの少年少女は跣足《はだし》である。

楽隊は楽器をいたわるために軒下にいるが、踊りの人たちは街路の石畳の上へたびたび群がり出て、滝のような軒の雨だれにうたれ、ネオン・サインの映っている水たまりを蹴散らしたりした。

北米だったら、こういう庶民的なたのしみは、もっといじけた悲哀にみちたものに見えるだろう。だが、ブラジル人は貧困を恥じない。この特質は美徳と呼んでも大過のないもので、貧困と成功とがあのようにあざやかな対照を示している北米とちがって、(私はニューヨークで、前菜だけで百ドルというおそるべき料理店が、ドラッグ・ストアと隣り合わせている風景を見た)、また貧困と精神的成功を好んで一しょくたにする北半球の窮乏した国々ともちがって、この国の貧乏人は、金持よりも幾分自然に近いというだけのことなのである。十数年前までは、泥棒も乞食もなかった国、いまは人並に泥棒も乞食もいるが、二クルセイドスやるために五クルセイドスの札を与えて、お釣りをくれというと、乞食が釣りを寄越す愉しい国、こういう国の貧困はただ怠惰の代名詞であるが、幸いにしてブラジルでは、怠惰はまだ悪徳のうちには数えられていないのである。

雨の勢いは一向弱まらない。しかし踊りの一行は別の街路へむかってうごき出した。悪戯《いたずら》な一人が、踊って過ぎながら、細い街路樹を乱暴にゆすぶった。街路の明りをうけて、緑の明るい街路樹が、ちょうど雨の中をかえってきた犬が身をゆすぶって飛沫を散らすように、一瞬、霧かとまがう雨滴を散らしたさまは、実に美しかった。

謝肉祭

二月二十三日―二十六日

リオの謝肉祭についてまず云わねばならぬことは、それが何ら宗教的な祭事ではないということである。大統領は、人気とりのために、市は物価高による市民の鬱憤をしばらく他へ転ぜしめるために、また北米や欧洲からの観光客誘致のために、多額の補助金を与えてこそおれ、肝腎のカトリック教会は、この馬鹿さわぎに反対している。それは何ら方式のない、有職故実のない祭事であって、もしその方面の興味を求めれば、早速失望せねばならないだろう。

しかしリオの謝肉祭は傾聴すべき多くの教訓を含んでいる。数万の人心を団結せしめ、それらをかくも共有の情熱の中へ投げ込む力として、伝習、あるいは単に習慣というものが決して無意味なものでないこと。近代生活は目的意識に蝕《むしば》まれ、われわれが政治の奴隷となるのはこの弱点からに他ならないが、生の恐怖から政治の虜《とりこ》になり、さらに政治を怖れねばならないのは愚かであること。無目的な生は、短い数日の間でこそあれ、かくも完全な生の秩序と充実とを、現出させるものであること。……それが謝肉祭の教訓である。

ともあれ、われわれ非基督教徒《キリスト》にとっては、謝肉祭の興奮に、馬鹿さわぎだけがあって、狂信の要素がないことほど、喜ばしいことはない。はからずも私は悲劇「バクカイ」にえがかれている古代希臘《ギリシャ》のディオニューソス崇拝を想起したが、それは決して宗教的ドグマにもとづく狂信ではなかったに相違ない。ディオニューソスが正しいがために、人がこれに赴いたのではない。ディオニューソスが正しいがために、人が狂乱と殺《さつ》戮《りく》に陥ったのではない。希臘人は、人間のあらゆる能力を神に祭ったから、安んじて狂乱に陥り、生の恐怖に安んじて身をゆだね、陶酔のうちに、愛児を八つ裂きにしたのである。

＊

事務所も商店も医師の診察室も、二十三日の正午を以て閉じたのちは、二十七日の正午にいたるまで、全くその働きを止めてしまう。

二十三日の午下り、それはふしぎな期待の時間である。造り物は出来上っていないのがいくつかある。今なおアヴェニーダ・プレジデント・ヴァルガスの巨大なモモ像は、(肥満したモモは、カルナヴァルの主神である)、肝腎の首が肩の上に見られない。街を歩く仮装はまだ稀である。徒《いたず》らに人出がして、窄《せま》い街路は人ごみを分けるのが容易でない。

コロムボの二階で中食《ちゅうじき》をとっていると、家族連れの卓がまずテープを別の卓へむかって投げはじめた。テープはたちまち筬《おさ》のように入り乱れた。見ると階下の入口を横切ってゆく大きな緋薔薇《ひばら》の花束がある。どこかの家でカルナヴァルのために買ったのを、届けにゆく途中らしいのが、群衆に押されて、花束は浮きつ沈みつしている。

太鼓の音がして最初の行列があらわれた。それはそろいの水あさぎの衣裳を着た希臘の女に扮した男たちである。

道路の上に、自分たちの踊る空間を確保するために、四人の男が一団の周囲にめぐらした紐をいつも平行四辺形に支え持って、あわせて先駆の役をも果している。露払いに当る男は旗手であって、旗をふりまわしながら、ひときわ狂おしく踊っている。これに従うそろいの衣裳の二、三十人と、楽隊の十人ほどが、街頭のサンバのほぼ標準的な一単位であるが、前後に従う群衆が、次第に踊りに加わることによって、あたかも雪だるまのように肥え太ってゆく。

カルナヴァルの喧騒をつたえるために、言い忘れてならないことは、あらゆる人が、ただ黙って踊るのではなく、声をあわせて、声のかぎり歌いながら踊り、歌いながら行進するという点であろう。日本のいわゆる「拍子舞」である。音楽はすべてサンバあるいはマーチであって、その年のカルナヴァルの歌は、早くから沢山作曲せられ、発表される。その選択と淘汰《とうた》は民衆によって行われる。ほぼ五つ六つの、もっとも踊り易く、歌い易く、悦楽的で、衝動的で、表情ゆたかな音楽が、カルナヴァルの前にすでに流行し、子供にいたるまで、その歌詞をおぼえこんでしまうのである。歌詞は大抵ふざけた断片的な、リフレインの多いもので、ある歌は諷刺を、多くの歌は好色な意味を隠している。歌詞の一つ一つが二重の意味を持たしめられて、好色な寓意を秘めているのであるが、その歌を良家の幼い子女までが、両親の前で大声で歌って憚《はばか》らないのには、おどろかずにいられない。

クラブの音楽は大概黒人の楽団であって、一刻の休止もなく、曲のつなぎに短い早急な行進曲をはさんで、五つ六つの曲をくりかえして演奏する。街頭の音楽は、街角に設けられたゴンドラの造り物の中などで演奏している市や警察の楽隊をのぞいては、甚だ単純で、吹奏楽器の二、三と、大太鼓と、鐃鈸《にょうはち》が主なものである。なかんずく耳につくのは太鼓の単調な伴奏で、これは日本の祭の太鼓を思わしめる。

こういう歌と音楽に、各人が吹き鳴らす笛の音、けたたましい不協和音を立てる玩具の音、タンバリンの音、時折打ちあげられる花火の音が加わって、カルナヴァルの無類の喧噪が形づくられている。

今までは禁ぜられていたのが、今年に限って許されたものに、エーテルの入った安香水の噴霧器と、ピンガ(1)という焼酎がある。前者は女の衿元や尻や胸にかけてからかうための玩具であるが、もし目に入ればしばらくは目が痛んでものを視ることができない。これを沢山手巾に浸ませて、いきなり女の鼻孔に宛《あて》がうと、失神状態に陥る場合がないではない。後者はこの国の大衆的な強烈な酒であるが、クラブでシャンパンが水のように呑まれているのに、危険を慮《おもんぱか》って民衆に飲酒が禁ぜられているのは片手落だという非難に動かされたものであろう。

(1)　ピンガorカシアサ(リオ)orバラチorアグアル・デンチ・デ・カンナ。

これ以外の小道具は、テープと、頭上にふりかけあうコンフェッチ、丁度芝居の雪のような細かい丸い紙片で、紅、黄、青など色のちがいがある、そのコンフェッチとが主なものである。

今日では街頭のカルナヴァルは、黒人と下層階級とで占められるようになった。金がなくてクラブへ行けないものだけが、街頭でさわいでいるのである。以前は無蓋自動車のコルソーがあって、仮装を凝らした上流の家族が自動車をつらねて街頭へ押し出し、その場合庶民はテープやコンフェッチを投げかけて、さわがしい観衆の役をつとめたのであるが、今日では主客が転倒して、毎夜十一時にはじまるクラブの舞踏会へ赴く前に、中流以上の人たちは仮装のまま、民衆の狂喜乱舞を街頭へ見物に出かけるのである。

＊

二十三日の夜に入ると、カルナヴァルの中心である目抜きの通りアヴェニーダ・リオブランコは、車道も人道も悉《ことごと》く人で埋められるが、その七割ほどが仮装を凝らし、あとの三割も派手な色合の軽装で、街の色どりに加わっている。街路樹には灯火がちりばめられ、旗や大提灯《おおぢょうちん》や巨大な造り物は灯を点じている。

何ぞ鴉《からす》の雌雄を弁ぜんやというが、夜に入ると、黒人の男装と女装とはほとんど見分けがつきがたい。髯《ひげ》を生やした大男が半裸で乳当てをつけた女装の如きは、もっぱら滑稽な効果を狙っているが、少年の女装にもきわめて美しいものがあり、男装の女と女装の男の一組や、並の男と男装の女の一組は、見る者の目を惑わすに十分である。

猫がいる。骸骨がいる。生写しのチャップリンがいて、ステッキや手巾で軽妙な手妻《てづま》を演じてみせる。伊太利《イタリー》料理店には空の珈琲《コーヒー》茶碗を皿の上で見事に宙返りさせてみせる器用な伊太利の給仕がいるから、このチャップリンはおそらく日ごろの職業的な腕前を披露しているのであろう。ピエロがいる。悪魔がいる。闘牛士も、牧童も、外人部隊の兵士もいる。ジプシーに扮した青年の一団がある。チロルの若者に扮した姉妹がいる。

子供たちの仮装は殊に可愛いもので、両親が仮装していない場合は、日本の七五三と変りがない。男の子たちはカウボーイや冒険物語の主人公に扮し、女の子たちは、ハンガリー、オランダ、スペインなどの、各国の民俗的な晴着に身を飾っている。そして心は半ば仮装の人物になり、もう半分大人になったような気持がして、見るよりも見られることを意識しながら、母親に手を引かれて生まじめな顔つきで進んでゆく。

大きなお腹の造り物をスカートの下に詰め、「私は失敗した！」という札を背中にぶらさげて、姙婦に扮した滑稽な男が歩いてくる。

とこうするうちにコザックに扮した市の騎馬隊が二、三の山車《だし》の先駆をつとめて、群衆を蹴ちらして進んでくるが、さまざまな趣向を凝らした山車の行列は、最後の日にならなくては見られない。

仮装の人たちのあいだに、仮装ではない本物のインディアンがあらわれるときは、実に奇妙な光景を呈する。贋物《にせもの》のインディアンも、しりぞいて人垣に加わって、これを見物しないではいられない。

インディアンの一行は威風堂々と進んでくるが、その最高礼装は実に煩瑣なもので、頭の羽根かざりの前に、小さな鰐《わに》や水鳥の剝製がとりつけられ、額にかざった小さい三つの丸鏡が時々灯火を反射して見物人の目を眩惑することに力《つと》めている。腰には豹の毛皮を巻き、豹の歯の頸飾《くびかざり》をかけている。手に携えた原色の弓矢はきわめて美しい。背中には矢筒のほかに、御苦労にも、大きな水鳥の剝製といいたちの剝製を荷《にな》っている。かれらは毎年の吉例の訪客で、奥地から先祖代々の姿をして、カルナヴァルのリオを訪れて来るのである。

＊

リオの下層階級の中には、一年間をただカルナヴァルのために働く人間が少くない。仮装をするのも、三流どころのナイト・クラブへ押し出すのも可成《かな》りの物入りなので、一年間働らいて貯め込んだ金を四日で費消するのは易々たるものである。京都近在の農家では、十二月の南座の顔見世興行を見物するために、一年がかりで貯金をする慣わしがあるが、リオの人たちのはその比ではない。カルナヴァルの前に、今まで一年間給仕や女中としてつとめた家から暇をもらい、あとの四日間で有金を悉く使い果したのち、また新しい勤め口を探すのである。

のみならず黒人の間には、カルナヴァルを心ゆくばかり享楽すれば、子供の代には白人になるという迷信が行われている。

ブラジルは世界で最も奴隷解放の遅れた国で、親から享《う》けた漆黒の肌をなげく解放奴隷《カボクロ》の歌は、「白くなりたい……白くなりたい……」と歌うのである。黒人たちが仮装に身分不相応な金をかけるのも、半ばは仮装というものが、自分以外のものになりたいという欲望を充たしてくれるからに相違ない。

事実、奇蹟はたびたび起って、その漆黒の父親が知らない場所で、彼の金髪白皙《はくせき》の息子が生れて来る場合がある。しかしその白皙の息子が年長じて、白人の娘と結婚したのち、思いがけない漆黒の赤ん坊が生れたりする。

毎年のカルナヴァルがつくる私生児は数しれない。皮肉なことに、かれらはクリスマスのころ、あの神聖な私生児の精霊と手をつないで、地上へ生れ落ちてくるのである。

＊

私は四晩の内三晩を、二晩はナイト・クラブ「ハイライフ」で、最後の晩はヨット・クラブの舞踏会で踊り明かしたが、別段白人に生れかわりたかったためではない。カルナヴァルの陶酔は、これをただ眺めようとする人の目にはいくばくの値打もないからである。その結果、私は正直に自分が陶酔したことを告白したい。

舞踏会《バイレ》の舞踊では一組の男女のあいだに、しばしば狂言舞踊の所作めいたものが行われる。それは人に観せようというのでもなく、踊りの雑沓に揉《も》まれながら演ぜられるのであるが、歌詞の一行一行をそれぞれ男女が分担して、歓喜や得意や驚愕や落胆や閉口頓首の表情を巧みに且つ身振りたっぷりに示しながら踊るのである。相手がなくて、女一人男一人で、あるいは女ばかり三、四人手をつらねて踊っている者もあるが、彼らも完全に踊りの昂奮に融け入って、却《かえ》って踊りの指揮を買って出たり、見しらぬ相手を踊りの渦の中へ引込んだりする。女たちは決った男に侍《かしず》かれていても、床《ゆか》の周辺のテーブルの見しらぬ男に、たえず媚態《びたい》を示して憚《はばか》らない。他人のテーブルの煙草や酒をねだることは当り前である。中には抜目のないのがいて、他人が踊っているあいだにそのテーブルを占領して、他人のシャンパンを呑んだりする。

私は今さっき、「その陶酔はこれを眺めようとする人の目にはいくばくの値打もない」と書いたが、カルナヴァルの舞踏会は、踊り疲れて卓に凭《よ》ってこれを眺めていても、独特の興趣をもっている。普通の舞踏会は一組一組の男女が相擁して踊るために閉鎖的である。しかしカルナヴァルのサンバやマルシァはつまり行進なのである。この円周運動はすべて行進というものを見るときのわれわれの娯しい感情を喚起する。日本の劇場における花道の行列を見るときに俳優がわれわれに横顔を見せて目指すところへ進んでゆくという印象が、えも云われぬ演劇の「真実らしさ」を含んでおり、それは本舞台の上の行進よりも、登場人物たちの感情の断面をもっと鮮明に窺《うかが》わしめるように思われる。というのは、本来額縁舞台は、登場人物が密室の中で、観客に見られていることを知らずに行動しているという仮構なのであるが、舞台はある程度客席から距離があるために、われわれはいっそのこと、われわれのすぐ目の前を、登場人物たちがわれわれの存在に毫《ごう》も気づかずにとおりすぎてゆくところを見たいのである。花道はこの要請を充たすと同時に、またそれとは反対の要請、われわれに気がつかずに行きすぎた親しい友人が、そう見せかけることによってわれわれの悪戯《いたずら》ごころを満足させたのち、急にふりむいて笑いかけてほしいという要請をも充たしている。サンバの舞踏はこの花道の行進に近いと云っていい。

次々とあらわれるオダリスクや女士官や女闘牛士やクレオパトラやオフェリヤなどの美しい横顔の行進を見ていると、彼女たちは今からおのおの悲劇の役割へ急いでいるようにも見えるのであるが、その取合せが雑多で思いがけず、中にはこれと云って仮装していない人も少くないので、私はバレエの舞台裏で、登場の合図を待つあいだ、足馴らしをしている踊り子たちの間にいるような心地がした。目の前の乱舞は舞台の上の出来事のようであるが、それに私が立ちまじって踊ることも容易なので、むしろ或る予想されていた舞台にむかって進んでゆく進行を思わせる。その予想されている舞台とは、今ここでは目に見えないが、たしかに現前を約束されているもの、四日四晩の陶酔の時の経過が、それがおわったのちに人の心によびさますいいしれぬもの、快楽のあとの目ざめ、あのルバイヤットに歌われている「死」の如きものでないとはいえない。

*

ヨット・クラブのカルナヴァル。……クラブの前に、群衆が今宵の客の仮装を見物しようと待っている。人のたのしみを見ることも、かれらのたのしみの一部なのである。

会場はヨット・ハーバアにのぞむクラブ・ハウスで、各室の区切を取り除き、中央の広間とテラスを中心に、各所で随意に踊れるようになっている。ここではよほど念入りな仮装が見られ、白いカッタアシャツの背に大きな白い翼をつけた、小肥りした禿頭の天使や、(その禿頭が御丁寧に円光を頂いている)、サムソンとダリラの夫婦や、海賊や鼠が一緒になって踊っている。卓上のコップを一寸《ちょっと》放っておくと、いつのまにかコンフエッチがいっぱいうかび、知らずに呑むと赤や緑の紙片が、口の中に貼りついてしまう。卓に就けばいやでも踊りの陶酔に巻き込まれねばならないが、さもなければいろんな心配で神経衰弱になってしまうであろう。

私は現に、多分子供の無軌道を監視するために来た母親で、終始眉根に皺《しわ》を寄せながら忙しそうにしている婦人を見たが、彼女ははじめその卓のコップの中にコンフェッチが入らぬように扇でかわるがわるおおうているうちに、とうとうこの無益な仕事に愛想をつかしてしまい、今度は卓にぶつかってすぎる乱暴な踊り手が、コップを倒すことを警戒しはじめた。そのうちに同じ卓の、麦酒《ビール》会社の専務の夫人だという美しいツィガーヌが給仕の制止もきかずに卓上に上って踊り出したので、憂鬱な働き手はすぐさま卓布を丸め、コップを片隅の安全な場所にまとめて置き、シャンパンの瓶が倒れないように、これを両手で、一生懸命押えていなければならぬ始末になった。卓布が泥だらけにされただけでも、彼女の衛生思想は痛手をうけたにちがいないが、そのうちに卓上の踊り手は、二人のコロンビイヌを加えて三人になり、卓の板はみしみし云い、汗はたちまち踊り手たちの衣裳の背に隈《くま》をこしらえ、運ばれた皿いっぱいの砕氷を、踊り手たちが手づかみで口に投げ入れあい、卓の横をすぎる踊り手の髪にたわむれに氷を擦り込んだりするのを見ては、シャンパンの罎《びん》を押えている婦人の眉間の皺は、ますます深まるばかりであった。

こういう面白い眺めをあとにして、ヨット・ハーバアにのぞむ庭へ涼みに出ると、その岸壁には、見事な欄干が一夜にして築かれている。というのは、さまざまな仮装の若い男女が一組ずつよりそって、岸壁の端から端までを占めて腰かけているのである。海風はかれらの髪をひるがえし、その髪の屛風のかげで、とめどもない接吻をつづけている幾組かが見られるが、海ぞいの散歩道をゆく寛闊《かんかつ》なシーザアや、肥った天使は、こんな子供らしい陶酔には目もくれない。

とこうするうちに、庭の椰子のかげの一つの卓で喧嘩がおこり、物見高い人たちが忽《たちま》ちそのまわりに人垣をつくった。見ると金髪の女と栗毛の女が髪をつかみあって組んずほぐれつしている。喧嘩の原因をなしているらしい浮気な色男は、髭《ひげ》を生やした好い年配の大男であるが、ピエロの仮装で心配そうにおろおろしている。そこへ肥った黒衣の中年婦人が仲裁役を買って出て、男たちに命じて女二人をそれぞれ控室へ退《ひ》かしめると、自分の役割の成功に満足した彼女は、みんなの注目を浴びながら胸に十字を切って悠然と引上げてゆくのである。この土地の人には、それは本当の喧嘩を見る喜びに他ならないが、私にとっては、むしろ伊太利喜劇の一齣《ひとこま》をみるたのしみであった。

＊

謝肉祭の最後の夜は、こんな風にいつまでも名残り惜しく踊られるが、その最後の舞踏会のはじまる前に、民衆の待ちかねていた山車の行列が街を練ってゆくのが見られる。それは主としてアヴェニーダ・プレジデント・ヴァルガスから、リオブランコの大通りを通って、リオブランコの尽きるところで引返す道行《みちゆき》であるが、こういうものにこそ由緒がほしいのに、どの山車も半裸の女を乗せたアメリカ風の見世物や、ブラジルの産業的繁栄を謳歌したものや、教訓的なものや、さもなければ諷刺的なものに尽きている。「カシアス行電車」というのがあって、機関銃や物騒な武器を携えた男たちの乗っている電車の山車があるが、これは暴力団を養っており、時折これを使嗾《しそう》して政敵を暗殺するので有名な代議士カシアスを皮肉ったものである。これほどその非道が周知であり、その悪名が高いのにもかかわらず、彼はいつもうまく立ち廻って、今まで法廷に引き出されたことは一度もない。

山車の寄進者にはほぼ三種類がある。一つは市当局である。一つは大会社が宣伝をかねて寄進したものである。一つはいくつかの著名な謝肉祭倶楽部である。これらの倶楽部は毎年の謝肉祭のために存立している伝統的な著名な倶楽部で、会員たちの会費の大半は、維持費を除いて謝肉祭の舞踏会と、山車の寄進に充てられるのである。

こういう倶楽部の寄進にかかるもので、きわめて美しい山車がいくつかあり、贅を凝らした古代埃及《エジプト》の巨船や、子供たちが雛《ひな》に扮した大きな雞の山車があった。

テアトロ・ムニシパールの前は見物で埋っており、街路も人で一杯なので、山車の前には騎馬やオートバイの先駆が立たなければ、人ごみを分けることが容易でない。群衆は山車に乗った女王役や侍女役の美人に、ここを先途とばかりコンフェッチやテープを投げかけ、時を同じうして広場のゴンドラの造り物の中では、黒人の楽隊が演奏に気合をかけ、反対側の街路をサンバの一団がつぎつぎととおりすぎ、いたずらな子供たちは、インディアンやツィガーヌに扮した恋人同士の衿許《えりもと》に香水をふりかけてまわるのに忙しい。いつも出入を禁ぜられている芝生も、人の踏むに任せられているが、照明が大そう明るいために、散乱した紙屑が際立ってみえ、それが擾乱《じょうらん》の不安な感じを醸し出すのに役立っている。

＊

私の行かなかった舞踏会のうちに、最も豪奢なテアトロ・ムニシパールの舞踏会と、商売女ばかり集まる秘密倶楽部の舞踏会があるが、後者は好色な紳士たちが、なじみの女と出かけるところで、そこでは日本の古い言い廻しを借りると、文字どおり「お祭がとおる」ほどの馬鹿さわぎが演じられる由である。

＊

二十七日、謝肉祭はすでに終っており、商店も事務所も正午から仕事をはじめるのが慣例である。

その日に街へ出たときの印象ほど奇妙なものは数が少い。大きな造りものこそまだ取り壊されるにいたっていないが、これを除いては街は細部にいたるまで五日前の旧態に戻っている。リオの夏はかなり蒸暑いが、半ば欧洲風の、半ば植民地風の慣習上、男は上衣を着、ネクタイをつけねばならない。今日、街には無作法な姿は一人も見られず、男はすべてネクタイを結び、エレガンな女たちはとりつく島もない気取った姿で歩いている。この人たちが昨夜までインディアンや土人の女に扮して同じ道を半裸で踊りまわっていたのだと思うと、どうしても失笑を禁じ得ない。

この効果を心得た意地悪な警察は、謝肉祭のあいだ泥酔したり乱暴を働いたりしたおかげで留置されていた連中を、聖灰水曜日二十七日の正午に釈放するのである。

これを見のがさない意地悪な連中が、自分たちはもうすっかり平服に戻って、昼まえから警察の前で待ちかまえている。やがて無精髭を生やしたアルルカンや闘牛士が、しょんぼりと真昼の日光の下へ突き出されてくる。群衆は腹を抱えて笑い、かれらを指さしていろんな罵詈《ばり》雑言《ぞうごん》を投げかけるが、それにこたえていきり立った応酬をしたりすると、ますます笑われることは必定なので、多くはすこしも早く身を隠そうとあせりながら、うつむきがちに群衆の間をすりぬけ、裏道づたいに我家へかえってゆくのである。

欧洲紀行

ジュネーヴにおける数時間

三月二日

機上からアルプス連峯の壮麗な眺めをたのしんだのち、私は瑞西《スイス》に入って、ジュネーヴで数時間をすごした。

チューリッヒ経由で巴里《パリ》へ行く筈の飛行機が、天候の加減でジュネーヴに止ったのである。

しかし日曜日のジュネーヴは快晴であった。湿度の高い南米の夏から、一気にアルプス山脈の澄明な早春へ投げ入れられたのは、まるで情慾の果てたのちに、形而上学の世界が立ち戻ってくるようで、掃き清められた午前のジュネーヴの街へ歩み出たとき、私は久しぶりに抽象の世界をまざまざと眼前に見る思いがした。事実、あの南半球の耀《かがや》かしい国には、抽象的な存在は何一つ住んでいなかったと言っていい。ニイマイヤアの超近代建築も、南米の風土に置かれると、建築学の幾何学的本質は隠され、ただその形態だけが、巨大な風土的な美、ブラジルの自然のもっているさまざまな怪物的な巨大な美を代表しているかのように見えるのである。

日曜日のことで大抵の店は閉まっていた。が、澄んだ硝子窓《ガラスまど》の中には、沢山の時計が飾られ、そのあるものは克明に時を刻んでいた。これを見ても、私はこの国の有名な時計工業を、いかにも抽象的な作業の集積のように感じるのであった。

行人は手袋をはめていたが、私の手袋は日本へ送り返した外套のポケットに入れたままだったので、指先が多少かじかんだ。私は中央停車場前の大通りをしばらく下り、ジュネーヴ湖へそそぐローヌ河に架せられた橋をわたって、河中の小島、イル・ド・ルソオのベンチに憩《やす》んだ。

小島の周囲には、沢山の水鳥が河中に放し飼にされて飼われていた。白鳥がいる。黒鳥がいる。野鴨がいる。鷭《ばん》がいる。白鳥の一隊の悠々たる遊弋《ゆうよく》の頭上を、おびただしい鳩がかすめて飛ぶ。鳩たちは橋の上のいたるところを歩きまわり、人が近づいてもおどろかない。

私は河をさしのぞいて、その水の澄明なことにおどろいた。こうした透明な水の結晶のような耀きを、久しく見ないような心地がした。

水にも空気にも、抽象的な匂いが瀰《ひろ》がっていた。すべては正確で、的確で、軒並の建物の輪郭までが実に正しく見えた。街の彼方《かなた》には雪をいただいた連峯が眺められたが、よく晴れた空と山々との境界も、正確な稜線の計算を隠しているかのように思われる。……私の目の前の繁みに、二、三羽の雀が来た。雀は長い虫をくわえていて、首をめぐらして、その虫をふりまわすような仕草をした。一羽が翔《た》った。他の一羽も俄《にわ》かに落着かない様子を見せて飛び翔った。その形も大きさも、日本の雀と全く変りがない。

対岸の倶楽部の建物の前を風船売りがとおる。倶楽部から午前中の用談をすませた老紳士が二人現われて、帽を脱いで挨拶をして、左右に別れる。

私はどこかに煖房《だんぼう》を施した喫茶店を探そうと考えてベンチを立った。寒気がだんだん身にしみて来たからである。

鉄柵に凭《よ》って五、六人のボオイスカウトが河の中の水鳥のうごきを眺めていた。かれらの背後のベンチの上には、その質朴な荷物、カーキいろの小さなリュックサックが積まれていた。かれらは今日、雪のある山へ連れ立って登るのにちがいない。

パリ

三月三日―四月十八日

シルク・メドラノ

日曜の晩のメドラノの曲馬。子供の数が大そう少いのは、夜の興行だからであろう。曲馬はこれを見るごとに、およそ平衡を失わなければ、どんな危険を冒しても安全だと語っているように私には思われ、また、どんな不可能事の実現と見えるもののなかにも、厳然と平衡が住んでいることを教えられるのである。

われわれは肉体の危険にもまして、たびたび精神の危険を冒す。そのときわれわれは曲芸師のようにかくも平衡に忠実であろうか。曲芸師が綱から落ち、曲芸師の額から皿が落ちるときに、われわれは彼等があやまって肉体の平衡を冒したことを如実に見るが、われわれが自ら精神の平衡を失うさまは、これほど如実に見ることはできないので、それだけ危険は多く且つ重大である。

曲芸師は肉体の平衡を極限まで追いつめて見せる。しかしかれらはそのすれすれの限界を知っており、そこでかれらは引返して来て、微笑を含んで観衆の喝采に答えるのである。かれらは決して人間を踏み越えない。しかしわれわれの精神は、曲芸師同様の危険を冒しながら、それと知らずにやすやすと人間を踏み越えている場合があるかもしれない。

思惟が人間を超えうるかどうかは、困難な問題である。超えうるという仮定が宗教をつくり、哲学を生んだのであったが、宗教家や哲学者は正気の埒内《らちない》にある限り曲芸師の生活智をわれしらず保っているのかもしれない。もし平衡が破られたとき実は失墜がすでに起っており、精神は曲馬の円い舞台に落ちて、すでに息絶えているかもしれないが、そののち肉体が永く生きつづけるままに、人々は彼の死を信じないにちがいない。狂気や死にちかい芸術家の作品が一そう平静なのは、そこに追いつめられた平衡が、破局とすれすれの状態で保たれているからである。そこではむしろ、平衡がふだんよりも一そう露《あら》わなのだ。たとえばわれわれは歩行の場合に平衡を意識しないが、綱渡りの場合には意識せざるをえないのと同じである。

今宵、私は綱渡りを見なかった。その代りに組合せた十五の椅子を、口で支えてみせる男や、空中高く同僚の歯に体を吊して煽風機《せんぷうき》のように身を廻してみせる男や、額の上に十の燭台を重ねて載せ、その上に蠟燭を投げ上げてみせる男や、女を片手の掌の上に直立させてみせる男を見た。

なかんずく面白いのは海驢《あしか》の曲芸で、それを子供のころハーゲンベック・サーカスで一度私は見ている筈であるが、海驢が鼻先にゴム毬をのせ、投げ上げられたそれを同僚の鼻先が見事にうけとめたりするのである。或る海驢はオリムピアードの選手のように、松明《たいまつ》を鼻にのせて卓上にのぼってゆき、或る海驢は鼻に大きなゴム毬をのせたまま逆立をしてみせる。なかに一匹出来のわるい海驢がいて、同僚の番のときに自分が出て行ったり、自分の番になるとしくじったりしながら、同僚がむつかしい曲技に成功すると、身をくねらして、真先に両鰭《りょうひれ》で拍手をした。

海驢の体はセピアいろの光沢を放ち、この上もないほど柔軟性に富んでいる。それが鼻先に毬をのせたまま階段を上り下りする時、身をくねらして平衡を保っている筋肉の滑らかな運動が、薄い皮膚の下にありありと見える。平衡を保つに適した精神も、海驢の体のような柔軟性に富んだものでなくてはなるまい。

水陸両棲のこの獣のふしぎな柔軟性に、曲芸師たちの調練された肉体は近づこうと努力している。しかし悲しいかな、人間の肉体も精神も、このような危険な均衡のためにだけ生きているのではない。曲芸師は単に一個の職業であって、満場の観衆は感嘆し、拍手を吝《おし》まないが、誰も曲芸師を羨んだり、曲芸師になりたいと思って見物しているわけではない。

われわれの精神もこうした危険な平衡を保つためにばかり調練されると、遂にはそれが職業的なものに堕してしまう危険がある。調教は熟練を要求するが、熟練が時として技術に固定してしまうのは自然である。のみならず海驢と違ってわれわれの内部では、いつも肉体と精神が対立しており、一方がのさばり出すと、一方は不器用にならざるをえない。

危険はわれわれの精神をして平衡へ赴かしめる。しかしそれは予期された危険であってはならないのだ。反復される危険も危険であることには変りはないけれど、それはいつしか抽象的な危険になる。あの危険、この危険、今の危険、この次の危険、それから一つの抽象的な危険が編み出されてくる。しかしわれわれの生きている精神が会うべき危険は、具体的な危険でなければならないのだ。

肉体と精神とは、やはり男と女のようにちがっている。肉体はわれわれの身を護り、もし精神の異常な影響がなければ、進んで危険へ赴くものではない。肉体はわれわれを病菌や怪我から護り、これらに一度冒されれば、抗毒素や痛みや発熱でもって、警戒と抵抗を怠らない。しかし精神は自ら進んで病気や危険に赴く場合があるのだ。というのは、精神は時としてその存在理由を示さねばならぬ必要から、危機を招いてみせる必要に迫られる場合があり、さもなければ、われわれの精神は頑強に、おのれの存在を信じようとしないかもしれないのである。

実に奇妙なことだが、それは事実である。むしろそれは精神の本質であって、肉体が存在するようには精神は存在せず、精神は自分の存在を疑うところに生れて来たのだから、むしろそれは常態なのであるが、この常態が永くつづくと、精神は反対の力、自己証明の力でもって、これと平衡を保とうと試みる。生きた危機、具体的な危機が要請され、これに直面した精神は、緊張して平衡状態を保つために白熱する。はじめて精神が現前したように思われ、その存在理由は明かになり、危機の中で、一瞬、精神は自分自身を信ずるにいたるのである。

危いかな、実はこの瞬間こそ、生きた自由な精神の本当の危機なのである。そこでこういう瞬間にこそ平衡を保ちつづけることが、精神の真の機能であり、精神が真に存在するという証明になるであろう。

——曲馬団は肉体の危険の見世物であるが、曲馬が演ぜられ、曲馬が観られることは、恰《あたか》も精神の要請であるかのようで、それをもたない動物たちは、危険なスポーツも好まなければ、仲間に危険な見世物を演じさせて喜ぶこともない。

私はさらに、馭《ぎょ》せられるままにワルツやルンバを踊る馬を見たが、馬はすこしも踊っているつもりはないのであろう。

陽気なクラウンたちの幕間《まくあい》狂言は殊に面白く、一人のクラウンは山高帽子をとると髪に赤いリボンを結んでおり、一人のクラウンは親方に叱られて、あわててスーザホーンの中に逃げ込むのであった。

獅子や虎が跳躍して輪をくぐってみせる曲技もあり、こうした猛獣の曲技は、円い緑の檻《おり》の中で演ぜられるのであるが、最後に一匹残された虎にむかって、鞭《むち》を捨てた年配の猛獣使が真向から悠々と進んでゆくと、そうするように命ぜられている忠義者の虎は、猛獣使が胸にさげている勲章の威光をさもおそれるかのように、巧みにたじたじと退いてみせた。

フォンテエヌブロオへのピクニック

三月三十日

巴里の春は遅々として進まない。三月の上旬はむしろ暖かった。下旬から沍返《いてかえ》って、一昨日はしばらく雪が降った。雪の前後はひどく寒かった。

ここのパンシオンへ移って以来、二週間というもの殆《ほとん》ど晴天を見ない。一日二日晴れた空を見たことはある。それも午後になると曇るか、却《かえ》って寒さのまさる前触れであったりするか、である。そういう寒い晴天にも、公園の芝生が一冬のあいだ鮮やかな緑を失わず、雲も恰度《ちょうど》夏雲のような形の雲があらわれていたりするので、その対照が異様な感じを与える。芝生の暖かい緑を見ていると、この寒さは私一人の寒気《さむけ》ではないかとさえ思われて来る。

きょうの日曜、われわれは在外事務所のS氏に招かれて、フォンテエヌブロオへドライヴに行った。

S氏の家族は、夫人と小さいお嬢さんと坊ちゃんである。「われわれ」とは、同じパンシオンに逗留している木下恵介氏と私とである。

春寒の曇った朝で、雨の気配はないが、晴間もどこにも見られない。私はこういう巴里に倦《あ》き倦きしている。殊に私のパンシオンの界隈は、沈滞した小市民の住宅街で、窓から見ると、黒い同じような服を着て前かがみに歩く老婆ばかり、それと乳母車を押して買物に出かける女ばかりが目立ってならない。私は仕事の合間に、曇った空と枯れた並木と、同じ高さの建築の前をとおる彼女らを眺めながら、こう考える。

『ここでは赤ん坊と老人しか見ないのは、ともすると赤ん坊がすぐ老人になってしまうせいではないだろうか』

それでも樹々は日光のためではなく、何かただ因習を守るためかのように、少しずつ不安そうに芽吹いている。セエヌ河岸をゆくと、水はまだ見るからに冷たいのに、両岸の並木の梢《こずえ》が、ほんのりと淡緑を加えているさまが、曇り空を背景に窺《うかが》われる。

今朝のドライヴの道中でもそうである。ところどころの郊外住宅の塀のうちそとに、われわれは花ざかりの桃(pêche)の樹を見た。それは日本の桃よりも、見た目はむしろ桜に似ている。

巴里から東南へ出て、いくつかの町や小都会を走り抜ける。Ris Orangis のあたりで、鄙《ひな》びた厚い石塀の上を歩いている犬がある。猫がよくそうするのを見て、一度やってみたいと思っていたのであろう。

フォンテエヌブロオに向って疾走する家族づれの自動車が数を増してくる。自動車ばかりではない。良人《おっと》が運転して、妻がその胴に手をまわして、うしろに相乗りしているオートバイをいくつか見る。夫婦とも革の上着を着、鉄兜《てつかぶと》のようなものをかぶり、塵除《ちりよ》けの眼鏡をかけている。もっと勇敢なのは、そういう相乗りの夫婦が、前後の二人のあいだに子供をさしはさんで疾走してゆく。かれらは緊張のしどおしで、愉しいピクニックの目的地へ着くまでに疲れ切ってしまうであろう。

木蓮によく似た並木が道の上に穹窿《きゅうりゅう》を作っているところを通ったが、緑の時分になると、それが緑のトンネルのようになるそうである。

やがてわれわれはフォンテエヌブロオの森に入ったが、それは森というよりも際限もない林であり、早春というよりも秋の眺めであった。木々の幹には苔が青々と生え、地面は落葉に覆われている。仏蘭西《フランス》の冬は風が少いので、まだ多くの下枝《しずえ》が、去年の紅葉《もみじ》を残している。茶褐色のその葉が、林の奥のほうまで、ほぼ目の高さにつづいている。

そしてそれより上の枝は葉をとどめない。

落葉のそこかしこから巨《おお》きな石が肩を露わしているさまは、日本の庭のようである。或る一角へ来ると、それらの石の源泉ともいうべきものに行き当る。森の各所に秀でている丘陵が皆、石なのである。巨石が無細工に積み上げられて丘陵をなしているだけで、石のほかにはその割目から生い立った松のほかに何もない。石をおおう何ものもない。河原石をつみかさねて子供がよく小さな山を作るが、それを拡大したような形のこういう丘陵は、どういう地質学的原因によって出来たものであろう。

一つの巨石の上に登って見ると、むこうにも同じ石の山が林を抜ん出ている。石の色は荒涼たる白さであるが、遠目に見るとその荒涼たる感じは柔らげられて、斑《まだ》らの残雪のように見える。

われわれは一つの奇石のかげで、弁当をひらいた。葡萄酒とフロマージュが美味《おい》しかった。

そのうちに森の中で、俄かに賑《にぎ》やかな笑い声がきこえた。何台かのバスに分乗して来た小学生の団体が着いたのである。かれらの駈けっくらをしている姿が、樹間に隠見する。半ズボンからあらわれた少年の膝頭は、白く引締って、いかにも美しい。

各国の田舎者の間にまじってわれわれはフォンテエヌブロオ宮を見物したが、私はそれについて殊更に書く気がしない。そこで数枚の色つきの絵葉書を貼りつけるための、余白をあけておくにとどめよう。

帰路、鮮やかな緑の麦畑のかたわらに立って、黄水仙の花束をかかげて、疾走する自動車に呼びかけている人が、一町おきに二、三人つづいている。買手は主に若い自転車の乗手はなかなかこれを購《か》おうとしない。買手は主に若い自転車の人たちである。若者たちの自転車、若い男女の相乗りの自転車が、車の前後に黄水仙の花束を二つも三つもつけて、巴里へいそいでゆく。ある花束は、揺れるうちに顚倒して、切りそろえた茎の淡緑の切口を夕空へ向けている。相乗りの元気な乗手は、しばしば自動車を追い越すほどである。

われわれが巴里に入ったとき、七時でまだ明るかった。しかし巴里はすでに灯《ひ》をともしていた。こうして暮れぬさきから灯《ひと》もしている都会へかえるときに、われわれの感じる悲しいような嬉しさは、都会に育った者だけの知っている幾多の感覚の喜びの一つである。

ロンドンおよびギルドフォード

四月十九日―二十三日

私は再び多忙な旅人となった。巴里の一隅の沈滞したパンシオンを後にして、再び飛行機や両替やたえざる心附の心配や、ホテルの活気あるロビイや劇場や昇降機やアポイントメントの生活の人になった。そういう生活が今の私には、日本を旅立ったときのように新鮮である。

私は巴里が好きではなかった。巴里滞在を一ヶ月半に及ぼしめたあの盗難事件ばかりではなく、巴里では私の心身を疲れさせる瑣事が次々と起った。一刻も早く私は巴里を遁《のが》れたかった。最後の晩、友人木下恵介氏と黛敏郎氏が、私を伴ってゲイテ・リリック劇場へ行った。フランツ・レハールのオペレッタ「微笑の国」(1)を観るためである。このオペレッタについて何も知るところのない私は、仏蘭西の最後の印象を「微笑の国」という名で修飾することに希望を持った。しかしその「微笑の国」とは、仏蘭西のことでもなく、オーストリーのことでもなかった。愛人の王子を追って、王子の故国支那を訪れたオーストリーの令嬢が、そこの一夫多妻主義に愛想をつかして、再びオーストリーにかえるという筋である。王子の妹ミイもオーストリー士官に恋するが、士官もまた故国へかえり、兄妹ともども愛する者を失って残される。そのとき兄の歌う歌が、われわれは微笑の国に住んでいる、心にどんな悲しみのあるときも、面《おもて》には微笑を湛えていなければならぬ、妹よ、微笑《ほほえ》みなさい、微笑みなさい、という大意の歌である。

日曜日の午後、飛行機からケンジントン・ステイションへ旅客を運ぶ乗合自動車は、ロンドンの美しい郊外をとおった。旅行者はあらゆる風景を主観を以てしか見ることができない。忌わしい巴里を遁れた喜びのために、郊外住宅の見事なローンや、小公園の池の反映や、日本のそれとまがうなつかしい褐色の光沢を帯びた葉と鄙びた紅《くれな》いの花をたわわにつけた山桜は、この上もなく美しく見えた。

私はアメリカ風の新装を凝らしたホテル「マウント・ロイヤル」に室をとった。それはマーヴル・アーチとハイド・パークのすぐそばにある。窓をあけると眼下のオクスフォード・ストリートを、子供のころしばしば絵葉書で見た真赤な二階建バスが往来している。

朝のハイド・パークは木立の奥が霧に霞んでみえ、そこを真紅の房を垂れた黄金の兜をきらめかせて、近衛騎兵の一隊が粛々と通った。

トラファルガア・スクエアーで、私は三越百貨店の獅子の本家を見た。四匹の獅子は高く飛沫《しぶき》をあげる噴水を衛《まも》って控え、三越の獅子の二倍もあるその体軀を、大理石の台座の上に据えて憂鬱そうに押し黙っている。獅子が虎よりも偉大なのは、多分その力のためではなく、その憂鬱のためである。

私はベンジャミン・ブリットンの新作歌劇「ビリー・バッド」(2)を見、シェークスピアの喜劇「からさわぎ」(3)を見た。「ビリー・バッド」は、メルヴィルの小説の歌劇化で、大洋の暗い思想に溢《あふ》れ、紐育《ニューヨーク》で見た「サロメ」、巴里で見たスツットガルト歌劇団の「トリスタン」と共に、最も私の好みに叶った歌劇である。

英国の劇場では、開演前、または終演後に国歌を奏して見物が起立する習慣がある。シュニッツラアの「輪舞」を原作とするエロチックな仏蘭西映画のあとでも、レビューの終幕に裸の踊り子たちが勢揃いをしたあとでも、そうである。英国人の好むのは主として喜劇であるが、欧洲大陸に周期的に流行する「不安」を、この喜劇と国歌が同じように好きな国民の間に流行させるのは、容易なことではあるまい。

(1)　作曲　フランツ・レハール、台本　ルドウィッヒ・ヘルツァーおよびフリッツ・ローナー、スー・チャン公：ミッシェル・ダン、ポテンスタイン伯：ジャック・ピエルヴィル、リザ姫：ジャクリィヌ・ド・ブールジェ、ミイ：ジャクリィヌ・ルジューヌ

(2)　キャプテン・ヴェーア：ピータア・ピアーズ、ビリー・バッド：アラン・ホブスン
〈コヴェント・ガーデン帝室歌劇場〉

(3) 演出 ジョン・ギールガッド、装置・衣裳 マリアノ・アンドリュウ、作曲 レスリィ・ブリッジウォータア、ベニディック：ジョン・ギールガッド、ビアトリス：ダイアナ・ワインヤード、クローディオ：ロバート・ハーディー、ヒアロー：ドロシイ・テューティン、アラゴン公ドン・ピードロー：ポール・スコフィールド、メシナ総督リオネートー：ルイス・カッスン

〈フェニックス劇場〉

＊

どこの国でも、首都の威容よりも小都会の風物を愛する私は、「朝日新聞」の椎野氏を煩わして、乗合自動車で Surrey 州の小都会 Guildford へ行った。

沿道の郊外には、春の移りやすい空模様の下に、イギリスの野がそのさまざまな姿態を示した。晴れたと思えば降る。雨上りの空は殊に美しく、巴里の印象派美術館で見たシスレイの「雲」を思わせる雲があざやかに泛《うか》んでいる。

ところどころに牧場を見る。親の白い緬羊《めんよう》のあとを、小刻みの足取りで仔羊が追う。ある仔羊は黒兎のように黒く、ある仔羊は足だけが黒い。黄いろい花をつけた灌木の聚《しゅう》落《らく》がいたるところにあるのは、ヒースであろうか。

ギルドフォードの町の小さい劇場では、倫敦《ロンドン》の或る一座が巡業して来て、エリオットの「カクテル・パーティー」を上演している。ときをつくっている赤い雞を看板にえが

いた酒場、古風な喫茶店、レコードを商う店、そういう町並にはこれといって特色があるわけではない。

しかし急坂をのぼって町の中心部に達したわれわれは、「犬と自転車出入りを禁ず」という札をかかげた古雅な建物の門をくぐった。幸いにして私は、犬でもなく自転車でもない。見るとHospital of the Blessed Trinityと大書してある。私はホスピタルの意味を詳《つまび》らかにしない。それが「病院」の意味のほかに、どんな古意を含んでいるのか詳らかにしない。しかしこの「聖三位一体病院」ほど病院らしからぬ病院を見たことがない。カンタベリー大僧正ジョージ・アボットが千六百十九年の建立にかかるものという銘がある。

桝形《ますがた》の建物は、百坪あまりの中庭を囲んで寂《せき》としている。中庭は中央の通路に二分された芝生に覆われ、そのおのおのをチューリップの縁飾りがいろどっている。千六百十九年建立の銘の上に、古めかしい大時計がはめ込んであるが、この人気《ひとけ》のない中庭の時空を絶した雰囲気を裏切っているのは、英国らしく几帳面に外界の時刻を指し示し、現にアメリカ製の新式の私の腕時計と寸分ちがわぬ時間を辿《たど》っているこの大時計のほかにはない。

この病院には白い診察着の医師の姿も看護婦の姿も見えない。昇汞水《しょうこうすい》の匂いもしない。

するのはかすかな黴《かび》の匂いと雨上りの芝生の匂いとばかりである。見上げると空が丁度四角に区切られて、天井画のような趣きを示している。雲は適当な位置に配分され、そのあいだの青空は澄明で、その光りは静かである。二本ずつ並んでいる屋根の煙出しのかたわらを二羽の鳩が歩いている。

このとき二階の窓の反映がかすかに動いた。窓はどれも斜め格子で、厚い窓硝子《まどガラス》は黒ずんで鉄のようである。その窓の反映がやや動いて、窓の一つが薄目にあけられた。私はこれを見上げたが、人の影は見えなかった。窓辺に置かれている瑠璃色《るりいろ》の花瓶と、それに挿された黄のチューリップの一輪だけが瞥見《べっけん》された。黄という色は、いかにも神秘な色である。

ホスピタル・ブレッスド・トリニティを出て二、三軒先に、われわれはこの町の名物だという大きな四角い時計が、市会と裁判所を兼ねた年老いた建物の軒に、鋪道の上にせり出して架っているのを見た。置時計のような形をした黒地に金の文字盤のある大時計である。金の字で「千六百八十三年」と刻まれている。この時計も亦《また》、私の腕時計の時刻をきちんと指し示しているので、もしかすると戸惑いした私の時計のほうが、十七世紀の或る水曜日の午後の時刻を指しているのではないかと思われるのであった。

われわれはそこから街路を横切ろうとして、ふと坂の下方に目を移したとき、ふしぎな風景に直面した。

ギルドフォードの町は急坂に沿うている。そしてその下り坂の尽きたところから町外れになって、又しても上り坂の傾斜がはじまる。つまり今われわれの居る地点、町の頂きから、そちらを眺めると、峡谷をはさんで相対する山を眺めるのである。

空気は雨上りのせいか異様に澄明で、風景は遠近法の法則を忘れているように思われた。町の谷あいのむこうの斜面は、立体感を失って、一枚の屛風絵か、見物の目をだますことに失敗した舞台の背景画のように見えた。

谷あいから一番高い教会の尖塔がそそり立ち、その上に代赭《たいしゃ》いろの同じ形の住宅の屋根と同じ形の二本ずつの煙出しとが、空に接している森の下辺まで重畳《ちょうじょう》と重なっていた。その左方には古風な工場や散在する住宅がみえ、これらの町外れの家群が、風景をほぼ斜めに二分していた。

右方には森があり、森の上方に円い淡緑の野が肩をあらわして、それが笹縁《ささべり》のような森の地平線で、雨上りの雲の乱れている高い輝やかしい空に接していた。

われわれは自動車のゆききのすくない路上に、しばらくこれを見るために佇《たたず》んだ。その風景の描法が細部にいたるまで、中世の微細画《ミニアチュール》の描法を真似ているのに気がついたからである。

アテネ及びデルフィ

四月二十四日—二十六日

アテネ

希臘《ギリシャ》は私の眷恋《けんれん》の地である。

飛行機がイオニヤ海からコリント運河の上空に達したとき、日没は希臘の山々に映え、西空に黄金にかがやく希臘の冑《かぶと》のような夕雲を見た。私は希臘の名を呼んだ。その名はかつて女出入りにあがきのとれなくなっていたバイロン卿を戦場にみちびき、希臘のミザントロープ、ヘルデルリーンの詩想をはぐくみ、スタンダールの小説「アルマンス」中の人物、いまわのきわのオクターヴに勇気を与えたのである。

飛行場から都心へむかうバスの窓に、私は夜間照明に照らし出されたアクロポリスを見た。

今、私は希臘にいる。私は無上の幸に酔っている。よしホテルの予約を怠ったためにうす汚ない三流ホテルに放り込まれている身の上であろうとも、インフレーションのために一流の店の食事が七万ドラグマを要しようとも。今この町におそらく只一人の日本人として暮す孤独に置かれようとも。希臘語は一語も解せず商店の看板でさえ読み兼ねようとも。

私は自分の筆が躍るに任せよう。私は今日ついにアクロポリスを見た！　パルテノンを見た！　ゼウスの宮居を見た！　巴里《パリ》で経済的窮境に置かれ、希臘行を断念しかかって居たころのこと、それらは私の夢にしばしば現われた。こういう事情に免じて、しばらくの間、私の筆が躍るのを恕《ゆる》してもらいたい。

空の絶妙の青さは廃墟にとって必須のものである。もしパルテノンの円柱のあいだにこの空の代りに北欧のどんよりした空を置いてみれば、効果はおそらく半減するだろう。あまりその効果が著しいので、こうした青空は、廃墟のために予《あらかじ》め用意され、その残酷な青い静謐《せいひつ》は、トルコの軍隊によって破壊された神殿の運命を、予見していたかのようにさえ思われる。こういう空想は理由のないことではない。たとえば、ディオニューソス劇場を見るがいい。そこではソフォクレースやエウリピデースの悲劇がしばしば演ぜられ、その悲劇の滅尽争(vernichteter Kampf)を、同じ青空が黙然と見戍《みまも》っていたのである。

廃墟として見れば、むしろ美しいのは、アクロポリスよりもゼウスの宮居である。これはわずか十五基の柱を残し、その二本はかたわらに孤立している。中心部とこの二本との距離はほぼ五十米《メートル》である。二本はただの孤立した円柱である。のこりの十三本は残された屋根の枠を支えている。この二つの部分の対比が、非左右相称の美の限りを尽しており、私ははからずも竜安寺の石庭の配置を思い起した。

巴里で私は左右相称に疲れ果てたと言っても過言ではない。建築にはもとよりのこと、政治にも文学にも音楽にも、戯曲にも、仏蘭西人の愛する節度と方法論的意識性(と云おうか)とがいたるところで左右相称を誇示している。その結果、巴里では「節度の過剰」が、旅行者の心を重たくする。

その仏蘭西文化の「方法」の師は希臘であった。希臘は今、われわれの目の前に、この残酷な青空の下に、廃墟の姿を横たえている。しかも建築家の方法と意識は形を変えられ、旅行者はわざわざ原形を思いえがかずに、ただ廃墟としての美をそこに見出だす。オリムピアの非均斉の美は、芸術家の意識によって生れたものではない。

しかし竜安寺の石庭の非均斉は、芸術家の意識の限りを尽したものである。それを意識と呼ぶよりは、執拗な直感とでも呼んだほうが正確であろう。日本の芸術家はかつて方法に頼らなかった。かれらの考えた美は普遍的なものではなく一回的(einmalig)なものであり、その結果が動かしがたいものである点では西欧の美と変りがないが、その結果を生み出す努力は、方法的であるよりは行動的である。つまり執拗な直感の鍛錬と、そのたえざる試みとがすべてである。各々の行動だけがとらえることのできる美は、敷《ふ》衍《えん》されえない。抽象化されえない。日本の美は、おそらくもっとも具体的な或るものである。

こうした直感の探りあてた究極の美の姿が、廃墟の美に似ているのはふしぎなことだ。芸術家の抱くイメージは、いつも創造にかかわると同時に、破滅にかかわっているのである。芸術家は創造にだけ携わるのではない。破壊にも携わるのだ。その創造は、しばしば破滅の予感の中に生れ、何か究極の形のなかの美を思いえがくときに、えがかれた美の完全性は、破滅に対処した完全さ、破壊に対抗するために破壊の完全さを模したような完全さである場合がある。そこでは創造はほとんど形を失う。なぜかというと、不死の神は死すべき生物を創るときに、その鳥の美しい歌声が、鳥の肉体の死と共に終ることを以て足れりとしたが、芸術家がもし同じ歌声を創るときは、その歌声が鳥の死のあとにまで残るために、鳥の死すべき肉体を創らずに、見えざる不死の鳥を創ろうと考えたにちがいない。それが音楽であり、音楽の美は形象の死にはじまっている。

希臘人は美の不死を信じた。かれらは完全な人体の美を石に刻んだ。日本人は美の不死を信じたかどうか疑問である。かれらは具体的な美が、肉体のように滅びる日を慮《おもんぱか》って、いつも死の空寂の形象を真似たのである。石庭の不均斉の美は、死そのものの不死を暗示しているように思われる。

オリムピアの廃墟の美は、いかなるたぐいの美であろうか。おそらくその廃墟や断片がなおも美しいことは、ひとえに全体の結構が左右相称の方法に拠《よ》っている点に懸っている。断片は、失われた部分の構図を容易に窺《うかが》わしめる。パルテノンにせよ、エレクテウムにせよ、われわれはその失われた部分を想像するとき、直感によるのではなく、推理によるのである。その想像の喜びは、空想の詩というよりは悟性の陶酔であり、それを見るときのわれわれの感動は、普遍的なものの形骸を見る感動である。

しかもなお原形のままのそれらを見るときの感動を想像してみて、廃墟の与える感動がこれにまさるように思われるのは、それだけの理由からではない。希臘人の考え出した美の方法は、生を再編成することである。自然を再組織することである。ポオル・ヴァレリィも、「秩序とは偉大な反自然的企劃《きかく》である」と言っている。廃墟は、偶然にも、希臘人の考えたような不死の美を、希臘人自身のこの絆《いま》しめから解放したのだ。

アクロポリスのいたるところに、われわれは希臘の山々、東方のリュカベットス山、北方のパルナッソス山、眼前のサロニコス湾そのサラミスの島、それらを吹きめぐる希臘の風に乗って、羽搏《はばた》いている翼を感じる。（これこそは希臘の風である！　私の頬を打ち、耳朶《じだ》を打っているこの風こそは）

それらの翼は、廃墟の失われた部分に生えたのである。残された廃墟は石である。失われた部分において、人間が翼を得たのだ。ここからこそ、人間が羽搏いたのだ。

絆しめをのがれた生が、神々の不死の見えざる肉体を獲て、羽搏いているさまを、われわれはアクロポリスの青空のそこかしこに見る。大理石のあいだから、真紅の罌粟《けし》が花をひらき、野生の麦や芒《すすき》が風になびいている。ここの小神殿のニケが翼をもたなかったのは、偶然ではない。その木造の翼なきニケ像は失われた。つまり彼女は翼を得たのだ。

アクロポリスばかりではない。ゼウス神殿の円柱群を見ていても、そのパセティックな円柱の立姿が、私には縛《いまし》めを解かれたプロメテウスのように見えた。ここは高台ではないが、廃墟の周辺が一面の芝草なので、神殿の大理石がますます鮮やかに、いきいきと見えるのである。

＊

今日も私はつきざる酩酊の中にいる。私はディオニューソスの誘いをうけているのであるらしい。午前の二時間をディオニューソス劇場の大理石の空席にすごし、午後の一時間を、私は草の上に足を投げ出して、ゼウス神殿の円柱群に見入ってすごした。

今日も絶妙の青空。絶妙の風。夥《おびただ》しい光。……そうだ、希臘の日光は温和の度をこえて、あまりに露《あら》わで、あまりに夥しい。私はこういう光りと風を心から愛する。私が巴里をきらい、印象派を好まないのは、その温和な適度の日光に拠る。

むしろ、これは亜熱帯の光りである。現にアクロポリスの外壁には一面に仙人掌《サボテン》が生い茂っている。今は一人の観客の姿も見ないディオニューソス劇場の観客席の更に高くから、松や糸杉や仙人掌や、黄いろい禾本科《かほんか》植物の観衆が、凝然と空白の舞台を見下ろしている。

私は半円の舞台に影を落してすぎる小さな燕《つばめ》、あのアナクレオーンが歌った燕を見た。燕たちは白い腹をひるがえして、ディオニューソス劇場とオデオン劇場の上空を往復する。どちらの小屋もきょうは休みなので、彼らは苛立《いらだ》たしく囀《さえず》りながら翔《か》けまわっている。

ディオニューソス神の司祭の座席に腰を下ろして、私は虫の音《ね》を聞いた。さきほどから、どういうわけか十二、三の希臘の少年が私につきまとって離れない。彼はお金がほしいのであろうか、私の吸っている英国煙草がほしいのであろうか、あるいはまた、古代希臘の少年愛の伝習を私に教えるつもりなのであろうか。それなら私はもう知っている。

希臘人は外面を信じた。それは偉大な思想である。キリスト教が「精神」を発明するまで、人間は「精神」なんぞを必要としないで、矜《ほこ》らしく生きていたのである。希臘人の考えた内面は、いつも外面と左右相称を保っていた。希臘劇にはキリスト教が考えるような精神的なものは何一つない。それはいわば過剰な内面性が必ず復讐をうけるという教訓の反復に尽きている。われわれは希臘劇の上演とオリムピック競技とを切離して考えてはならない。この夥しい烈しい光りの下で、たえず躍動しては静止し、たえず破れてはまた保たれていた、競技者の筋肉のような汎神論的均衡を思うことは、私を幸福にする。

ディオニューソス劇場は、わずかに蹲踞《そんきょ》せるディオニューソス神の彫像と、これの周囲のレリーフだけを、装飾品として残している。劇場の背後にわれわれは石切場のような石の堆積を見るが、そこには衣裳の襞《ひだ》の断片や、円柱の断片や、裸体の断片が、惨劇のあとのように四散している。

私はほぼ一篇の悲劇が演ぜられるのに近い時間を、そこかしこに座席を移しながらすごしたのである。司祭の席、民衆の席、そのどこからも、希臘劇の台詞《せりふ》は仮面をとおして明瞭にきこえ、俳優の姿態は鮮やかな影を伴って明瞭にうごいたにちがいない。今写真機を手にした一人の英国の海軍士官が舞台の半円の上にあらわれたので、劇場の規模と俳優の背丈との釣合を、容易に目測することができる。

＊

再びオリムピアを訪れるために、私はアクロポリスから広闊な歩道をしばらく歩いた。ネクタイは私の肩にひるがえり、すれちがった老紳士の白髪は風に乱れている。

私はゼウスの宮居を見るのに、又一つ恰好な位置を発見した。十三本の柱と二本の柱の丁度半ばのあたりの草に腰を下ろして、軍隊の縦隊を眺めるように十三本の円柱を眺める位置である。

すると中央の六本、右方の四本、左方の三本は、それぞれ束ねられて、神殿を透かしてみえる空を、正確に二分するのである。しかし中央の六本はもっとも量感を持っている。右方の四本と左方の三本は、それぞれ不均衡な、やや劣る量感を以て中央へ迫っている。中央の一番前に見える円柱は、その背後の五本を従えて、凜然《りんぜん》と一きわ気高く見える。

神殿の左右には希臘の町の遠景を背景に、二、三の糸杉が立っている。神殿を透かしてみえる空の、頂上から四分の三ほど低まった位置に、褐色のなだらかな山脈が円柱を横切って連なっている。残りの四分の三を占めるものは、例の絶妙な青空である。

この位置から見る神殿は、殆《ほと》んど詩そのものだ。

一時間の余もこれに眺め呆けて、私が立上ったのは好い汐時であったにちがいない。

丁度そのとき遊覧バスが到着して、今まで私一人で占めていた詩の領域に、騒がしい観光客たちが入れ代りにぞろぞろと侵入して来たからである。

彼らの姿を眺めることは、私にとっては殊更憂鬱である。というのは、他に便宜をもたない私は、明日遊覧バスの団体の一人となって、デルフィへ赴くからである。

デルフィ

四月二十七日—二十八日

デルフィへの道中。

団体見物の危惧は杞憂《きゆう》に終った。朝七時にシャトオブリアン街二十九番地を出発したバスの同乗の客は、ほとんど希臘人ばかりで、同じ一泊のクーポンを買ってデルフィへ赴くのは、紐育から来た老紳士と、巴里へ勉強に来ている米国人の若い女と、その友人の若い仏蘭西女だけである。彼女は仏蘭西人にめずらしく白粉気《おしろいけ》のない、化学の研究室にいる篤学の女性で、素足に運動靴をはき、肩には着替えや地図を入れた小さな網袋を掛けている。

ところでデルフィまで五、六時間の行程は、出発間もなくエンジンに起きた故障のおかげで、延々十時間を要することになった。バスは何度故障を起しても、また執拗に動き出し、しまいには十ヤアド乃至《ないし》二十ヤアドおきに止るのであった。大した勾配ではないが止るたびに車はずるずると後戻りをする。と髭《ひげ》を蓄えた助手が、大儀そうに車を下りて、大きな石を抱えて来て、滑り止めのためにこれをタイヤのうしろに据える。この原始的な儀式が際限もなく繰り返されたのち、どうした加減か、エンジンは急に立直り、薄暮のころデルフィに到着することができたので、翌日早朝の出発を控えているわれわれは、暗くなるまでの間、匆々《そうそう》の見物をしたのであった。

アテネを出てしばらくゆくと、山肌に王冠がえがかれて、その下にK、E、B、O、N、と書いてある。私はその意味を詳《つまび》らかにしない。私の見た希臘の自然の概況を伝えるには、殆んど日本の河原のような夥しい石を想像してもらわなければならない。耕地は少なく、石だらけの荒蕪《こうぶ》の地と、石だらけの牧場がつらなる彼方に、褐色のなだらかな山々を見るのみである。彩りといえば、ところどころにある罌粟畑と、石のあいだに咲き競っている黄や白や赤や紫の小さい野生の花だけで、緑は松や、アテーナのゆかりの樹、橄欖《かんらん》のほかには、さほど鮮やかな緑を見ない。松はいたるところにある。多くは低いずんぐりした松である。

川は多くは涸《か》れていて、豊かな清冽な水を見ない。ときどき石のあいだ、黄いろい野菊のあいだに、真黒な山羊《やぎ》がうずくまっている。所によっては白い石だらけの山ぞいに、鴉《からす》の大群のように、黒い山羊の群が集っている。

民家は土あるいは石の低い塀をめぐらして、土壁の家の多くは白く、あるものは水いろに、あるものは戸口の周囲だけ桃いろに塗られている。低い屋根、土間に椅子を置いた暗い室内、すべてがブラジルで見た民家に酷似している。ある家の庭に二、三の小動物の毛皮が干してある。こういう犠牲は商業の神ヘルメスに捧げられたものであろう。

バスがとまるガソリンスタンドの傍らによく茶店があるが、そういうところには概して泉があり、前掛をかけた子供が水を運んでいる。茶店の前庭では、牛だか羊だかわからない肉を、野天で焙《あぶ》って売っており、茶店の室内には無数の蠅がうなっている。

行程のほぼ三分の二のところにあるレヴァディアの町で、私は二人の小さい友を得た。かれらは従兄弟《いとこ》同士で姓も同じミトロポウロスといい、一方の父親につれられて、私と同じバスでデルフィよりもっと遠くへ一晩泊りの遠足に行くところである。かれらは二人とも十二歳で、快活で、利巧そうで、日本の子供のように学校がきらいではない。インペリアル・ミッション・スクールへ通っており、バスケット・ボールが好きで「古橋」の名を知っている。かれらは私の案内書の略図に、山と河の名を書き入れてくれた。同じ年頃の私には、日本地図に利根川の気儘《きまま》な曲線を書き入れることは、到底できない芸当であった。バスの出発の合図があったので、かれらはバスのほうへかけ出した。私がおくれて行くと、一人がふりかえって「Run, please!」と叫んだ。何という奇妙な、可愛らしい英語であろう!

レヴァディアの町からは、丘のいただきのビザンチン様式の教会が見え、その彼方に雪をいただいた峨々《がが》たるパルナッスを見ることができる。そのパルナッスの麓《ふもと》、パイドリアドスの断崖の下にデルフィがあるのである。

レヴァディアをすぎると、牧場があり、蜜蜂の巣箱がある。黒衣の女と、黒い上着を肩にかけた男が、遠い山ぞいの道を歩いてゆく。

バスがとうとう動かなくなった泉のほとりに一軒の屋根の低い農家がある。(そうだ、私は思い出した。焼けたエンジンにこの泉の水がそそがれたおかげで、バスは蘇生したのであった)。農家の室内は暗く、土間にゆがんだ椅子が置かれている。髭を生やした農夫が一人、戸口に出てこちらを見ている。

泉のかたわらには十字を戴いた小祠《しょうし》がある。それは丁度小鳥の巣箱のような形をしていて、沿道のいたるところにある。黒衣に黒い布を頭に巻いた水はこびの女が、大きな缶に入れた水を、驢馬《ろば》の背にのせてこれを引いてゆく。驢馬の首の鈴がのどかに鳴る。

そこへ羊飼の少年がかえって来る。赤いジャケツの肩に幅のひろい粗布《あらぬの》をかけ、古来の?形をした羊飼の杖を携えたさまは、ダフニスの物語を思わせる。バスは俄《にわ》かに勢いを得て走り出して、山の奥深く進んでゆき、ほとんど中空に架ったような山腹の町アラホヴァをすぎた。町の中心の茶店のテラスには、質朴な顔立の人たちが坐っており、その足には爪先につけた黒い毛皮が跳ね上った、昔の日本の武将のような靴を穿《は》いている。

ここから三、四十分ゆくとデルフィである。デルフィの谷間に白々と光っている水がある。湖かと思うと、それはペロポネソスに臨む海が湾入しているのである。われわれは海のほとりから来て、幾多の山々を経めぐって、また同じ海に出会ったのであった。

＊

デルフィの美術館の多くの考古学的な売物について詳述することは私の任ではない。そこでかねて見たいと思っていた青銅の馭者像《ぎょしゃ》に、美術館の奥まった一室で邂逅《かいこう》した幸福を述べるにとどめよう。

この周知の馭者像の左腕は失われ、右腕は二本の手綱を握っている。彼は都合四頭立の繋駕《けいが》を馭《ぎょ》しているわけである。今もこの青年は見えざる馬を馭して、その若々しい頬は緊張し、そのしっかりと見ひらかれた目は燃えている。

鼻梁《びりょう》は代表的な（1）希臘型である。左右の目の大きさは故意に幾分かちがって作られ、布に覆われた下半身は上半身に比して随分長い感じを与える。しかも露われている足首の写実は真に迫っており、その足の甲には血が通っているかと思われる。

この像がかくまで私を感動させるのは、物事の事実を見つめる目と、完全な様式との稀な一致が見られるからにちがいない。

上半身には見事な雄々しい若者の首と、肩と胸との変化に富んだ花やかな襞《ひだ》と、さし出された下膊《かはく》があり、この複雑な重い上半身に対比されて、故意に長くつくられた下半身が、単調で端正な襞だけで構成されているのは、すぐれた音楽を目から聞くかのような感動を与える。そこでは様式が真実と見事に歩調をあわせ、えもいわれぬ明朗な調和が全身にゆきわたっている。

馭者像の頭部は、その後の大理石彫刻の頭部とちがった独創性をもち、いかなる神にも似ない人間の若者の素朴な青春を表現している。私はこの顔をアポロよりもさらに美しいと思う。そこには神格を匂わすようなものは何一つなく、倨傲《きょごう》の代りに羞《はじ》らいが、好色の代りに純潔が香りを放っている。勝利者の羞らい、輝やくような純潔、こういうものの真実の表現は、何とわれわれの心を奥底からゆすぶることであろう。芸術が深刻なあるいは暗い主題よりも、はるかに苦手とするものは、この種の主題である。

（1） 帰国ののちしらべて見ると、馭者像の下半身は、昔車駕のために隠されていたのである。これによると、私の見方はまちがっていたことになるが、美術品にも廃墟のような見方がゆるされるのではあるまいか。

＊

さきほど私は湖かと思われる様子をして、山岳地帯の奥から突然あらわれる海のことを書いたが、廃墟もしばしば、海のような現われ方をする。

アポロ神殿の廃墟は崖下から眺めると、乱雑な石切場のようにしか見えない。この崖ぞいにまず宝物殿があり、その上に神託と巫女《みこ》を以て名高いアポロ神殿があり、その上に最古の劇場があり、更にその上に大競技場があろうとは、想像も及ばない。滑りやすい大理石の聖路を辿《たど》って登るにつれ、それらのものが、一つ一つ、闊然として目の前にひろがるのである。

宝物殿から神殿へのぼる際に、上半身を失った羅馬《ローマ》の女神像が、大理石の一片に黙然と腰かけている。彼女は登攀者《とうはんしゃ》たちをじっと見張っている。失われた目を以てではない、その下半身の端麗な襞がわれわれを見張っているのだ。

宝物殿の左の支柱の、下から五番目の大理石には、いたずら書きのように、竪琴を抱いた小さいアポロの線描が彫られている。

アポロの神殿は巨大な三本の円柱が、その壮大を偲ばせるだけで、大理石の台座がいたずらに白々とひろがっている。犠牲の叫びは円柱に反響し、その血は新しい白皙《はくせき》の大理石の上に美しく流れたにちがいない。希臘彫刻において、いつも人間の肉を表現するのに用いられたこの石は、血潮の色とも青空の色ともよく似合う。今われわれの見る廃墟に、青空の青は欠けるところがないが、鮮血の色彩の対照は欠けている。ところどころに咲いている罌粟の真紅《しんく》で以て、それを想像してみる他はない。

二つの円柱のあいだから、プレイストスの渓谷を瞰下《みおろ》す風光は、言葉に尽すことができない。われわれは自動車道路と渓谷の底との恰《あた》かも半ばにある、ダイアナの神殿と競技場とを、この円柱の間の恰好な位置に望むことができる。円形の台座の上に立ったダイアナ神殿の三円柱は、比べるものがないほど美しく優雅である。

もし、アポロ神殿の円柱の外《はず》れからこれを見ると、ダイアナ神殿の美しさは幾分色褪《いろあ》せ、自然の構図は全く崩れてしまうのにおどろかれる。古代建築は、自然を征服せずに自然を発見したのであり、近代高層建築の廃墟が、いささかもわれわれの想像力を刺戟しないのは、この逆の理由に拠る。

米国人の老紳士と女の学生と、仏蘭西人の女化学者と希臘の青年と、私との五人は、われわれがチップを弾まないので、通り一ぺんの説明がおわると匆々にかえりかけるガイドと別れて、古代劇場の座席の最上階から更にスタジアムへと志したが、そこへ着くころにはすでに暮色が迫り、一行はあのように美しいダイアナ神殿を割愛しなければならないことを、お互いに大そう残念がった。

暮色の中で散乱している大理石は、不気味なほど生きてみえる。かれらは最後まで夜に抗している。夜もその滑らかな断面を油のように包むだけで、かれらを冒すことはできないのだ。幾多の夜にかれらは無言で抗《あらが》って来たことよ。

……帰路、私は、宝物殿の闇の中にしばらく佇《たたず》んだ。それは大理石の闇である。夜はひしひしとこの神域を包んでいるが、この冷たい四角の端正な空間にも、静かな拒否が漲《みなぎ》っており、人間の迷妄の真只中から、かくも端正に截《き》り取られて来た高貴な石は、決して迷妄を滅ぼすには足りないが、拒否の力の今なお滅びないという神託を、暗示しているように思われる。

アポロ神殿の背後の峨々たる裸山は、さっきも言ったパイドリアドスの断崖である。その空に下弦《かげん》の新月がかかっているのを、われわれは宿へのかえるさ、発見して嘆声をあげた。

＊

ホテル・カスタリアは、小ぢんまりした清潔な宿である。食事は殊によく、紐育以来久々に私が対面する、好物のヨーグルトをデザートに供した。食後、散歩に出る。町は暗く、往来の人の顔も見えないほど、灯火がすくない。そのため、軒のあいだから望むイテアの湊《みなと》の灯が、ひときわ美しい。

朝、ささやかなバルコニィでとる朝食に、新鮮な蜂蜜が供されて私を喜ばせた。それよりもここの露台の眺めは、どういう御馳走でもそれには敵《かな》わない。プレイストスがイテアの入海にそそぐ渓谷の両側に、西には褐《かち》いろのギヨナの山脈がなだらかに連ってお り、東にはキルフィスの山が秀でている。灯を失ったイテアの湊は、湾の奥に小さい屋根屋根を光らせ、湾口にちかいラクセドスの湊と相対している。

朝靄《あさもや》のかなたおぼろげにペロポネソスの岸は横たわり、パンハイコンの山がひときわ高い。希臘の名どころの多くのものが、この朝靄の海の周囲にある。コリントがそうである。アルゴスがそうである。はるか西のかた、ミソロンギがそうである。

紀元前三七三年、デルフィの神殿の破滅をもたらした大地震と大海嘯《おおつなみ》も、この視界の中から生れ、地下に縛られたティタアンどもは再びその肩をゆるがし、ポセイドンは白い波頭の鬣《たてがみ》をつかんで、その海馬をデルフィへ駆り立てたのである。

今は風景にも廃墟の静謐《せいひつ》がこもっている。昔イールの大理石を陸上げしたイテアの港は、地方のさびれた漁村にすぎない。山々の緑も、緑というよりは枯れかけた苔の色である。私は鶏鳴を聴く。朝の燕が、これらの風景の廃墟の上に、あわただしく飛び交わしている。

私はもうナプキンを卓上に置かねばならない。七時半に出発するバスが警笛を鳴らして、アテネへゆく客を促しているからである。

再びアテネ

四月二十九日

アテネのスケッチ。

アテネの町は、行人の数も商品も数多いのに、日本の縁日のような物寂しさがどこかしらにひそんでいる。夜の街衢《がいく》のありさまはブラジルの都会に似て、路上で立話をしている人が沢山おり、それを縫って歩くことが容易でない。人を呼ぶのに犬を呼ぶように「プシッ、プシッ」というポルトガル語は、リオに着いたころ実に奇異な感じを与えたが、ギリシャでもそうである。

映画館へ入ると、どんな映画でも途中に中休みがある。連続活劇のように、あわやというところで途切れるのではなく、巻数の丁度半ば位のところで休むのである。

アングロサクソンの国ではたえてみられず、ラテン系の国だけにあるカフェのテラスがここにもあるが、アテネの中心部の憲法広場に面した一カフェでは、そのテラスの椅子とテーブルを、車道をへだてた広場にまでひろげている。

夕刻の交通の劇《はげ》しい車道を、両手にグラスや罎《びん》をいっぱい積んだ銀の盆を捧げた給仕が、自動車やバスの間を縫って、物馴れた様子で横切ってゆくのは、奇妙な面白い眺めである。

ローマ

四月卅日―五月七日

五月一日はメイ・デイである。事務所も商店も悉《ことごと》く閉ざされ、町には一台の無軌道車も電車もタクシイも見られない。そのため私はヴィア・ルドヴィシからコロセウムまで四、五十分も歩いて行った。

コロセウムの空の下にも燕が夥しかった。以前大徳寺へ茶室の見物に行った折、夥しい蠛蠓《まくなぎ》に襲われ、それらが目に入ろうとするのを払うのに骨折った記憶がある。ここの燕の夥しいことは、あたかも蠛蠓のようである。しかしかれらの飛ぶ空は高いので、こんな大きなものが、目に飛び込んで来る心配がないだけでも幸だ。

コロセウムは私を感動させなかった。それを芸術品と見ることがそもそもまちがいであるが、もし芸術品だと仮定すると、この作品は大きすぎる主題を扱った作品の欠点のようなものを持っている。そもそも芸術には「大きな主題」などというものはないのだ。

羅馬の遺跡は、コロセウムを代表として、コンスタンティヌスの凱旋門にしても、大水道にしても、大きすぎるという欠点を持っている。ゲーテはこの偉大さに市民精神の最初のあらわれを見た。「市民の目的に適当な第二の自然、これが彼等の建築」だと彼は書いている。

希臘の精神は、日本ではあやまって「壮大な」精神だと考えられている。そうではない。希臘は大きくて不完全なものよりも、小さくても完全なもののほうを愛したのだ。過剰な精神性の創りだす怪物的な巨大な作品は希臘のあずかり知らぬところだった。彼らの国家さえ小さかった。羅馬は東方に及ぶその世界的版図の上に、メソポタミヤの文化以来一旦見失われていた東方の「壮大さ」の趣味を復活したのであったが、この趣味を、ほとんどそのまま基督教《キリスト》が継承したのは、理由のないことではない。彼らは羅馬の遺物のもっている過剰な質量を、過剰な精神を以てこれを埋めるべき妥当な器だと考えたにちがいない。かくて今なお旧教の総本山、羅馬では何もかもが大きい。私はまだヴァチカンを訪れるにいたっていないが、そこでも途方もない大きなものにぶつかることだろう。

勢いに乗じて、コロセウムの欠点をもっと拾い上げると、希臘の遺跡を見て来た目では、その煉瓦と古代のコンクリートの色がいかにも美しくない。パルテノンの蒼白な美しさと、何というちがいであろう。

＊

二日目、テルメの国立美術館を見るにいたって、羅馬第一日の失望は拭い去られた。それはウエヌス・ゲニトリクス(母のヴィナス)を見たからである。この前五世紀の作品の模作の首と左腕と右腕の下膊は失われているが、その美しさは見る者を恍惚とさせずには置かない。何という優雅な姿を伝って、清冽な泉のような襞《ひだ》が流れ落ちていることか。右の乳房はあらわれており、さし出された左の膝は羅《うすもの》を透かしてほとんど露《あら》わである。その乳房と膝頭が、照応を保って、くの字形の全身の流動感に緊張を与え、いわばあまりに流麗にすぎるその流れを、二つの滑らかな岩のように堰《せ》いている。

襞といえば、踊り子像(Giovane danzatrice)の襞もきわめて正確で美しい。その腋下の襞の的確さは、おどろくばかりである。

まことに心の底からの感動をよびおこし、いつまで見ていても立去りがたい感を与えるのは、希臘古典期の彫刻である。

ニオベの娘の完全な美しさ、その苦痛の静謐。シレーネのヴィーナス。一説にニオベの息子とも、一説に鷲にさらわれるガニメデともいわれるスビアコの青年像。美しいヘルメス。それらがそろいもそろって紀元前四、五世紀に生れたのである。

私は叙上の四つに円盤投げのトルソオを加えて、最も私の心を動かした五つを選んだ。ウエヌス・ゲニトリクスやニオベの娘の前では、感動のあまり、背筋を戦慄が走ったほどである。

もちろん有名なルドヴィシのヘラや、プラクシテレスの「バッカスとサティール」や、物思わしげな「憩えるマルス」や、アフロディテ誕生の浮彫は美しい。思うに人間が一日に味いうる感動には限りがあるから、不幸にしてそれらを見た瞬間には、私の心が弛《ゆる》んでいたのであろう。

ヘレニスティック時代の逸品「眠るアリアドネー」は、私が詩人でないことを思い出させて、私を大そう悲しませた。こういう完全な小品(と云っても偶然がその頭部だけの断片に小品の完全さを与えたのであったが)の美しさを伝えるには、きわめて短かい音楽か、きわめて短かくて完全な詩か、そのどちらかでなくてはならない。それを能《よ》くするのは、ドビュッシーかマラルメであろう。ミーノースの娘アリアドネーは、クレータに来た英雄テーセウスに恋心を抱き、迷宮の案内をして、彼の信頼を得たのであるが、さて妻になってアテーナイへかえる途中、ナクソスの地でディオニューソスに恋着され、ふしぎにもテーセウス一行は眠っている妻をのこして、ナクソスの島を立去って行くのである。この若妻の閉ざされた瞼には、しかも死の不吉な影はいささかもなく、深い温かな平安が息づいている。

＊

子供のころ、三時にいろいろなお菓子を出されると、その中でいちばん好きなお菓子の味がいつまでも口のなかに残るように、それをいちばんおしまいまでとっておく癖が私にあったが、三日目の今日なおヴァチカン美術館を訪れていないのはこの理由に拠る。

私は今日ボルゲーゼ美術館へ行った。それは私の宿エデン・ホテルから、歩いてものの十分とかからない。ボルゲーゼのよいものはルーヴルやその他へ移されて、残っている名作は数少ないが、それでもティツィアーノの「神聖な愛・異端の愛」は、ここへ行かなくては見ることが出来ない。

巴里でもそうであったが、宮殿という建築は何という人を閉口させる代物であろう。ボルゲーゼ宮も最も悪い意味での羅馬趣味に充ちている。それはいわば、ペトロニウスのあの大著の名「サチュリコン」で、雑俎《ざっそ》というよりは、ごった煮である。或る室のごときは奇妙な埃及《エジプト》趣味で飾られている。

こういう背景のなかで異様に心を惹くのは、二、三の風変りな絵であるが、そういう意味では Jacopo Zucchi の「海の宝」や「クピイドとプシケエ」Lucas Cranach の独逸《ドイツ》風な妖怪味にあふれた「ヴィーナス及び蜂の巣をもてるクピイド」などは、なかなか美しい。なかでもZucchiの「海の宝」(十六世紀)は、ギュスタアヴ・モロオの筆触を思わせるものがあり、前景では多くの裸婦が真珠や珊瑚《さんご》を捧げもち、その背後には明るい海がえがかれて、無数の男女の游泳者が、さまざまのきらびやかな宝を海から漁《あさ》っているところである。「クピイドとプシケエ」のほうは、今し眠れるクピイドを好奇心にかられたプシケエが、禁を破って燭の火にうかがい見る図柄であるが、作者はこれにも、近東風な浪曼的色彩を加味するため眠れるクピイドのかたわらに一疋の狆《ちん》を描き添えている。

ここにあるラファエロもルーベンスも私を感動させるに足るものはなかった。ラファエロでは「一角獣を抱ける婦人像」より、太った中年の僧侶の肖像画のほうが、ルーベンスでは「ピエタ」よりも「スザンナ」のほうが、一層いいように思われる。Dosso Dossiの「女魔法使い」の絵は大そう美しい。

ボルゲーゼで私の心を最も深くとらえた絵はティツィアーノの「神聖な愛・異端の愛」を筆頭に、もう一つはヴェロネーゼの「聖アントニオ魚族《いろくず》に説く」である。

ヴェロネーゼのこの絵は、画面の半分が茫漠たる神秘な緑の海に覆われている。その構図はまことに闊達で聖人はじめ多くの人物は右半分、それも右下半部にまとめられており、魚たちを指さす聖者の指先が、漸《ようや》く画面の中央に達している。聖者の胸に飾られた白い花は海風にそよいで、愛すべき抒情的な効果をあげている。

ティツィアーノのほうは、ヴェネツィア派の絵の多くがそうであるように、背景の細部が、世にも美しい。左方には西日に照らされた城館と、そこへ昇ってゆく道をいそぐ二、三の騎馬の人がおり、左下方の暗い森の中には二疋の愛らしい兎がえがかれているが、一層美しいのは右方の背景である。

入江の残照、その空の夕雲の青と黄の美しさ、前方に漂っている薄暮の憂鬱、猟犬に追われる兎と二人の騎馬像、その騎馬の人の二点の赤い上着の点綴《てんてつ》、すべての上にひろがっている夕暮の大きな影、……これらのものに加えるに、複製で見て決して発見できないものが、前景の裸婦の足もとにひらめいているのを読者にお伝えしよう。それは薄暮の小さい花の周囲に、名残りおしげに附きまとっている番《つが》いのしじみ蝶である。

横長の画面はこの絵のアレゴリカルな主題にいかにもぴったりしている。二人の対蹠的な情熱の象徴、対蹠的な象徴は、たとえばあのアベラアルとエロイーズの愛の手紙と求道の手紙との間に在るような対蹠的な象徴は、一組の恋人のように寄り添って坐っていてはならないからである。肉体と精神、誘惑と拒否、このワグネル的な永遠の主題が、いかに明朗に、いかに翳《かげ》りなく描かれていることか。

＊

夜、私はヴェルディの「リゴレット」(1)を聴きに出かけたが、このバルザック的な物語(実は残念なことに原作者はユウゴオであるが)は甘美で明朗な音楽とふしぎな調和を示している。せむしの老人の一人娘に対する恋愛に近い愛の妄念、その失望、その憤怒、その復讐、寛闊《かんかつ》で好色な支配者の軽やかかな移ろいやすい愛の冒険、その自由、そのいつわりない情念……そして終幕で、侯爵の屍《しかばね》が入っているとばかり思っている袋を前にしたリゴレットの耳に、あの軽快な侯爵の歌「羽根のように」がきこえてくる件《くだ》りはすばらしい。ここでも侯爵の意識しない悪行《あくぎょう》は終始王者の慰みのたのしい音楽で語られ、決して侯爵は罰を蒙《こうむ》るにいたらない。

(1) マントーヴァ侯：ジューゼッペ・サヴィオ、リゴレット：ティートオ・ゴッビ、ギルダ：ジューゼッピナ・アルナルディ、マッダレーナ：マリア・ノエ

〈羅馬オペラ座〉

＊

私は器楽よりも人間の肉声に、一層深く感動させられ、抽象的な美よりも人体を象《かたど》った美に一層強く打たれるという、素朴な感性を固執せざるをえない。私にとっては、それらのもう一つ奥に、自然の美しさに対する感性が根強くそなわっており、彫像や美しい歌声の与える感動は、いつもこの感性と照応を保っている。私には夢みられ、象られ、

そうすることによって正確的確に見られ、分析せられ、かくて発見されるにいたった自然の美だけが、感動を与えるのである。思うに、真に人間的な作品とは「見られたる」自然である。

希臘の彫刻の佳いものに接すると、ますますこの感を深められる。

＊

十九世紀英国の美術文学、あのペイタァやラスキンの驥尾《きび》に付そうとして、私は自分の見た美術品の印象を丹念に描写しているのではない。しかし古代の作品や文芸復興期の作品には、レッシングがラオコーンの例を借りて、空間芸術と時間芸術のジャンルの差別を論じた、あの厳密な差別をこえ、なおわれわれ文学者をして不断に語らしめるものを持っている。絵画は十九世紀中葉の浪曼派時代まで文学とはっきり袂《たもと》を分つにいたっていない。絵画が文学に訣別し、純粋絵画を志すにいたったのは、周知のとおり印象派以後のことであるから、私は印象派について語ることを文学者として潔しとせず、剰《あまつさ》え勝手に去って行った女房を追懐するような真似はしまいという、滑稽な亭主の威厳の如きものを、保ちたいと考えているのである。現に私が巴里できいた話では、最近アンドレ・モオロアなどの示唆によって、永らく忘れられていたシャセリヨオをその一人とする小浪曼派(petit romantique)熱がさかんになりつつある由である。

＊

今日私はアンティノウスに関する小戯曲(1)の想を得た。舞台はナイル河畔のアンティノウスの神殿である。人物は年老いたるハドリアーヌスと、その重臣と数人の巫女《みこ》と、アンティノウスの霊とである。それが書かれた暁には、私の近代能楽集に、多少毛色の変った一篇を加えることになろう。

（1）　左は帰朝匆々《そうそう》書いて、完結にいたらなかった詩劇アンティノウスの草稿である。

鷲ノ座(2)——近代能楽集ノ内——

所
埃及《エジプト》ナイル河岸なるアンティノウスの神殿。
時
紀元一三五年(羅馬《ローマ》皇帝ハドリアーヌスの治世。晩年の帝《みかど》は埃及を訪れていないが、作者はその史実を枉《ま》げ、老いたるハドリアーヌスをして再度埃及を訪れしめた)
人
年老いたるハドリアーヌス皇帝(六十歳)。十三年前に死せるアンティノウス。大臣。五人の巫女。

＊

幕あきの前に、リラの弾奏につれ、低き憂わしき嘆声をあらわすコーラス、「ああ、ああ」

と歌う。幕あくや上手《かみて》に一本のコリント式円柱と大理石の玉座あり、下手《しもて》に二本の円柱、二、三段のきだはし見ゆ。舞台奥はナイル河を見渡す心持。夜。五人の巫女、あるいは坐りあるいは立ちて、きだはしの上に集いいる。大臣(実は執政官である)下手より登場。なおもリラの弾奏つづく。

大臣　私は羅馬皇帝ハドリアーヌス陛下の大臣です。お年を召された陛下の永い旅路をお守りして、はるばるとここ埃及のナイルの河のほとりまで来ました。これはあの悲しいことどもの起った御幸《みゆき》以来、十三年をへだてた二度目の御幸です。美しいヒュラスが水に溺《おぼ》れた土地を、大なる羅馬をその腕《かいな》に支えておられる、今の世のヘラクレスがどうして忘れましょう。政事《まつりごと》は政事、恋慕は恋慕、私は永い宮仕えで、王者のお心の、この止みがたい二つの力を知っております。二つの力は王者のお心を引裂きます。ここから遥か遠い羅馬の民草も、この永い旅路の収穫が、ただお国の費《つい》えのほかには、何もないものとは思わないで下さい。陛下がここで尽きぬおん悲しみに、それだけ思うさま身を沈められれば、御帰国のあとそれだけお恵みは、一そうひろく民草の上にうるおうでしょう。羅馬の功《いさお》し高い兵士《つわもの》たちも、陛下の御心《みこころ》弱りを責めないで下さい。今まであなた方の前にマルスの姿で、雄々しく君臨しておられた帝のお心には、もっとも深いおん悲しみが、秘し隠されていたのですから。(五人の巫女たちにむかって)それからここアンティノウス神殿に、清らかな日夜をおくる斎女《いつきめ》たちよ、どうか陛下のみ心を察して、御幸のあいだはいっそう怠りなく、神前のつとめにはげんで下さい。

五人の巫女　(合唱)畏《かしこま》りました。大臣《おとど》の君。

大臣　(巫女たちに近よりて、きだはしに身を横たえる)よく言われました、斎女たち。

巫女一　どうかあなたの永い旅路を、わたくしどもに語ってください。

大臣　たとえ王土のうちとはいえ、旅の心は安らかではありません。旅のほとんどは船旅でした。船がシキリアをかたえに見て、さらに東へ進むにつれ、陛下はじっと東のかた、埃及の空を眺めておられた。

五人の巫女　(合唱)そここそはアンティノウスが、

大臣　悲しい思い出を残した土地です。

五人の巫女　(合唱)わずかな海風に帆布がしぼむと、

大臣　陛下は目立っていらいらなさった。

五人の巫女　(合唱)風が帆布を大きく孕《はら》ませ、潮《うしお》が船をやさしく押すと、

大臣　陛下のお口もとは綻《ほころ》びました。そうだ、私ども扈従《こじゅう》の者にも、船足の早さおそさが、苦の種子《たね》でもあり、喜びの種子でもあった。なぜならそのときわれらの心は、丁度ガリヤ船の多くの櫂《かい》が、第一の櫂に揃えてうごくように、陛下のお心に動きをそろえて、帆布の気まぐれに抗《はむか》ったのです。

五人の巫女　(合唱)埃及の黄いろい岸、ナイルが海にそそぐところに、河馬《かば》のように背をあらわす、三角の洲《す》を眺めたときは、

大臣　私どもは喚声をあげ、舟人どもは歌いました。あけぼのの靄《もや》が全く晴れると、私どもはその洲の上に、漁《すなど》る人の姿を見ました。アンティノウスの像を刻んだ羅馬の金貨の数多くを、陛下はその人たちへ船の上から、投げ与えるように命ぜられ、私共はそのようにしました。

五人の巫女　(合唱)そのときの大御心の、うれしさかなしさが思われます。

大臣　ああこの河が冥府《みょうふ》を流れる、忘れ河のレーテーならば！
巫女一　だめです、あれは冥府の闇、
巫女二　これは地上の光のなかに、
巫女三　それも烈しい日の下に流れる河。
大臣　なるほど、烈しい太陽はわれらの肌を、いつも黒い喪のいろに染め、
巫女四　この永《とこし》えの明るい喪は、
巫女五　太陽の喪は悲しみを不朽にします。
巫女一　皆さん、お静かに。陛下が今ここへお見えになります。

（2）左は詩劇アンティノウス(鷲ノ座)の挫折ののち、同じ題材を短篇小説に扱おうとして、同じく未完におわったその草稿である。

アンティノウス

羅馬帝国におけるハドリアーヌス帝の治世は、西暦紀元百十七年から、その崩御の年、百三十八年までである。もとトラヤヌス帝の崩御によって、軍に推戴せられて、帝位にのぼったのである。

ギボンによると当時の羅馬帝国は、「地球上の最善美の部分と人類中の最開化の部分とを包括して」おり、「羅馬元老院は統治権を保有しているように見せながら、政治の執行権は悉《ことごと》く皇帝に委譲して」いた。

ハドリアーヌスは文治の帝であった。貴族の叛心を苛酷にとりおさえ、ひたすら民治に

心を致した。このヘレニズムの復興者は、芸術家のよき友であり、また、終生をその広大な版図の巡幸に費した。ハドリアーヌスの鳳輦《ほうれん》が訪れなかった土地はほとんどない。鳳輦というのは、場合によっては妥当でない。時には徒歩で無帽のまま、カレドニアの雪中や、上部エジプトの苦熱の砂漠を旅したのである。ガリア、又そのゲルマニアの地、ブリタンニア、イスパニア、マウリタニア、エジプト、小亜細亜《アジア》、および希臘が、帝の足跡を印した諸地方である。

帝はトラヤヌスの征服主義の穏健な修正者であったが、羅馬の平和を支えるものが軍隊の威力に他ならないことを知っていて、あらたに多くの騎兵隊を編成し、しばしば親《みずか》ら新兵の教練を行い、また時には、新兵らを相手どって、力量や技術の優劣を争ったりした。ハドリアーヌスにもし固癖があったとすれば、古代希臘に対する終生かわらぬ熱烈な憧憬の念がそれである。帝はアテナイ城壁の東郊外に新市を肇《はじ》め、アゴラの北に図書館を建て、紀元前六世紀以来竣工を見なかったゼウス神殿オリュンピエイオンを完成し、ローマにはパンテオンとヴェヌス神殿を建立した。また小亜細亜アイザノイには別のゼウス神殿を建立した。

彼の古典主義には、その厖大な版図にふさわしい折衷主義がまじっていた。帝の称号、Pater Patrice は、かくてヘレニズムの権化であった。埃及の古美術の最も美しいものは、希臘古典時代の最も美しい美術品と同様に彼を魅した。帝は小亜細亜の彫刻家たちをして、古代彫刻の模作に従事せしめる。ところがある時期から、かれらはアポロやメルクリウスやマルスの模作をやめ、いっせいに或る新らしい神の彫像の制作に従事しはじめる。その新らしい神は豊かな体軀をもった少年の姿であらわされ、美しいうら若い容貌には必ず憂愁と死の影が刻まれる。はからずもこの神は、異教世界の最後の神となり、それらとは全く系図を異《こと》にしたヘブライ神の誕生の前に、古い神々の滅亡を代表するにいたるのである。

＊

それというのも、今日ヴァチカン美術館を訪れて、私はアンティノウスのその一つは胸像であり、その一つは古代埃及の装いをした全身像である、(もう一つ有名なベルヴェデーレのアンティノウスは、その体つきも顔立ちも、当然アンティノウスではなくて、ヘルメスである)二つの美しい彫像に魅せられてしまい、他のさまざまな部屋の名画を見ていても、心はアンティノウスのほうへ行っているので、全体としてヴァチカンの見物は、甚だ収穫の乏しいものに終ってしまった。

このうら若いアビシニヤ人は、極めて短い生涯のうちに、奴隷から神にまで陞《のぼ》ったのであったが、それは智力のためでも才能のためでもなく、ただ儔《たぐ》いない外面の美しさのためであり、彼はこの移ろいやすいものを損なうことなく、自殺とも過失ともつかぬふしぎな動機によって、ナイルに溺れるにいたるのである。私はこの死の理由をたずねようとするハドリアーヌス皇帝の執拗な追求に対して、死せるアンティノウスをして、ただ「わかりません」という返事を繰り返させ、われわれの生に理由がないのに、死にどうして理由があろうか、という単純な主題を暗示させよう。

一説には厭世自殺ともいわれているその死を思うと、私には目前の彫像の、かくも若々しく、かくも完全で、かくも香《かぐ》わしく、かくも健やかな肉体のどこかに、云いがたい暗い思想がひそむにいたった径路を、医師のような情熱を以て想像せずにはいられない。ともするとその少年の容貌と肉体が日光のように輝かしかったので、それだけ濃い影が踵《きびす》に添うて従っただけのことかもしれない。

＊

さてかくて私はしばらく脇道へ外《そ》れることを余儀なくされたが、丁度未知の大森林の中へ踏み込んだように、案内人ももたずにヴァチカンの部屋部屋を隈《くま》なく歴訪するのは、たのしい期待にみちた仕事であった。たとえば、ボルジャ家のアパルトメントの如きは、それぞれ忍び戸のような窄《せま》い戸口で接しており、もうこの部屋が行き止りかと思うと、またその奥に大きな暗いきらびやかな部屋がひろがっているのである。

私はまずPINACOTECAへ入って、ティツィアーノの傑作「聖ニコロ・デ・フラーリのマドンナ」に接したのであったが、これについてはゲーテのあのような感動と讃美の一文がある以上、私はそれに附加える言葉を持たない。Pinacotecaでは、私はこの絵と、メロッツオ・ダ・フォルリーの楽を奏する天使の三幅のフレスコが最も好きである。その上、人に知られていない二、三の好いものもあり、Orazio Gentileschi（1565〜

1638)のJudithやPaolo Trogher(1698〜1763)のIl Battesimo di Cristoはなかなか美しい。

アンティノウスの胸像は、彫刻美術館の入口の、パンテオンを模して作られた円形のサロンにあるが、埃及の装いをした立像のほうは、奇妙な埃及室の一間にあり、この埃及室の装飾の俗悪さは想像のつきかねるほどのものである。すなわち、天井には青い夜空にいちめんに金いろの星がえがかれ、中央の装飾灯は、東京の喫茶店でよく見かけるモダンな間接照明の仕掛になっている。

ラオコーンや、ベルヴェデーレのアポロや、ベルヴェデーレのトルソオやApoxiomenosに接したことは、私の心を疑いようのない幸福で充たしたが、紀元前五世紀の希臘の競技者の浮彫もきわめて美しく、大理石の動物園ともいうべき、動物彫刻の一室は、なんとわれわれを古代の人々の狩猟の歓喜へ誘惑することであろう。ゲーテが彫刻鑑賞について松明《たいまつ》照明の必要を述べているが、そのきわめて良い例を、カノーヴァのペルセウスの向って左に据えられている闘技者の像の上に見ることができた。というのは、丁度このとき天井の明り取りが正午をすぎた強い日光を、ほとんど直射と見えるばかりに、この像の頭上に注ぎかけていたので、影の効果は雄渾な力を帯び、筋肉は俄《にわ》かに躍動して、これと比べると弱い万遍のない光線をうけているもう一人の闘技者のほうは、力を失って早くも敗北を予期しているように見えるのであった。

グレゴリアーノ・エトルスコ美術室では、羅馬の美しいフレスコ、「ペレウスとテティスの華燭」の傍らに、同じフレスコの小品の、きわめて美しいものを見た。それは牛と連立ったパジファエであって、簡素で明澄で、正確をきわめたデッサンである。

地図と天井画の小間切れで埋められたとんでもない廊下は、第一その長さで見物人を閉口させるが、私はボルジャ家のアパルトメントの入口を見失って、この廊下を二度も往復した。そしてシスチンのミケランジェロの「天地創造」や、ボルジャ家の古い壁画のよいものを見おわると、小さい子供たちに囲まれたナイルの神のいる翼楼をとおって、又埃及室のアンティノウスの前へ行った。

*

次の日、私は早朝から起きて三つの美術館とパンテオンの見物を、中食《ちゅうじき》前にすましてしまった。これをきいたら、日頃私が午前中ほとんど床の中にいる習慣を知っている東京の友人は、目を丸くするにちがいない。しかもこの強行軍は、誰にも強いられなかったからできたので、誰かお節介な他人がこんな窮屈な日程を組みでもしたら、私は早速サボタージュを企てたことであろう。

三つの美術館とは、コンセルヴァトーリ宮の美術館と、キャピトール美術館と、ヴェネツィア宮の美術館の三つである。

今日も恍惚としながら私の思うことは、希臘と羅馬とのこの二週間、これほど絶え間のない恍惚の連続感が、一生のうちに二度と訪れるであろうかということである。私は人並に官能の喜びも知り、仕事を仕終えたあとの無上の安息の喜びも知っているが、それらがかつて二日とつづいたことはなかった。希臘と羅馬では半ば予期されたこうした幸福感が、他人の親切で擾《みだ》されることがないように、注意深く交際の機会を避け、すでに二週間、私は三度の食事を一人で食卓に向っているが、こういうことも家族に恵まれた今までの生活では、はじめての経験である。しかしこの二週間、一瞬であれ、私は孤独を感じたおぼえがない。たしかプルウストの気の利いた小品の一つを思い出されたい。それは或る社交好きな青年が、その夜も客を招いてある食卓を前にして、客の遅い来訪を待ちわびているところへ、見知らぬ招かれざる客が現われて食卓に就こうとする。青年が咎《とが》めると「私は一度もあなたの食事に招かれたことがない。私はしかし、いつかあなたの食事に招かれる権利があるのだ」と厳かに答え、さらにその名をたずねる青年の問にこたえて、招かれざる客は苦々しくこう言うのである。「私を御存知ない？　そんな筈はない。私の名は『貴下《あなた》自身』というのだ」

＊

パラッツオ・コンセルヴァトーリでは、グイドオ・レニの「聖セバスチャン」を遂に眼前にした幸のほかに(尤《もっと》も写真版でかねて見ていたところでは、ゼノアにある同じ作品の複製のほうが、私は好きだ。写真版で見ても、この二つの間には微妙な違いがある)ルウベンスやヴェロネーゼや、仏蘭西のプッサンの作品が私を感動させた。

グイドオの「聖セバスチャン」の一つ隣りに折衷派の師なるCarracciの「聖セバスチャン」があるので、門弟グイドオの耽美《たんび》的な個性がいっそうはっきりする。その画風は、ある時代にはラファエルよりも上位に置かれたのであるが、今彼の名が一般的でないからと云って、その作品が低く見られる理由はなく、セバスチャン像も、大理石のような裸体に一切流血のえがかれていないことが、作品の古典的な美を一そう高めている。

Carracciの或る作品はなかなかよいが、羅馬の美術館の至るところにあるGarofaloは私を閉口させた。それも無闇と大きな作品がみなGarofaloである。鯨《くじら》の欠点は大きすぎるという点にあるのだ。

プッサンの「オルフェ」は何という美しさだろう。何という森の微妙な光線だろう。それは明らかにワットオの先蹤《せんしょう》である。

ここでもヴェロネーゼは私を感歎させ、ヴェニスにある作品の複製である「The Rape of Europe」や、二つのBozetto「La Pace」と「La Speranza」や「聖母と聖アンナ」は、しばらくその前を立去りがたくさせるのであった。

「聖母と聖アンナ」はティツィアーノのように澄明でなく、ルウベンスのような光りもないが、燻《くす》んだ青空、暗い緑、日本の西陣織のような聖母の衣、すべての上に神秘な午後の倦《だる》さが漂っており、画中の人物は、かれら自身の神聖さに倦《あ》いているように見えるのである。

ルウベンスの「狼と共にあるロムレスとレムス」はきわめて美しく、ここの美術館の絵で一つを選べと強いられれば、私は躊躇《ちゅうちょ》なくこれを選ぶだろう。二人の幼児は暗い木立と狼の暗い毛並の前に、燦然《さんぜん》と薔薇いろにかがやいている。

＊

ここの彫刻では、「棘《とげ》を抜く少年」ただ一つが美しい。足の裏の棘にむかってうつむいているその熱心な表情には、人間がこういう状態にあるときの孤独が正確にとらえられ、われわれはあたかも、少年の無心な瞬間を、少年には毫《ごう》も気づかれずに隙見《のぞきみ》をしているかの感を与えられる。

ある位置から見ると、右の下肢と、左の下肢と、右の下膊《かはく》と、胴の左側の線とが、丁度十字をなしており、その十字の中心に足の裏があって、そこにこの作品の主題である小さな見えない棘が刺っているのだ。その巧妙な主題の扱いは、すぐれた短篇小説を読むかのようで、これほど単純で鮮明な主題に凝縮された短篇を書くことはわれわれの困難な、しかもいつも熾烈な希望である。

＊

キャピトール美術館では、入り際に、面白いものを見た。それは埃及のスカラベサクレのレリーフである。この甲虫は半ば擬人化されているように見えるがそうではなく、可成《かな》り忠実な写生が、埃及人の考えた神聖さの目的に照らして、面白く様式化されているのである。

希臘の浮彫、「アンドロメダを救えるペルセウス」は、きわめて優雅な小品である。そのアンドロメダの衣裳の襞が、いかに歓喜に波立っていることか。

疑いもなく傑作である「瀕死《ひんし》のゴール人」よりも、私は今し頽勢《たいせい》に陥って、片膝と片手を地に突き、のこる右手の剣で辛うじて身を禦《ふせ》いでいる戦士像(Combattente)のほうが好きだ。ゴール人は近代の傑作がもっているような死の不安と苦悩とに充ちているが、戦士像のほうは、生命の危機もその静謐を擾すに足りず、何か舞踏の一瞬の美しい姿態のように、外面それ自体だけがわれわれに語りかけているのである。他に見れども飽かぬ美しい彫像は、「カピトールのヴィーナス」と「クピードとプシケエ」である。

＊

パラッツオ・ヴェネツィアの美術館は、幾つかの空っぽの部屋もあって、見るべきものが少いが、ジォヴァンニ・ベリーニの小さな愛すべき肖像画や、フィリッポ・リッピの作品や、ニコラ・デ・バルバーリの「Cristo e l'Adultera」の美しい色彩や、ドナート・クレチとジウゼッペ・マリア・クレスピの優雅な作品のほかに、私を感動させたのは、Lelio Orsi da Novellara のピエタである。

その筆触はドラクロアを思わせ、構図はきわめて緊密で、しかも情熱的である。

この美術館には盗んで行ってもわかるまいと思われる小さな愛すべき絵がいくつかあって、Procaccini の竜退治の小品などは、少しばかり私の盗心を誘った。

＊

今日私はアンティノウスに別れを告げるために、再度ヴァチカンを訪れた。今までロトンダに入って、その胸像を見ながら、すぐ傍らにある巨大な立像に気がつかなかったが、それはあまり胸像にばかり見惚《みと》れていたためと、もう一つは、立像のほうはあまりに神格化され、胸像や埃及の立像のような初々しさに欠けているので、その人らしい特徴が目立たなかったためであろう。

パレストリナで見出されたこの立像は、バッカス神に扮したアンティノウスであるが、その表情や姿態には、バッカスらしい闊達さや、飄逸《ひょういつ》さはなく、やや傾けた首はうつむきがちで、彼自身の不吉な運命を予感しているかのようである。

アンティノウスの像(1)には、必ず青春の憂鬱がひそんでおり、その眉のあいだには必ず不吉の翳《かげ》がある。それはあの物語によって、われわれがわれわれ自身の感情を移入して、これらを見るためばかりではない。これらの作品が、よしアンティノウスの生前に作られたものであったとしても、すぐれた芸術家が、どうして対象の運命を予感しなかった筈があろう。

私は旧弊な老人が写真をとられるのをいやがる気持がわかるような気がする。その生前にすぐれた彫像が作られる。するとその人の何ものかはその時に終ってしまうのだ。その死後にすぐれた彫像が作られる。するとその人の生涯はこれに委《ゆだ》ねられ、この上に移り住み、これによって永遠の縛《いま》しめをうけるのだ。われわれの苦悩は必ず時によって解決され、もし時間が解決せぬときは、死が解決してくれるのである。希臘人がもっていたのは、このような現世的なニヒリズムであった。希臘人は生のおびただしい畏怖のために蒼《あお》ざめた石、あの蒼白の大理石を刻んで、多くの彫像を作りだし、これによってかれらを生のおそるべき苦痛から解放した。あるいは厳格な法則に従った韻文劇を、かれらの言葉の中から刻み出し、それによって人々の潜在的な苦悩や苦痛を解放した。それが希臘劇である。それらはいわば時間や死による解決の模倣である。彫刻は一瞬の姿態を永遠の時間にまで及ぼし、悲劇は嬲《なぶ》り殺しのような永い人生の解決の時間を、わずか二十四時間に圧縮したのである。

希臘人の考えたのは、精神的救済ではなかった。かれらの彫像が自然の諸力を模したように、かれらの救済も自然の機構を模し、それを「運命」と呼びなした。しかしこうした救済と解放は、基督教《キリスト》がその欠陥を補うためにのちにその地位にとって代ったように、われわれを生から生へ、生の深い淵から生の明るい外面へ救うにすぎない。生は永遠にくりかえされ、死後もわれわれはその生を罷《や》めることができないのである。あの夥《おびただ》しい希臘の彫刻群が、解放による縛しめ、自由による運命、生の果てしない絆《きずな》によって縛しめられているのを、われわれは見るのである。

彫像が作られたとき、何ものかが終る。そうだ、たしかに何ものかが終るのだ。一刻一刻がわれらの人生の終末の時刻《とき》であり、死もその単なる一点にすぎぬとすれば、われわれはいつか終るべきものを現前に終らせ、一旦終ったものをまた別の一点からはじめることができる。希臘彫刻はそれを企てた。そしてこの永遠の「生」の持続の模倣が、あのように優れた作品の数々を生み出した。

生の茫洋たるものが堰《せ》き止められるにはあまりに豊富な生に充ちている若者たちが、そうした彫像の素材になったのには、希臘人がモニュメンタールと考えたものの中に潜む、悲劇的理念を暗示する。アンティノウスは、基督教の洗礼をうけなかった希臘の最後の花であり、羅馬が頽廃期《たいはい》に向う日を予言している希臘的なものの最後の名残である。私が今日再び美しいアンティノウスを前にして、ニイチェのあの「強さの悲観主義」「豊饒そのものによる一の苦悩」生の充溢《じゅういつ》から直ちに来るところの希臘の厭世主義を思いうかべたとしても不思議ではあるまい。

生れざりしならば最も善し。

次善はただちに死へ赴くことぞ。

ミダス王が森の中から連れて来られたサテュロスにきいたこの言葉、それが今私の耳を打つ。アンティノウスの憂鬱は彼一人のものではない。彼は失われた古代希臘の厭世観を代表しているのである。

私は又しても埃及の部屋の立像の前にしばらく佇み、この三体のアンティノウスの印象がほかのさまざまのもので擾されぬように、匆々にヴァチカンを辞し去った。

私は今日、日本へかえる。さようなら、アンティノウスよ。われらの姿は精神に蝕《むしば》まれ、すでに年老いて、君の絶美の姿に似るべくもないが、ねがわくはアンティノウスよ、わが作品の形態をして、些《いささ》かでも君の形態の無上の詩に近づかしめんことを。

——一九五二年五月七日羅馬にて——

（1） ブルクハルトは「チチェローネ」の中でアンティノウスについてこう書いている。

より高い芸術形式（つまり神の姿）として表現された最後の神はハドリアーヌス皇帝の寵《ちょう》児《じ》にして神格化されたアンティノウスである。而《しか》してここでは、ハドリアーヌスのために恐らく自ら死の道を選んだ（紀元一三〇年）若者に実際に似せて作り、同時にその似顔を理想的に高めるという事が主目的であった。従って精神描写よりも寧《むし》ろ外貌、外姿の方がその目的に適《かな》う訳で、身体《からだ》つきは立派によく整い、額や胸は広く張り、口や鼻も豊かに作られた。一方、表情は目や口元にしばしば若者らしい悲愁の情が美しく漂っている作品もあるが、また時としては幾分の憤りと、ほとんど兇暴に近いものすら窺《うかが》われる。

アンティノウスの像は通例若い英雄型の胸像が多いが（例えばヴァティカノのサラ・ロトンダ）、外に立像も幾つか残っている。そしてこれらのものにおいては、彼は単に祝福を与える守神として——時には宝角をもっている——もしくは或る種の神の姿として具体化されている。例えばラテラノ第三室のアンティノウスはヴェルトゥムヌス（農の神——主として果実等の）として作られ、ヴィラ・アルバニの浮彫には大きな半身像で現わされている。その外、ヴァティカノのエジプト美術館にはオシイリス（農の神）にかたどったアンティノウスがあり、ロトンダの華麗な像（以前はパラッツオ・プラスキイにあった）はバッコスにかたどったそれである。而もこの最後の像は古典期以後の最も優雅な巨像の一つと言えよう。なお単なる英雄像としてはナポリ美術館（アンティノオの部屋）のものが最もすぐれている。

次に間違ってアンティノウスの名で呼ばれているものとしてはカピトリーノ（瀕死の剣士の部屋）の美しい像がある。これは頭部や骨格からして、まずヘルメスか競技者のそれであろうが、ただ一般のその種の像ほど、すんなりした身体つきではなく、どちらかといえば、普通よりもずんぐりしている。然《しか》しそうかと言って、アンティノウスのあの見事な豊満さからは遥かに遠いが、(原註)一方又、頭部における彼の肖像彫刻との類似は一概に否定し去ることも出来ぬのである。更にヴァティカノ(ベルヴェデレ)の所謂《いわゆる》アンティノウスは既に述べた如くヘルメスである。

(原註)　表情にはむしろ幾分の悲しみの面影さえ見られる——尤《もっと》もこうした表情は他のアンティノウス像においても見られるし、又ヘルメスにも現われている。

旅の思い出

日本へかえって、二月《ふたつき》が経った。私は求められる旅行談を語り倦《あ》きた。旅立ち前と同じ因襲が再び身のまわりをとりまいた。こうして私の気づかないところで、旅の思い出は、徐々に結晶してゆくらしかった。

旅行が何を私に附加えたか、それを私は語ることができない。むしろ私から何かを奪ったらしい。何ものかを癒《いや》したらしい。出発前、求められるままにこう言った私自身の言葉が思い出される。「もってゆく金は十分ではない。金を濫費することは僕にはできない。しかし僕は感受性を濫費してくるつもりだ。自分の感受性をすりへらしてくるつもりだ」と。

十日もすると、いたるところに私は倦《う》んだ。私が各地の新鮮な感動を綴ることができたのは、すべて十日以内のことである。十日がすぎると、或る環境がわれわれの周囲に出来上る。それに馴れるためには、はじめてその土地へ着いたときよりも、数百倍の違和感と決心を必要とする。かくして私は、私自身の環境である日本とその風土を、宿命と考えることから癒やされた。私の環境は、私の決心なのである。

今日は七月一日である。最初の夏らしい一日で、朝のうちの梅雨らしい雨は午《ひる》まえに上ってしまった。Bからの飛行便が来た。二階の書斎から見下ろす庭には、緑がまぶしくかがやき、石竹、立葵《たちあおい》、薔薇、コスモス、ガーベラ、ダリヤなどが咲き乱れている。

午後、仕事に疲れて、私は短い午睡をとった。目をさまして磨硝子《すりガラス》の戸をあけると、上辺が薔薇いろに染まった二、三片の夕雲がうかんでいる。だるい爆音をとどろかして、大型の旅客機がとおった。PAAのプレジデント機に相違ない。

……突然、私は旅情に襲われた。旅情は旅のさなかにばかりあるのではない。こうして旅の果てたあとにもある。私はコパカバナ海岸の日没を思った。また紐育《ニューヨーク》における Bの美しい友情を思った。……

気がついたときは、夕雲の上辺の色はすでに褪《あ》せている。白い部分も灰白色に近づいている。
たまたま南の国々へ旅したおかげで、近づいてくる日本の夏は、私にとって今年の二度目の夏である。私はまた海を見たい。二週間以内に、私は海辺の宿に仕事場を移すだろう。

（『アポロの杯』、朝日新聞社、昭和二七年一〇月）

II

髭とロタサン

マイアミへ行くと、そろそろコールマン髭《ひげ》にしばしば会う。北米ではほとんど髭というものを見ないが、南へ下るにつれて髭がだんだん多くなる。ポルトリコではすでに髭のほうが無髯《むぜん》よりも絶対優勢である。リオ・デ・ジャネイロでは、子供まで髭を生やしている。というのは少し誇張だが、ティーン・エイジャアの顔が、もっともらしい髭を貯えているのは奇妙である。

リオは美しい町で、こんな美しい町が地上にあるものかと思う。南画風の山ふところに包まれた近代建築群、古いポルトガル風の家が重なった斜面の住宅地、魚や花をえがいたモザイクの舗道……その上夜景の美しさは格別である。

そこをめちゃくちゃなスピードで「ロタサン」が走っている。ロタサンはバスとタクシーの合の子のようなもので、どこでも乗れ、どこでも降りられる。リオの現行犯主義はいきおい轢《ひ》き逃《に》げを黙認する結果になるからロタサンの前をよこぎるときはよほど注意しないと死に損である。ロタサンの運転手もたいてい髭を生やしている。レビューを見に行ったら、こういう寸劇があった。リオで有名な代議士で、暴力団を使って人殺しぐらい平気な乱暴な男がいる。その顔に似せた役者が、道で別の男とぶつかって喧嘩になる。名乗り合ってみると、別の男はロタサンの運転手だったので、代議士は急に意気投合して、「やあ、同じような商売じゃないか、握手しよう」という。横車を押しとおすところに共鳴したわけである。

コパカバナ・ホテルへかえる道に迷って、タクシーをひろったら、ドアをしめる拍子に窓のガラスがわれてしまった。はじめから亀裂が入っていたのにちがいない。しかし髭を生やした運転手はブツブツ言いつづけ、ホテルへ著いたとき、ドア・ボオイをつかまえて文句をならべ立てた。面倒だから、言いなりに損料を払ったが、こいつの髭は殊に気に入らなかった。

ホテルで話しかけて来たマダムがあった。見ると濃い口紅の上にうすい口髭が生えている。生毛《うぶげ》を剃らないので、髭のように見えるのである。その髭におどろいて、私は彼女を四十恰好の中年女だと早合点したが、夜になって又会うと、今度は灯火のかげんで髭は見えず、一応美しく、彼女が自分で云うところによると、廿三歳のセニョリータであった。

リオの人達は、呑気で、なまけ者で、勝手気ままに暮していて、それでいていつのまにか高層建築がニョキニョキと殖えている。集会の時間におくれるのも、三、四十分は平気だから、アメリカの外交官はいつもいらいらしているらしい。もしここに永住するとなったら、私も人並に髭を生やすとしよう。そしてどこの会へも日本式に三、四十分おくれて行き、タクシーの運転手がごたごた言うような事件にぶつかったら、今度はもう髭と髭との勝負だから損料なんかテコでも払ってやらないからいい。

――一九五二年二月三日リオにて――

（「羅府新報」、昭和二七年二月九日）

旧教安楽――サン・パウロにて

北米から南米へ来ると、旧教国の安楽さをしみじみと感じる。新教文化は、誠実たらんとすることの避けがたい偽善性をもっているが、戒律沢山な旧教文化は、かえって人間性に則《のっと》っていそうに思われる。離婚の不許可は、一見不便なようで、そうではない。あるブラジルの生臭坊主の如きは、十三人のメカケをもち、何十人の子供をもっていて、副業の木綿栽培の融資をたのみに、南米銀行へやってくる由である。

ブラジル人の生活のたのしみ方は、日本人が以って範とすべきである。住宅地は一軒毎に様式がちがっていて、超モダン建築あり、ポルトガル風あり、スペイン風あり、イタリア風あり、これに沿うて歩く行人の目をたのしましめる。サン・パウロ中心地でも大建築は勝手放題な形をしていて、建築家の夢がそのまま現実に生かされている。

ブラジル人はテニスをやっても、チームワークがないので、ダブルがきわめて不得手である。電車の運転手はコーヒーが飲みたくなると、街角で電車をとめてさっさと飲みに行ってしまう。ニューヨークではたえて見られないことだが、街のまん中で立話をしている連中が実に多い。それをアヴェニレイロという由だが、新型の自動車の見本がゆるゆるとまわっているショーウィンドウの前に立って、ヒゲを生やした大の男たちが三十人あまり、いつまでもぼんやりながめている。映画館の前でも七時からのに間に合わなかった連中が、途中から見ないで、九時まで待つつもりで、のんびり立話をやっている。女と待合わせれば、外で待っていると二人分の切符を買って入らなければならないから自分だけ先に入って、外から見えるところでのんびり待っている。女にひどい目にあった腹いせに、一緒に動物園へ行って、女の目の前で、毒蛇の檻《おり》にとびこんで自殺をはかった男がいるそうだが、こんなばかげた自殺はきいたことがない。

イタリア人の金持の息子の誘拐事件があった。柔道のうまい二十二歳の大男で、誘拐はしてもされそうもない道楽息子が、口に絆創膏のサルグツワをはられて、田舎の一軒家にとじこめられているのが、発見された。だんだんしらべてみると、それは誘拐者とぐるになった狂言で遊興費につまって、しわん坊のオヤジから身代金をせしめようとしたのである。

レビューの露骨さも相当なものだが、十八歳未満は入場おことわりと書いてあるから、先程東京の裸レビューに、「子供づれでは行かれない」などという野暮な劇評が出たのは、ここでは笑い話にしかならないのである。日本でも早く子供に気兼ねをしないでいい文化を持ちたいものだが、子供のように神経過敏な大人の多いうちは、そうは行くまい。

私はブラジル人を深く愛する。私は好んでブラジルの放埒な面だけを書いたようだが、このたいはいの影のない明るい国の光りの下には、重いゴシック様式のカトリック道徳が沈澱しているのである。ファナティシズムと偽善との二つの危険から、この厳しい面持をした寛容な母親は、わが子を抱擁して守っている。そして若者たちが、日曜日の教会の前へ敬虔な顔をして女あさりに集ってくるのを、微笑を以ってゆるしているのである。

（「朝日新聞」、昭和二七年三月五日）

マドリッドの大晦日

マドリッドの冬はかなり寒い。ヨーロッパのアフリカなどという蔑称のあるこの国も、冬の寒さだけはヨーロッパ並みである。

大晦日の晩には、群衆は広場にあつまって、寺院の鐘が、あらたまの年のはじめを告げるのを待ちうける。さて、手に手に葡萄の房をもち、町でも葡萄売りがたかだかと房をかかげて売っている。さて、正十二時の鐘が鳴りおわらぬうちに、葡萄をたべると、禍いを免がれるのみか、新らしい年にきっといいことがあるというので、広場の群衆がいっせいに葡萄を喰べはじめる姿は、まことに奇観である。鐘が鳴りおわると、知るも知らぬも抱き合って町の楽隊に合せて踊りだす。大っぴらな酔っぱらいの喧嘩も見られる。

ここの新年を迎えるけしきは、気候こそ寒いが、全く南国風で、スペイン女の肩掛のかげにのぞく黒い瞳も、寒さをすっかり忘れさせてくれるのである。

（井上宗和編『ヨーロッパの街角で』、あゆみ書房、昭和三五年一〇月）

ニューヨーク

旅行者はみなアメリカがつまらないという。ニューヨークもカサカサしていて無味乾燥で面白味がないという。

なるほど中南米の色彩ゆたかな国々に比べれば、面白味は乏しいにちがいない。しかし天邪鬼《あまのじゃく》な私は、どういうものか世界で一番ニューヨークが好きなのである。その灰色の石と鉄の塊《かたま》りが、都市全体が一つの巨大な機械のように唸《うな》りをたてて、二六時中動いている。その住人の心理も機械の細かい部品のようになりながら、それだけで終っていない。却《かえ》って人間の最後の抵抗が神秘主義や暗い詩や、アフリカの音楽や……考えられるかぎりの狂気の深淵にしがみつく。そしてあの三角形や五角形の、ガラスの破片のような、遠い遠い小さい空、あのものすごくエネルギッシュでしかもパセティックな雰囲気。……

あれこそ人間の築いた最後の都市という気がするのである。

そこで又わずか三週間でも暮すと思うと、今からたのしみだ。宿もわざと、タイムズ・スクウェアーのどまんなかのアスターにとった。お土産物売店や、ばかでかいネオンや、ホットケーキの店や、ダマシ玩具の店や、三流活劇専門の映画館などの、どまんなかのそのホテルを。

（「海外旅行情報」、昭和三五年一一月一五日）

口角の泡——「近代能楽集」ニューヨーク試演の記

一九五七年にニューヨークに来たとき、丁度ドナルド・キーン氏の英訳の「近代能楽集」がクノップ社から出て、それから忽《たちま》ちオッフ・ブロードウェイの上演が決定したというので、何とかその初日を見たさに滞在を引きのばし、とうとう待ちぼけを喰わされて、すごすご帰国した顚末《てんまつ》は、前に書いたことがあるので省略します。そのときの滞在で、私は大分、アメリカの劇場とはいかなるものかを学びました。わずか二百ほどの椅子の小劇場の上演にも、千数百万円の予算が必要なこと、ブロードウェイの芝居ともなれば、予算数億円にのぼることもめずらしくないこと、それだけの株主を集めるのが容易でないこと、……それらの内幕の一切や、劇場関係のユニオンの強力なことなどを知りました。

そこで今度ニューヨークへ来るにつけても、自分の芝居が見られるなどという期待を持たないで旅程を立てるほうが賢明だと思っていました。それが計らずも、たった一回きりの試演とはいえ、自分の芝居を見ることができたのは、全くの僥倖《ぎょうこう》というべきです。

それはコネティカットに住んでいてホワイト・バーンという小劇場を持っている小母さんのプロデュースしている実験劇場で、もう五年間、シーズン毎に、各一人一回ずつの試演で、五人の劇作家の作品を並べ、ニューヨークのグリニッチ・ヴィレッジの小屋で、火曜の午後毎にやるのです。切符の七割ほどは、五回の連続切符の予約者で占められ、今度のシーズンは、私の「近代能楽集」のほかに、ベケットや、ヨネスコの短かい作品をやることになっていました。この試演で成功して、オッフ・ブロードウェイの公演へ移された作品も相当ある模様です。グリニッチ・ヴィレッジの数ある小劇場の中で、このシァター・ド・リィスという小屋は、同じく小母さんの持ち物で、夜は、六年ごしに続演している「三文オペラ」をやっていました。

この小母さんはルシル・ローテルといい、大へんな金持で、ニューヨークの滞在中は、プラザ・ホテルに住んでいます。試演の前夜、私共夫婦は、ドナルド・キーン氏と共に、ローテルさんのところへ招かれました。プラザの華麗なロビイをとおって昇降機に乗り、七階で下りると、七〇一、七〇二というひろい二間つづきの、ルイ式の家具や屏風を置いた花やかな部屋が、ローテルさんの部屋でした。

ローテルさんは、中年のフランス風の顔立ちの、フランソワーズ・ロゼエを可愛らしくしたような感じの人で、若いころはさぞ美人だったろうと思われましたが、真珠の首飾りをかけた黒い洋服の袖口からは、脂肪のついたおそろしく太い腕が出ていました。この年齢の外国人の女性の中では、肌もきれいなほうでしょう。秘書だと紹介されたひどく若い、顔色の悪い青年がいて、テキパキしたローテルさんに似合わない、彼の何となくだるそうな、甘ったれのような態度が気になりました。ローテルさんが何か忙しく命令すると、彼は、長い睫《まつげ》を伏せて、目を閉じたまま、うなずいたりしているのです。

ローテルさんは、この国で劇場の仕事に携わっている女性特有の、すばらしい事務的才能と、疲れを知らぬお喋りと、歯切れのよい裁断的なものの言い方などの特色を持っていました。こちらには少しも喋らせない。彼女は、アペリチーフを供する間もたてつづけに、今夜の稽古には照明も大道具もないこと、もし不満足な点があったら、演出家にそう言ってもかまわないが、但し役者の前で言わないこと等を述べ立てました。食事に下りる前に、一つの窓の帷《とばり》を上げて、彼女はセントラル・パークの夜景を見せてくれました。七階から見下ろしたセントラル・パークは、もうすっかり枯木になった木々の下の地面が、まばらな灯《あか》りの下に索漠と見え、ただ一ヶ所、賑やかに灯火の集まったところがアイス・スケート場で、明るくかがやく氷面を、こまかい人影がいっぱい虫のように廻転しているのが面白く見えました。それはいかにも夜の疎林のかなたの、怪しい物の集会を覗《うかが》うような気分です。

エドウォーティアン・ルームでの夕食のあいだ、ローテルさんは、卓のかたわらの出窓に電話機を持って来させて、御飯中に五度も電話をかけました。だんだんわかったことですが、彼女と電話とは、磁石と鉄のような一種密接な関係があって、彼女が歩くと、電話のほうで吸いついてくるのです。プラザ・ホテルの廊下の厚い絨毯《じゅうたん》を蹴立てて、ミンク・コートの彼女が堂々と歩いて行くとき、少し彼女の体が壁際に寄ったかと思うと、もうそこにある電話機をわしづかみにしているのでした。

八時半に、われわれはローテルさんのタクシーで、シァター・ド・リィスへ行きました。ローテルさんの御主人のシュワイツァー氏は実業家ですが、ニューヨークでいそがしくあちこちへ車を走らせるために、珍案を考え出したのでした。それは高価なメルセデス・ベンツを黄いろに塗りたくってタクシーの認可をとり、横腹に「25セントより」と大書させ、運転手ルイにしじゅう連絡をとらせて、ホテルや事務所の入口に横附にして待たせておくのです。タクシーに限って、かなりパーキングの自由があるからで、ふつうの自家用車だったら、こうは行きません。

乗ってみると運転台の背にきれいなゴンドラの広告があり、何だと思うと、それはシュワイツァー氏がヴェニスに持っているゴンドラの絵で、「ヴェニスへ行ったら、船人ブルーノに会って、ルイからきいたと仰言《おっしゃ》って下さい」という文句が書いてありました。私たちもヴェニスでそうするつもりです。

劇場での稽古の一切は、日本の文学座などのやっていることと大差がないから、詳しく述べることもないでしょう。明日上演するのは、「葵上《あおいのうえ》」と「班女《はんじょ》」だけですが、「アオイの上」という言葉はどうしてもアメリカ人に発音できないので、ローテルさんが、「斎藤の上」と改題することを申し入れ、キーン氏が困って、「茜《あかね》の上」と改題しました。これはなかなか美しい表題だと思います。すなわち、Lady Akane——ローテルさんが「斎藤」などという名を思いついたのは、ニューヨークの有名な日本料理店の名からだと思います。

＊

あくる日はいよいよ試演の日でした。

午前中何かと忙しかったので、二時半の開幕に間に合うようにホテルを出る時になって、「葵上」の主演者のアン・ミーチャムさんに、花を贈る用事を忘れていました。そこで二時十分すぎに私が花屋へ飛んでゆき、大輪の白菊を一ダース、三時までに楽屋へ届けるようにたのんで、あとでミーチャムさんからお礼を言われたところを見ると、アメリカの花屋はなかなか忠実に義務を履行する模様です。アン・ミーチャムさんは、テネシー・ウィリアムズの「去年の夏突然に」の舞台以来、スターダムに昇った人で、今オッフ・ブロードウェイで上演中の「ヘッダ・ガーブラー」は大へんな好評を博し、オッフ・ブロードウェイ一番の女優と呼ばれているくらいです。

劇場のお客は、女は大てい毛皮を着て、年輩の人が多く、タイムスの批評家や、キューの批評家もおり、開演中の芝居の女優やプロデューサーも来ていて、一口に言って、玄人筋の観客でした。「班女」の幕があきます。黒幕だけの背景の前に、カンヴァスや画架やスーツケースがちらかっている。画家の実子《じつこ》が、黒い仕事着の上に、赤い羽織を羽織って、髪ふりみだして駈け込んで来る。……舞台全体の成績は、演出も演技も、日本の衛星劇団程度の出来で、昨夜寝不足だった私は、あくびをして、三十分の一幕のあいだに、二度ほど短かい眠りに落ち込みました。しかし「葵上」のほうはなかなか結構でした。看護婦を演じたローズ・アリックさんも、多少コミカルすぎるきらいはあるが達者なものだし、光を演じたマイケル・カーラン氏も少しもニヤけないで、神妙に受身の役をやりとおしていたが、瞠目すべきはアン・ミーチャムさんでした。黒地に金の支那服めいた珍妙なキモノも、きのうに比べてエレガントに着こなしていたし、アップにした金髪に妖気《ようき》の漂う化粧もよかったし、なめらかな深い声、明晰な発音、中年女のしつこい恋情と嫉妬の表現、……すべて私の夢みた六条康子《やすこ》の幻影に近いものでした。ただ幕切れに、多分演出家が、葵上に扮した女優をいたわったせいで、葵上がベッドからころげおちて死ぬ代りに、「キャーッ」と叫んでベッドの上で死んだのは、事壊しという他はありません。

芝居が四時ごろおわって、劇場の二階でカクテルがはじまったとき、思いがけず観客の一人に伊藤整氏を見出したときは、実にうれしい気がしました。私なら自分が外国の都市に滞在中同業の日本の文士の芝居の試演があっても、そんなものは見に行く気がしないでしょう。

カクテルのあいだ、或る演出家が口角の泡を飛ばして私と喋っているとき、文字どおり、口から何かの白い一片を私の背広の袖に吹きつけ、あやまりもせずに、そのましゃべりつづけるあいだ、袖のそこの部分を一生けんめい指でこすりつづけていてくれるのには、おどろきました。伊藤氏に早速その話をしたら、喜んで、

「こするところが正直で面白いね。日本人なら、あやまるか、それとも、知らん顔をしてごまかしてしまうだろう」

と言っていました。

その晩夜の一時に、ニューヨーク・タイムスの朝刊が出て、深夜のホテルのエレヴェーターでそれを買い、部屋で読んで、多少の昂奮を味わいました。それは正にベタほめ

で、予期していなかった批評と言うべきです。しかし、ブロードウェイの興行にはきびしい批評も、オッフ・ブロードウェイの良心的な興行や一回きりの試演には、かなり点が甘いということは、勘定に入れなければなりません。

忽ちローテルさんからお祝いの電話がかかって来て、私もお祝いを申し述べました。深夜のプラザ・ホテルのエレガントな寝室で、電話にかみついて喜んでいるローテルさんの、姥桜《うばざくら》の口もとに、小さな白い口角の泡が舞っているところを私は想像しました。それにしても今日は私も朝から晩までよく喋ったものでした。

（「声」、昭和三六年一月）

南蛮趣味のふるさと——ポルトガルの首都リスボン

リスボンほど美しい町を見たことがないというと誇張になる。一九五二年に訪れたリオ・デ・ジャネイロも、地上最美の都会と思われた。今度の旅ではリスボン。いずれそのときの主観的な条件に支配された印象だろうが、どちらもポルトガル系の町であることが面白い。日本人の血の中には、安土桃山時代からのポルトガルへの南蛮趣味的あこがれが、深くひそんでいるのであろうか?

隠居するならリスボンに限ると思った。モザイクの美しい道路。キラキラと宝石のようにかがやく冬の太陽。美しい亜熱帯性の鬱蒼たる街路樹。ポルトガル独特のタイル細工をはめこんだ家々の複雑なファサード。それが斜めに日を受けると、何ともいえない繊細な立体感があふれてきて、しかも雅趣に充ちている。

タイル細工には紺いろのものが多いから、日本人はすぐ昔の厠《かわや》の朝顔を連想するなどと失礼なことを言うが、あれはほのぐらい厠の闇、これは南欧の太陽の下に飾られるもので、まるで与える印象はちがっている。古いタイル細工ほど大きな画面をもち、王宮の壁の「南十字星の幻想」という画などはすばらしい。タイル細工の妙味は、これらの大画面をせいぜい二十センチ平方のタイルに分解して、つづき模様にしたところだが、額縁から周囲の装飾模様まで、同じタイルの平面上に描き込まれているところが面白いのである。

リスボンは又、人口の少ない町で、どこもかしこも深閑として、下町へ行かなければ人の群れには会わない。曲がりくねった古い街路の繊細な鉄細工のバルコニイに、あふれる花の木の植木鉢、そこにひるがえる洗濯物のまばゆい白さ、洩れてくる明るい民謡など、ラテン系の町の美しい特色を、落ちこぼれなく備えているのがこの町だ。

（「婦人生活」、昭和三六年六月）

稽古場のコクトオ

旧臘《きゅうろう》十五日の午後、朝吹登水子さんが私共夫婦を、コクトオの芝居の舞台稽古に連れて行って下さった。とにかく少年時代からあこがれのコクトオの実物を見ておきたいという気持と、岸恵子さんがその芝居の一つに主演しているのを見たいという気持と、この二つの理由で胸を躍らせて出かけたのは、われながら多少ミーちゃんハーちゃん的である。

ひどく寒い曇り日で、われわれはモンパルナスのカフェ・ドームで待合せ、そこから少し歩いて、とある学校の構内へ入ってゆき、その学校の地下にある客席三百(?)ほどの小劇場へ入った。ここは実験的上演のための劇場で、ここで一、二週間のトライ・アウトをして、成否によって大きいところへ移るのだという。きけばコクトオはその若書《わかがき》の一幕物のいくつかの出版を、最近まで許可しないできたが、やっと最近になって許して出版されたので、それが上演されることになったのだという。三つの一幕物はそれぞれちがうスタイルで書かれているが、主題は共通していて「女の貞節」という問題を、いずれもが扱っている。第一のは安南の話で、「影」という題。亭主が戦争に永いこと行っていて、武勲を立てて勲章をもらって帰ってみると、育った子供がその顔を見て、「僕のお父さんじゃない」と言う。さては留守中女房が間男をしていたとカンぐって、女房を責めるので、女房は疑られた悲歎のあまり、川へ身を投げて死んでしまう。そのあとで、母親の死を知らぬ子供が、卓上のランプをともし、壁に映る父親の影人形の影を指さして、「これが僕のお父さんだ」という。亭主は自分の早まった誤解のおかげで、妻を失ってしまったという軽快な悲劇である。

第二のは、漁村の話で、同じく永いこと妻を置いてアフリカへ出稼ぎに行っていた男が、金を儲《もう》けてかえってくるが、妻が自分の顔を見忘れているのを幸い、自分は亭主の友人だといつわって、妻の貞節を試そうとする。貧窮の妻は、良人《おっと》と知らずその男を泊らせ、ちらつかせた大枚の所持金を奪うために、殺してしまったあとで、殺したのは自分の亭主であった、と気がつく悲劇だが、カミュの「誤解」に筋がよく似ているけれど、「誤解」よりずっと昔に書かれたものであろう。

第三は、すっかり調子のかわった洒落《しゃれ》のめした喜劇で、例の有名なローマの古譚《こたん》を題材にしている。死んだ良人の墓のかたわらで嘆き悲しんでいる妻が、その悲しみの最中に、墓守りの兵士と慇懃《いんぎん》を通じてしまうという話である。ここでは良人のミイラの棺が滑稽な顔をして立っており、はじめからコミックな調子で演じられている。

さて、三つを通覧すると、一等コクトオらしい香りの高いのは第一の「影」であって、岸恵子さんはその自殺する妻の役をやっている。ほぼ三十分ほどの一幕物である。

すべてに支那劇のような様式化がとられ、人物は顔に面をつけ、あるいは外して演じ、良人の戦争の場面などでは、両手をひろげて戦闘機の戦いなどが演じられ、舞台は時空を超越して、迅速に悲劇の終局に到達する。妻が自殺したあと、何も知らぬ子供が、卓上のランプをともし、「ほら、こうしてランプをともすとお父さんがあらわれる」と言うラストは哀切である。

岸さんの妻の熱演を見、自殺の前の哀切な長ゼリフをきき、フランス語の巧拙を論じるより先に、私はその闘志と熱情に搏《う》たれた。いくら説明しても、わからない人にはわからないことだが、外国で外国人の芝居を、外国人俳優の間にまじって、日本人が外国語で演じるということがどんなに大変なことか、私には多少想像がつくからである。話が東洋の話で東洋人の役であっても、パリは特にフランス語のセリフのやかましい、観客の耳も肥えている場所である。そのどまんなかで、繊細な体つきの岸さんが、一人で戦っているという感銘は非常に強く、私は心を搏たれた。まだ稽古の段階であるし、演出に様式化が試みられていることであるし、岸さんの演技については決定的なことは言えないが、舞台上の楚々《そそ》とした姿と、美しい声と、東洋的貞節の愛らしさとひたむきさの表現では、フランス人の女優がこの役をやるより、どれだけ芝居を豊かにしているかしれず、コクトオも大満足だそうである。しかしコクトオは演出があんまり人形芝居化していることには反対のようである。

さて、そのコクトオだが、稽古場に茶いろの外套姿の長身のコクトオが現われたときには、一種の感激を禁じえなかった。これが永年憧れてきたコクトオその人だと思うと、後光がさしているようにみえた、というのは大袈裟《おおげさ》すぎるだろうか。

コクトオは医者から自分の芝居の稽古に立会うことは禁じられており、それというのも稽古というと昂奮しすぎるからだそうだが、果してわれわれのすぐ前の座席に坐って、舞台の役者にアクションを教えるときのコクトオの長い腕は、うしろへまでふりまわされて、その有名な美しい指が、あやうく家内のほっぺたを引っぱたきそうになったほどである。第二の芝居の稽古で、泊った良人の寝姿の恰好《かっこう》がわるいと云ってコクトオが注意したのは、いかにも形に敏感な人らしくて面白かった。コクトオは自分で肘枕《ひじまくら》の恰好をしてみせて、舞台へ教えていた。稽古の合間に、舞台の上で写真をとられることになると、昔からよく知っているコクトオが顔を出し、新聞社のカメラマンにサーヴィスをして、岸さんを前に立たせ、自分はおどけて背景のうしろから、様子をうかがうように顔をのぞかせたりして、芝居気たっぷりのところを見せた。

(「芸術新潮」、昭和三六年三月)

冬のヴェニス

それまですでに二度もイタリーへ行きながら、一度もヴェニスへ行かなかったのは、いつもの私のつむじ曲りのためであった。「名物に旨《うま》いものなし」と信じていたのである。

ところが今度、冬のヴェニスを訪れて、自分の先入主のあやまりに気がついた。どんなことをしても訪れるべき土地である。こんな奇怪な町、独創的な町が、地上にまたあろうとは思われない。

第一にそれは頽廃《たいはい》している。救いようがないほど頽廃している。私はデカダンスというものの、こんなにも目にありありと映る実体を見たことがない。

イタリー人のことだから、そこに住む落ちぶれ貴族がどんなに頽廃しているといったところで、どこか呑気《のんき》で、楽天的で、大ざっぱで、適当にその日その日を暮しているにちがいない。まして観光客相手の商売で暮しているここの一般市民は、ほかの都市のイタリー人同様、明るく、単純で、現世的で、享楽的で、抜け目がなくて、デカダンスのデの字も持たないにちがいあるまい。私のいうのは建物のことである。建物が人間などは尻目にかけて、それ自体の深いデカダンスに沈潜し、正に「滅び」を生きているのである。ここでは建物が精神であり、人間は動物のようだ。

海水は少しずつ建物の礎《いしずえ》を浸蝕している。今日見る浸蝕の度合は甚しいが、何分相手は石だから、今にも崩れ落ちそうでも、まだ何年も、何十年も保《も》つにちがいない。見えないほどに緩慢な死が、こうして昼となく夜となく、この町を犯しつづけている。建物は何ら抵抗しない。大多数の家は、すでに一階は使い物にならなくなっている。水は一階の床を浸し、そこに物を貯蔵しようとしても、片っぱしから腐ってしまうだろう。

建物がまた、健全な趣味の簡素な建築ではなく、バロックまがいルネッサンスまがいの装飾過剰のものばかりだから、こうした町の印象は、老貴婦人が、ボロボロのレエス、裾《すそ》の腐りかけた夜会服を身にまとって、立ったまま死んでゆくのを見るようである。

水は汚く、小運河にはいつも芥《あくた》が漂い、引き潮には去っても、上げ潮にはまた帰ってくる。街のどこにいても、酸っぱい、病的な汚水の匂いが鼻をつく。

面白いのは運河の十字路である。ゴー・ストップがあり、警笛が鳴りひびくところは、東京の街の十字路とかわりがなく、水の道ではないような錯覚が起こる。ゴンドラの漕ぎ手の巧みさたるや神技である。あのいたずらに長い船体を、完全に自分のものにして、くねくね曲る水路、輻輳《ふくそう》する舟のあいだを、ものの見事にすりぬけてゆく。ここの交通規則では、小運河をゆくモーター・ボートは、せまい水路でゴンドラに行き会うと、エンジンを止めることになっていて、そんなわけで、モーター・ボートも、なかなか思うように走れないが、これはモーター・ボートの立てる波が、敏感きわまるゴンドラを引っくりかえしかねないのを防止するためだろう。

冬のヴェニスを訪れたのは賢明だった。観光客はほとんどなく、この町の生活のすべては、夏の稼ぎ時へ顔を向けている。だから冬に行くと、ヴェニスのお愛想笑いの顔の代りに、汚い憂鬱な背中が見られるのである。夜、ホテルの窓から見下ろすと、昼間は人のゆきこうていた寺院前広場が、いつのまにか半ば水に浸されていたりする。高窓から落ちる光りに淡く照らされた水びたしの広場の光景は、一種凄愴《せいそう》な感じがする。水が少なければ、板をわたして、深夜の稀な行人はその板の上を渡る。水が深ければ、そこはもう街路と見なされない。それは陸の道でもなければ水の道でもない。ふしぎな無益な場所に変ったのである。

ホテルの入口も、いうまでもなく水の道に面していたが、入口に溝を設け、さらに厚い板囲いを立て、ロビイへ水が満ちてくるのを防いでいた。ロビイの豪華な絨毯《じゅうたん》が水にひたされたら、どんなに美しかろうと私は思ったが、そんな空想を旅客に起こさせるホテルは、どこにもないのである。

朝靄《あさもや》をついて陸路を美術館へ行った時も忘れられない。地図を綿密にしらべてゆくのだが、あんまり路がくねくねと折り曲り、大した距離でもないのに七つや八つの橋は渡らざるを得ないので、結局カンで歩くほかはなかった。そして一足毎に、街の角度は変り、小さい複雑な、燻《くす》んだ万華鏡のような展望がひらけた。最後の大運河の大橋も、段階のついた橋だったので、この町に自転車一台見当らない理由がわかった。車のついたものではどこへも行けないのだった。

（「婦人公論」、昭和三六年七月）

ピラミッドと麻薬

だれに頼まれたわけでもないのに世界一周を三度もやってしまうと、旅人はすっかりスレッカラシになって、容易なことではものにおどろかなくなる。それでもはじめて訪れた土地は新鮮だ。新鮮だが、いくらはじめて見るヴェニスの奇景に感心したところで、いまさらおれがヴェニスをほめて何になるという気が先に立つのである。

それでもいま瞼の裏にありありと残っているのは、ポルトガルの首都リスボンの絶妙の美しさだの、カイロのピラミッドのふしぎな生々しい存在感だの、香港《ホンコン》の阿片窟《アヘンくつ》の暗い夢魔的な雰囲気だの、……そういう断片的な印象の光彩である。私はこんどの旅行では、ことさら自分を、一瞬にしてすぎる感覚的享楽だけの受動的な存在に仕立てて歩いた。

たとえばピラミッドの存在感というものは独特で、実に気味がわるい。私はもとメキシコで、階段式ピラミッドの無気味な姿を見たが、あれはまだ密林に包まれているから始末がいいので、サバクの中からぬっと突き出し、近代都市のすぐ近くに接近しているギザのピラミッドなどの無気味さとは比較にならない。ゴルフ・クラブのバルコニーに招かれて、何の気なしにふりむいたところに、ユーカリのこずえ高く、ピラミッドがのしかかっている姿を見たときは、まさにそこにあれが「いた」という感じだった。夜中に厠《かわや》の戸をあけたら、そこにお化けが「いた」というときの「いた」という感じはまさにこれだろう。

お化けはまだしも人間に似ているからいい。しかしピラミッドはいかにも無機的で、しかもギリシャの廃墟のような建築的形態をとどめたすがすがしい石だけの存在ではなくて、何かいやらしい中間的存在である。それは人間と精神との間に永遠に横たわり、人間と精神との親密な結合を、いつも悪意を以って妨害している。ヨーロッパのすべての遺物には、この種の親密な結合があり、それは高い趣味のものから最低の悪趣味のものまで共通している。しかしエジプトはいやらしい記念碑を建てたものだ。ピラミッドはたしかにある目的のために建てられたのだが、いま見ると、それはただ「いる」ために、存在するために、存在しはじめたようにしか見えないのである。死と永遠の時間に対抗するには、エジプト人は、どうやら人間の力だけでは足りないことを自覚して、精神なんかは押しのけておいて、ひたすら大きな存在の力を借りたように思われる。かくて人間が存在の中へ埋没し、ピラミッドだけが「いる」ことになったのだ。

これも一つの文明の方法にはちがいなく、また一つの宗教の帰結にはちがいないが、それは本当に目くるめくような暗い黒い文明で、ヨーロッパをまわってここへ来ると、はじめてヨーロッパは小さな一大陸の特殊な文明形態にすぎぬことがはっきりする。

しかし、冬のヨーロッパを旅しているあいだ、私はいつも太陽にあこがれていた。パリやハンブルクで、昼のあいだずっと灯りつづけているネオンサインにおどろいた。朝起きるときから外光は夕方の薄明で、ネオンの色は少しも薄れず、夜よりもむしろあざやかに見えるのである。パリの冬の来る日も来る日も頭上をとざしている陰鬱な空、あの底冷え、永遠の鼠いろ……そしてそこかしこにきらめいている寒色のネオンサイン、あれは私にはとてもたまらない。私にはどうして人間があんな陰鬱な冬を生きつづけることができるのかふしぎでならない。いまさらながら、日本は何と太陽の恵みに浴している国であろうと思う。

が、エジプトへ来て、いざ輝かしい太陽に会うと、そこからアジアにかけて、何か途方も知れない暗い文明、ヨーロッパ的人間がかつて一度もその力を借りなかった存在学的文明がはじまるのを見るような気がする。

さて、人間を手取り早くただの「存在」に還元する方法、それが麻薬というものだろう。中国人が建てた万里の長城などの無気味な姿は、同じ中国人の発明にかかる阿片、すなわち、死と永遠の時間に対抗するために、人間の生身を存在それ自体に変えてしまう秘法と、どこかでこっそりつながっているにちがいない。

現にエジプトでも、カイロ南郊の訪れる人の少ない半ばくずれたダシュールのピラミッドの片ほとりに、私は砂に埋もれかけているハシシュのくさむらを見た。この麻薬の草は、サバクを吹いてくる微風に、とげとげしく身をゆすっていた。

香港。私がはじめて見る中国の街。ここへはおびただしい難民と一緒に、中国大陸ですでに禁じられた古い悪徳も逃げこんできて、わずかに余喘《よぜん》を保っている。

手入れのために十人の警官が踏み込むと、せまい迷路をたどってその街を出たときには、いつのまにか八人になっているという九竜城の暗黒街を、私は老練な案内者の懐中電灯のあかりをたよりに歩いた。

深夜の家々は雨戸をとざし、夜業の織物工場の機械音が単調にひびいているあいだを、石段の曲がりくねった小径が、臭い溝に沿うて上ったり下ったりする。高い石室のような家の二階の小窓が暗い穴を闇の中にうがっている。ときどき灯明りの洩れるところには、茶店の店先で麻雀《マージャン》をやっている人たちが、我々のほうを鋭い目で見返る。道ばたで煎《い》っているにんにくの実の嘔吐を催すようなにおい。それが遠のくと、こんどは人気《ひとけ》のない闇の小路に、血のにおいが漂ってくる。ここらでは豚の密殺も行われているらしい。とある家の軒下に、闇に半ば身を浸して、黒い中国服の初老の男が、じっと身をもたせかけて立っている。あらぬ方を見ている目は黄いろく澱《よど》み、顔の皮膚は弾力のない馬糞紙のような色をしている。明らかな阿片患者である。

彼はまさしくそこに「いた」。ピラミッドのように「いた」のである。存在の奥底に落ち込んでいるその顔は、我々の社会的な証票ともいうべき顔の機能をすっかり失って、一つの小さな穴のように見える。それは小さいが実に危険な穴で、ひとたびその中をのぞき込んだら、世界はその中へ身ぐるみ落ち込んでしまうにちがいない。

しかしそれは存在していた。人間と精神を連結しようとするあらゆるヨーロッパ的な努力を嘲笑して存在していた。私はこういう顔がまだ世界のそこかしこにいっぱい存在していることを知っている。そしてこういう顔を忘れて暮らしているあいだ、同時に我々は、楽天的にも、死や永遠の時間というものも忘れて暮らしているのである。何しろ付き合いが忙しいから！

（「毎日新聞」、昭和三六年一月二八日）

美に逆らうもの

もう今度の旅では、私は「美」に期待しなくなっていた。解説された夥《おびただ》しい美、風景、美術館、建築、有名な山、有名な川、有名な湖、劇場、目をまどわす一瞬の美、そういうものに旅行者は容易に飽きる。旅立つ前から、私が夢みたのは、何とかして地上最醜のもの、いかなる「醜の美」をも持たず、ひたすらに美的感覚を逆撫でするようなもの、そういうものに遭遇したいという不逞な夢であった。

さて、しかし、人が簡単に美意識とか美的感覚とか云っているものほど規定しがたいものはない。美という物差がどこにもあるわけではない。絶対的な美というものがない以上、絶対的な醜というものもないにちがいない。そんなことはわかりきったことである。

われわれの美意識は、歴史と諸種の体系に守られて、かなり精妙なものになっていることは確かである。それに新らしい知識がさらに詰め込まれて、それを豊富にし、増大し、増幅するから、一人の人間の美的判断力のうちには、根深い肉慾から、皮相な新知識にいたるまでの、広大な領域がひろがっている。新らしい美に驚かされることを期待するのは、この味噌も糞も一緒くたにしたような美意識の、当然の衛生学であり、自己革新の要求である。しかし新らしい領土はたちまち併呑《へいどん》される。不快な違和感はすぐに忘れ去られ、それも亦《また》清澄な美の一種になり、やがて飽きられる。この経過はいかにもエロティックの法則によく似ている。それがわれわれが自分の持っている(と思《おぼ》しい)美意識を、一つのメカニズムのように感じる所以《ゆえん》である。こんなメカニズムが精妙に働き、あたかも脳髄の組織のように、臨機応変、対象に応じてあらゆる反応が可能になるほど練磨されるにいたると、それでもわれわれは物足りなくなる。そこで美意識のメカニズムにことごとく反対に働く精妙な別のメカニズムを想定せずにはいられなくなる。それは何物であろうか？　こちらのとりだす幾千の物差に永遠に合わない尺度を持ち、こちらの美的観点に永遠に逆らいつづけ、どんな細部でも美からうまく身をそらし、永久に新鮮な醜でありつづけるような存在物、……こんなものがあったとしたら、それは一体何物であろうか？

久しくこういう無意味な想念が、私の閑《ひま》な頭を悩ましていた。そういうものをもしここに作り出そうとすれば、大略の見取図は浮ぶにちがいない。それは歴史上のあらゆる様式の堕落した形態の混合物で、不快なほどリアルで、徹底的に独創性の欠けているものであるべきだが、どうしてもそうして出来上ったものはパロディーになりがちである。美は反対物を作り出そうとするときに、どうしても批評的契機にたよりがちで、批評は否応なしに別の美を生んでしまう。かくてあの対蹠的なメカニズムからは、右のような批評の生む不可避の生産性が、注意ぶかく排除されていなければならないのだ。しかも美が批評を捨てれば、ひどく退屈だがこれも亦《また》美の一種に他ならない「常套的な美」に化してしまう。

世界旅行というものは、こんなわけで、いわば美の氾濫であり、美の泥濘《でいねい》のなかを跣足《はだし》で歩くようなものであり、われわれは踝《くるぶし》まで美に埋まってしまう。この世界には美しくないものは一つもないのである。何らかの見地が、偏見ですら、美を作り、その美が多くの眷属《けんぞく》を生み、類縁関係を形づくる。しかも、どうやったら美の陥穽《かんせい》に落ちないですむか、という課題は、多くの芸術家にとっては、かなり平明な課題であったと思われる。彼らはただ前へ前へ進めばよいと思ったのだ。そして一人のこらず、ついにはその陥穽に落ちたのだ。美は鰐《わに》のように大きな口をあけて、次なる餌物の落ちて来るのを待っていた。そしてその食《た》べ粕《かす》を、人々は教養体験という名でゆっくりと咀嚼《そしゃく》するのである。

どこかの国、どこかの土地で、歴史の深淵から暗い醜い顔が浮び上り、その顔があらゆる美を嘲笑し、どこまでも精妙に美のメカニズムに逆らっているというような事態はないものだろうか。ひそかにこれを期待しながら、この前の旅行で、メキシコのマヤのピラミッドを見たときも、ハイチのヴードゥーを見たときも、私の見たものは美だけであった。

*

北米合衆国はすべて美しい。感心するのは極度の商業主義がどこもかしこも支配しているのに、売笑的な美のないことである。これに比べたら、イタリーのヴェニスは、歯の抜けた、老いさらばえた娼婦で、ぼろぼろのレエスを身にまとい、湿った毒気に浸されている。いい例がカリフォルニヤのディズニイ・ランドである。ここの色彩も意匠も、いささかの見世物的侘びしさを持たず、いい趣味の商業美術の平均的気品に充ち、どんな感受性にも素直に受け入れられるようにできている。アメリカの商業美術が、超現実主義や抽象主義にいかに口ざわりのいい糖衣をかぶせてしまうか、その好例は大雑誌の広告欄にふんだんに見られる。かくて現代的な美の普遍的な様式が、とにもかくにも生活全般のなかに生きていると感じられるのはアメリカだけで、生きた様式というに足るものをもっているのは、世界中でアメリカの商業美術だけかもしれないのである。通信販売が様式の普及と伝播に貢献し、人々がコンフォルミズムとそれを呼ぼうが呼ぶまいが、アメリカの厖大な中産階級を通じて、家具や台所の設計にまで、あのものやわらかな、快適な、適度に冷たい色彩と意匠の美的様式がひろがっている。そして穢《きたな》らしいグロテスクな骨董で室内を飾り立てることのできるのは金持階級だけである。ジェット機から電気冷蔵庫にいたる機能主義のデザインが、ちゃんと所を得た様式として感じられるのはアメリカだけであろう。パリでは、バロックまがいの建物の暗い台所に、丁度日本の古い厨《くりや》に置かれているような具合に、まっ白な電気冷蔵庫が鎮座している。アメリカでは実に美に逆らうようなものが存在しない。これがアメリカの特色で、どこへ行っても、われわれの感覚は適度によびさまされ、適度に眠らされる。ホテルの窓をひらいて、目に映るもののうち、その不快と醜悪で旅人を慄《ふる》え上らせるようなものは一つもない。ニューヨークの街路の騒音も、いわば多少やかましいオルゴールのようなものである。アメリカにはもう、怖るべき「俗悪さ」さえないのである。

摩天楼を美しいと思うことは、すでにわれわれの祖父以来伝承された感覚だが、どんどん新しく建っているより機能的なモダンな摩天楼も、(たとえばシーグラム・ビルディングを見よ)、すぐ近くの古い摩天楼との様式差を、高さの近似のおかげで、見事にカヴァーしてしまっている。ここでは様式の較差も問題ではなく、下から眺める人間の視野に対する威嚇だけで、全くよく似た「圧倒的な」美感を与えるのに成功している。巨大というものが、いつも様式を超越してしまうということの古代の例証は、ローマへ行けばよく見られるとおりだ。しかし巨大な容積の単純な幾何学的形態が、われわれの心にもはやどんな様式感をもよびさまさず、それがそこにただ存在しているとしか呼びようのないものになっている建造物は、カイロのピラミッドである。実はカイロのピラミッドは、本来最も頑固に美に逆らう性質を持っているように思われるのだが、観光客の風物詩的美意識が、疑う余地のないほど、それを「美」に化してしまっている。そのまわりの沙漠と、駱駝《らくだ》と、椰子《やし》の林のおかげで。……もしあれがニューヨークの五番街のまんなかにあったら、どんなに美から遠いものになり、どんなにか周囲のニューヨークの美をおびやかし、蒼ざめさせ、戦慄させ、はては自らを恥じさせる力を持っただろうに！

もはや美の領域で、「ブゥルジョアをおどろかす」ようなものは存在しない。超現実主義は古い神話になり、抽象主義は自明な様式になってしまった。抽象主義はやがて、ゴシックが中世において意味したようなものになってしまうであろうし、それだけのことだ。モデルの体に絵具を塗って画布の上にころげまわらせても、悲しいかな、結果は自明であり、美は画布の上に予定されている。われわれはもはや、ウィリアム・ブレークが描いた物質主義の代表者「ピラミッドを建てた人」の肖像ほど醜くあることはできず、骨の髄まで美に犯されている。われわれの住んでいるのは、拒否も憎悪も闘いもない美の「民主主義的時代」なのだ。しかも近代の教養主義のおかげで、歴史上のどんな珍奇な美の様式にも、われわれは寛容な態度で接してしまう。

香港《ホンコン》。――この実に異様な、戦慄的な町の只中で、私はしかし、永らく探しあぐねていたものに、ようやくめぐり会ったような感じがする。

私は今までにこんなものを見たことがない。強いて記憶を辿《たど》れば、幼時に見た招魂社の見世物の絵看板が、辛うじてこれに匹敵するであろう。その色彩ゆたかな醜さは、おそらく言語に絶するもので、その名を Tiger Balm Garden というのである。

＊

タイガー・バームというのは咳止《せきど》めの感冒薬の名で、胡文虎氏の創製にかかり、胡氏はわが名をとったこの薬で巨万の富を積み、十億円の私財を投じてこの庭を建てたのであるが、同時に有名な博愛主義の慈善家であった氏は、生涯絶やさなかった社会事業への莫大な寄附行為のほかに、特にこの庭を諸人のよろこびのために無料で開放して、あわせて庭の造り物によって、勧善懲悪の訓《おし》えを垂れようとしたというのである。庭が建てられたのは一九三五年のことであった。

「虎標万金油是
居家旅行良薬
救急扶危功効
宏大風行世界」

これがタイガー・バームの引札《ひきふだ》で、次なる英文の、

「香港のタイガー・バーム・ガーデンにまさる東洋美の典型的風景が世界のどこに見られるでしょうか？」

というのが、ガーデンの引札であるが、少くともこの庭が美を目ざしたものであることは明白である。

ここで私は、動機はあれほど純粋ではなくても、企図するところと方法論のきわめてよく似た、中国のエリスン、ポオの「アルンハイムの地所」の主人公の中国版を見出すのである。エリスンは言う。

「既に前に僕が述べたところにより、田舎の自然美を元に戻すという考えに僕が反対だということを君は悟るだろう。元のままの自然美というものは新たに加工せられる美

に到底及ばないのだ」

又言う。

「僕は平穏は望むが、孤独の憂鬱は望まない。……だから繁華な都会からあまり離れぬ場所、又はその近傍が、僕の計画を実行するに最も適しているだろう」

又言う。これは殊に重要である。

「始終見る場合に一番いけないのは広さの荘厳で、広さの中でも遠景が一番悪い。これは隠遁《いんとん》の感情と相容れざるものである。山の頂上から四方を望んで我々は汎《ひろ》く世間へ出た様に感ぜざるをえない。心病める者は遠景を疫病の如く恐れる」

タイガー・バーム・ガーデンは香港島の中心部の崖の斜面にそそり立っているが、この八エイカーを占めるコンクリートと石ばかりの庭は、次々と視界が遮《さえぎ》られる構成になっていて、ほとんど遠景とは縁がない。かくてまず、私は読者をこの奇怪な庭に案内しなければならない。実に奇怪で醜悪、阿片《アヘン》吸飲者の夢のようなグロテスクな庭は、エリスンと同じ美的意図を以て造られながら、おそらくこれ以上はできまいほど見事に、美を裏切っているのである。

入口は丹塗《にぬ》りの柱に銀いろの門をひらいた白いずんぐりした楼門で、二頭のコンクリートの白象が左右に侍して門を守っている。これからはいちいちコンクリートと断らないが、庭のあらゆる奇工は、すべてコンクリートに彩色したものである。門額には、「虎豹別墅《ホー・パー・マンション》」とあり、楼門の屋根の緑の瓦には虎と豹が左右から吼《ほ》え合っている。楼門の二階には、気味のわるいほど真白な裸の坐仏が、内部へ顔を向けて据えられており、この不気味な肉感性はいたるところで繰り返される。

そこからだらだら坂を上ってゆくと、左方に、見物人の入れない三階建の屋敷の庭が見え、白象のうずくまるテラスにはコンクリートの一対の警官が、剣附鉄砲を捧げて警護しており、青銅の鹿のあそぶ庭の灌木はみな人型に刈り込まれて、それに老翁の陶製の首がひとつひとつついており、白菊の鉢が、幾何学的な構図の小径に沿うて並べられ、小径は陶器の小亭へみちびくのである。

坂を上り切った正面は極彩色の崖で、コンクリートの南画風の凹凸に、竜、鳳凰《ほうおう》、唐獅子、鶴、波頭の岩に肩怒らせている鷲などがひしめき合い、崖の中程にはいくつもの小亭が懸り、崖の下部の不規則な多くの岩棚には、世にも珍奇に枝を曲りくねらせた盆栽が置いてある。右方には五、六台の車が入る散文的なガレージがあり、竹、松、鸚鵡《おうむ》などのステンドグラスを張った廊下が、水を落したプールへ向っている。

見物人はこのプール、さっき上ってきただらだら坂の右方にあるプールから、さらに石段を昇って、いよいよタイガー・バーム・ガーデンの奇景に親しむ段取になる。

そこは白い鍾乳洞のような異様な崖で内部を複雑な迷路がとおっており、職人が剝《は》げかけた一部に白ペンキを塗っているのを見れば、ガーデン全体の、昨日造られたような鮮かな色彩も判然とする。その崖には三つの形のことなる御堂《みどう》が懸っており、一つの御堂には三体の仏像が背中を合わせ、脣《くちびる》と爪は鮮紅に、衣の襞《ひだ》は金色に塗られている。迷路をめぐってゆくと、途中の洞《ほら》に、黄竜、河馬《かば》、犀《さい》などの巨大な造り物がうずくまって、カッと真赤な口をあいているが、限りなく昇り降りして、ついに到達する頂上には、この庭の中心をなす虎　塔《タイガー・パゴダ》が聳《そび》え立っている。

虎塔は百六十五フィートの高さの六層楼で、六千三百万円で建てられた白い大理石張りの塔であるが、日曜祭日以外は、内部の階段を昇ることができない。

虎塔のうしろの崖にはコンクリートの動物園があり、縞馬、カンガルー、鴛鴦《おしどり》、鶴、山羊《やぎ》、ゴリラなどが闘うあいだに、おそろしい恐竜がぬっと首をもたげ、更に「黒白争巣戦」と題する黒白の鼠どもの戦いも見られる。司令官の白鼠は「令」の字の赤旗をかかげ、緑の兜《かぶと》を戴いており、赤十字の鞄を提げた鼠たちは、担架で負傷兵を運んでいる。そのかたわらに意味不明の豚たちの人形がある。俎上《そじょう》に押えつけられた仔豚が肢《あし》を切られて迫真的な血を流し、派手なエプロンをかけた巨大な白衣の女豚が、旨《うま》そうにその肢を食べているのである。

タイガー・バーム・ガーデンの客は、曲りくねった通路を歩みながら、次に自分の前に、どんな光景がくりひろげられるか、決して予見することができない。

次には黄衣をわずかにまとった六祖の像があり、二十四年の断食に堪えたという伝説をそのままに、この古代仏僧の黄いろい胸には肋《あばら》が悉《ことごと》く浮いてみえる。次の地獄極楽図はまことにグロテスクの極致であって、神桃を捧げられた神々や、竜馬にまたがった神将、天女などの足下には、雲を隔てて地獄の光景がひろがり、火筒獄、石圧獄、刀樹獄、析目獄、汚血池、銅碓獄、などのいまわしい囚人の姿が、新鮮なペンキの血をふんだんに使って、陰惨なリアリズムで描かれている一方、この庭の童話的な趣向も忘れられずにおり、陰府刑車と大書した近代的な自動車が、囚人を満載して近づいてくるのである。

ガーデンの特色の一つは、どんな遊園地にも似ず、一切の動きがないことだ。胡文虎氏は電気仕掛を好まなかったらしい。氏の庭はすべて永遠不朽のコンクリートで固化しており、あらゆる激動の瞬間は、死のような不動の裡《うち》に埃《ほこり》を浴び、虎は永遠に吼えつづけ、囚人は永遠に呻《うめ》きつづけている。このふしぎなモニュメンタルな死の気配に、胡文虎氏の美学と経済学の結合があるらしい。

山の頂き高く真紅のパゴダが、松林を洩れる夕日にかがやいている。飽くことのない戦いの人形。清帝出巡の行列の人形。その赴くところ、奇妙に翳《かげ》になった侘びしい華清池があって、竜のとりまく円柱のかげ、緑の天女図の浮彫の屏風のかげ、桃いろの布をささげる侍女たちに取り巻かれて、痴呆的な顔立ちの楊貴妃が、所在なげに沐浴《もくよく》をしている。

この楊貴妃、次なる曲馬団の女たち、レスリングの女たち、……タイガー・バーム・ガーデンの裸婦たちはまことに目ざましい。それは胡粉《ごふん》を塗ったまっ白なコンクリートの裸体で、脣を彩った紅が、しつこく肉の存在だけを訴えている。これほど猥褻な裸体を人は想像することもできないだろう。何故なら、内部のコンクリートをいやらしい胡粉の下にたえず喚起せずにはいられぬ造り方が、曲線や乳房の隆起や柔らかい腹部を、絶え間ない肉感の維持の下に眺めなくては、不安でたまらなくなるような心情へわれわれを押しやるからだ。これはほとんど屍姦の心情に似ていて、あたかも肉体の影のように裸像の隈々《くまぐま》をおおう埃は、そこにたまたま落ちたものというよりは、汚れた肉体の崩壊の兆のように見え、この冷え冷えとした感じにさからうために、人はいやでも肉慾を喚起しなければならないように造られている、と言ったらいいかもしれない。それはいかなる哲学、いかなる詩、いかなる精神とも無縁な裸体で、劣情の中で温めてやるほかはない。私はほとんど慈善家の胡文虎氏が、これらの一つ一つの裸像の裡に、生身の女を埋め込んだのではないかと疑った。

曲馬団の人形たちは、射的場の人形のように、三段に並んでいる。薔薇の花絡《はなづな》を胸にかけ、鶴の造り物を頭にのせ、桃いろの手袋をはめた女を、赤いスカーフと黄の褌《ふんどし》の男が組んだ両手の上に腰かけさせている。桃いろの肉襦袢《にくじゅばん》に葡萄の房を巻き、羽根毛のついた帽子をかぶった女が、かがんだ男の背に爪先立っている。第二段には多くの裸女が踊っているが、その顔はみな、蜥蜴《とかげ》や、狼や、兎や、鳥で、亀の甲羅を背負った女が、蜥蜴の尾の男と踊っている。最上段には思い思いの姿態で坐った各国人の全裸の女。そして下手《しもて》の、みみずく、猿、兎、豚、山羊などの楽隊の前に、銀いろのマイクロフォンを握った気取った司会者が立っている。

女レスリング。あくまで紅い口を大きくあいて闘う裸の女たち。その青、桃いろ、黄のあざやかな乳当て。……

妖しい哄笑をつづける黄いろの巨大な布袋《ほてい》と碧《あお》いろのその背景。船の形をした亭の下の、崖一面の巨浪に揉《も》まれて、あるいは戯れあるいは漁《すなど》る六十頭のカーキいろの海驢《あしか》たち。七彩の玉帯橋の下に、背をあらわしている大鰐や大蟹《おおがに》、川上の蓮の葉に眠る白兎、大亀、大蛇。……

タイガー・バーム・ガーデンはこうした奇異な光景に充ちていて、まだわれわれは全部を見終ったわけではない。

＊

この庭には実に嘔吐を催させるようなものがあるが、それが奇妙に子供らしいファンタジイと残酷なリアリズムの結合に依ることとは、訪れる客が誰しも気がつくことであろう。中国伝来の色彩感覚は実になまぐさく健康で、一かけらの衰弱もうかがわれず、見るかぎり原色がせめぎ合っている。こんなにあからさまに誇示された色彩と形態の卑俗さは、実務家の生活のよろこびの極致にあらわれたものだった。胡氏は不羈《ふき》奔放を装いながらも、この国伝来の悪趣味の集大成を成就したのである。

中国人の永い土俗的な空想と、世にもプラクティカルな精神との結合が、これほど大胆に、美という美に泥を引っかけるような庭を実現したのは、想像も及ばない出来事である。いたるところで、コンクリートの造り物は、細部にいたるまで精妙に美に逆らっている。幻想が素朴なリアリズムの足枷《あしかせ》をはめられたままで思うままにのさばると、かくも美に背馳《はいち》したものが生れるという好例である。

なぜ踊っている裸婦の首が蜥蜴でなければならないのか。この因果物師的なアイディアは、空想の戯れというようなものではない。いたるところに美に対する精妙な悪意が働いていて、この庭のもっとも童話的な部分も、その悪意によってどす黒く汚れている。そしてそれはグロテスクが決して抽象へ昇華されることのない世界であり、不合理な人間存在が決して理性の澄明へ到達することのない世界である。現実は決して超えられることがなく、野獣の咆吼《ほうこう》や、人間の呻きや、猥褻な裸体は、コンクリートの形のなりに固化したまま、現実のなかにぬくぬくと身をひそめている。しかもここには怖ろしい混沌の勝利はないので、混沌の美は意識的に避けられていると云っていい。一つの断片から一つの断片へ、一つの卑俗さから一つの卑俗さへと、人々は経めぐって、ついに何らの統一にも、何らの混沌にも出会わない。おのおののイメージは歴史や伝説からとられたものであるのに、ここにはみじんも歴史は感じられず、新鮮なペンキだけがてらてらと光っている。そして人々はこの夢魔的な現実のうちで、只一人の人間らしい顔にも出会わないのである。

（「新潮」、昭和三六年四月）

「ホリデイ」誌に招かれて

こんど「ホリデイ」誌にサンフランシスコへ招かれたのは、九月に出た日本特集号に寄稿した縁で、その特集号のPRを目的とするシンポジウムに出席するためであった。私の書いたアーティクルは「アメリカ人が日本および日本人に対して抱いている種々の神話を片っぱしから破壊しよう」という親切な趣旨の文章であったが、ドナルド・キーン氏が多忙の中を快く引き受けてくれた英訳が実にみごとな翻訳だったので、幸いに評判がよかったらしい。私がこうして思いがけなくサンフランシスコで二週間の清閑をたのしめたのも、全くキーン氏のおかげだといってよい。

難物はシンポジウムにおける二十分のスピーチで、これは仕方がないから自分でやっつけて、早大のバートン・マーチン氏に前もって聞いていただいた。氏は親切に聞いてくれて、丁寧に誤りを訂正してくれ、

「お前さんの英語は、どうやら型通りダンスは踊れるが、歩くとなるとうまく歩けな

い」という絶妙な講評をいただいた。マーチン氏のおかげで、よほど旅立ち前の心境が平静になった。

こうしてほうぼうに迷惑をかけつつ日本をたち、アメリカでももっとも好きな都市の一つであるサンフランシスコに着いた。ここへ来たのは四度目だが、こんどは多少格別な気分であった。セント・フランシス・ホテルに着くと、番頭が心得ていてお世辞をいい、部屋にはいるとすぐマネジャーから果物かごが届くというぐあいは、アメリカの大雑誌の力をまざまざと思わせる。このホテルはこんどで三度目だが、一度もこんなことはなかったのである。アメリカのホテルやレストランでは「ホリデイ」の推薦は影響力多大であるらしい。

いくら百万部の月刊誌でも、PRに使う費用は多大なもので、各地から招かれた日本特集号の寄稿家が一堂に集まって、ヤマト・レストランで打合わせ会をやった。フォービアン・バワーズ氏もニューヨークからやってきて、久々に愉快に話し、みんな酔払って打合わせはあいまいに終わった。

明くる日の十八日はいよいよシンポジウムの当日である。朝、連絡係りから部屋へ電話があって「万事ＯＫか」と聞くから威勢よくＯＫだと答えて、部屋を出ようとしたとたんに、前歯の継歯がはずれてポロリと廊下の絨毯《じゅうたん》に落ちた。時間は切迫しているし、日本語なら口をあんまりあけないでしゃべれるが、英語だとそうはゆかないから、自分の応急手当では心細い。仕方がないので、フロントの親切な番頭に話してすぐ近所の歯科医へ電話をかけてもらい、二ブロック駆けて飛び込んだ。歯科医は日本へ行ったことのある愉快な初老の人で、歌舞伎やお能の話を長々とはじめるので気が気ではない。やっと治療を終わったら、紙片を持ってきて、密談をするように顔を寄せてその上に鉛筆で「十弗《ドル》」と書いた。アメリカでもやはり医は仁術であって、お金をとるのはうしろめたいとみえる。

タクシーでABC・TVのスタジオに駆けつけたら、危うく間に合った。そこでTVインタビューがあり、それがすむと車に乗せられて、バークレーのクレアモント・ホテルの会場へ連れて行かれた。丘の中腹に立った美しい古風な白亜のホテルである。

会場はゴールド・ルームという陰気な部屋で、三百人あまりの聴衆が招かれていた。舞台にテーブルを並べ、その中央に演壇を置き、弁士が代わる代わる立って日本に関するスピーチをやる。加州大学との共催なので、まず大学の総長があいさつをする。雑誌が高級PRのためにアカデミズムを利用するのは、日本に限ったことではないらしい。

私は「日本の青年」について話すことになっており、ジン・パンを穿《は》いている若者の心の中へはいって、そこで古い日本が、どんなに歪《ゆが》んだ投影をしているかというようなことをしゃべったが、ところどころ、聴衆を笑わせる仕組みになっているところで、ちゃんと笑ってくれたのは有難かった。これなら外国人のほうがよっぽどましであって、一度関西方面の婦人の会合で話をして、いくら冗談をいってもニコリともしない聴衆に冷汗をかかされたことのある私は、キザないい方のようだが、日本の聴衆というものが怖いのである。

そのあとでシャンペン・カクテルがあったり、日本総領事館の招待会があったりして、ぎっしり詰まった一日が終わったあとは、自由なのんびりした日々がつづいた。

この段階でむしろ私は、彼らのもてなしに感心したのである。お互いの自由をきわめて尊重して、決して押しつけがましい付き合いをしいない。親しくなって一緒に食事をしたり、芝居や知人のパーティーへ誘い合うことがあっても、参加者の一人ローレンス・ヴァン・デル・ポスト氏のイギリス風ないい方によれば「おのがじし自分の自転車を駆って」出かけるにすぎない。私はこうして参加者の一人一人に、きわめて自然な淡泊な友情を持った。

サンフランシスコの九月は美しかった。毎日がうっとりするような晴天つづきで、昼間は少し歩くと汗ばむほどであった。キュービズム的幻想を誘うこのふしぎな町を、こんどはじめて私はかなりよく知った。急坂の途中の家の前へタクシーを止めると、まるで四十五度に近い角度だから、体は座席のうしろに倒れ、はい上がってやっとドアをあけて外へ出るところなんか、奇抜を通り越している。

古風なケーブルカーもあいかわらず健在で、朝など、街角のレールの下でケーブルが立てているゴトゴトという呟《つぶや》きの音は、今なおこの町の奇抜な詩情の一つをなしている。一日ヨットに乗って、私はサンフランシスコ湾の、強風と荒波におどろいた。それは実におだやかな快晴の午後であったが。

（「毎日新聞」（夕刊）、昭和三六年一〇月一六日）

わがアメリカの影《リフレクション》

アメリカは私の子供のころ、(私は一九二五年生れだが)、まずハリウッドの映画を通して、――祖母がよく口にしていたリチャード・バーセルメス、メリー・ピックフォードなどの名前や、母が大事にしていたまだ無髯《むぜん》のクラーク・ゲーブルのブロマイドを通して、――私の心に入ってきた。まだそのころ、日本映画は下品なものと考えられ、インテリ家庭では欧州かアメリカの映画しか見なかった。歌舞伎が教育上有害なものとして、見せてもらえなかったのに、キッス・シーンが沢山出てくるアメリカ映画はいいというのはふしぎなことだが、考えてみると、歌舞伎の持っている耽美的で不健全な要素よりも、ハリウッド映画の商業主義のほうが衛生的だ、という両親の判断は、そんなにまちがっていたとは思えない。

アメリカ旅行から父が、大きな通信販売のカタログを持って帰ったので、私はその中のジャンパーの広告にあこがれた。早く十八歳になって、あんなに粋に、しかも野性的に、ジャンパーが着こなせたら、どんなに素敵だろうと思った。この純粋に肉体崇拝的なものは、よかれあしかれアメリカに対するわれわれの基本的なイメージで、マリリン・モンローに対する崇拝はもちろん、今日の日本の青少年のヘミングウェイやノーマン・メイラーに対する崇拝の中にも尾を引いている。悲しいことに十八歳になったときの私は、よれよれのステープル・ファイバーの作業服を着せられて、軍事訓練に小突き廻されていたが、アメリカを悪魔の如く思っている筈の配属将校の頭の中にさえ、右のような観念が残っていたことは、われわれのだらしのない歩き方の分列行進に業を煮やした彼が、こう怒鳴った言葉によっても知られる。

「何だ！　お前らのその婆《ばあ》さんみたいな歩き方は！　そんな歩き方をしていると、今に日本の女の子を、歩き方のきれいなアメリカの兵隊にみんなさらわれてしまうぞ！」

戦後、五度に亘《わた》ってアメリカを訪れるようになった私は、どこの国も同様に、アメリカにも歩き方の下手な男も沢山いることを知ったが、何から何まで似たところのないこの二つの国の、おどろくべき共通点も目につくようになった。

一つは、他国の文化に対する飽くことのない若々しい好奇心で、一方、人の国の評判を気にする点では、世界にアメリカと日本に比肩する国はないように思う。これは両国民の気ちがいじみた旅行好きとも関係があるが、自国以外の文化にみじんも好奇心を持たぬ老大国は、旅行ぎらいで、家にばかりいて、そのためにすばらしい料理の天才で、しかも衛生観念に乏しく、しかも自分の国境の外には野蛮人と悪疫が蔓延《まんえん》していると信じている。それがすなわちフランスと中国である。

第二に、日本を三百年以上も支配した支那の儒教道徳と、アメリカのピューリタニズムとは、性に対する偏狭な考え方において、よく似ていることである。もっとも日本の儒教は、性を卑しめたけれども、性を怖れることはなかったが、この点については、あとで詳しく触れよう。しかもアメリカ人が、まだヴィクトリヤ朝風の性的偏見を残しているのに、日本人が敗戦のおかげで、性的偏見からかなり自由になったのは愉快なことと云わねばならない。

第三に、日米両国は、若さの崇拝、青春の崇拝において、よく似ている。日本人は長上を敬い、若い者は老人に頭が上らない、と思われていたのは、あくまで儒教道徳の建前で、日本の近代史ほど青年によって動かされてきたものは少ない。明治維新は二十代三十代の青年によって成就されたし、昭和の歴史も、老人たちの青年に対する怖れによって一貫している。一九三〇年代の軍隊では、老将軍たちは、今にもクー・デタを起すかもしれぬ血気の青年将校たちの顔色を窺《うかが》うことなしには、何一つできなかったのである。

アメリカへ来てみると、ここの青年はいかなるヨーロッパの青年よりも、力と自信に充ちて見える。若いアメリカ人が、ボスの命令に答え、sure! と言う時の、目をかがやかせ、口もとに力をこめた真摯な表情は、いかにも美しい。人を小馬鹿にした表情はアメリカ人には似合わず、アメリカ風の発音はシニシズムに似合わず、アメリカ人にはあんまり猫が似合わない。猫が似合いだすときに、その国民、その民族は、衰えはじめるのではないだろうか。

しかしアメリカと日本、いや、西洋と東洋との劃然《かくぜん》たる差は、アメリカおよび西欧人は、実に年の取り方の下手なことだと思われる。どうして彼らは美しく老いることができないのか、ふしぎなほどだ。目をおおいたいほどの老醜というものは、東洋ではあんまり見られず、東洋人は概して年をとるほど美しくなるのである。夏のマジソン・スクウエア・ガーデンで、真白に白粉《おしろい》を塗った老婆が、ピンクの花もようのノー・スリーブに、短いスカートで、アイス・スケートに興じている姿は、それはそれで結構だが、私なら自分のおばあさんにあんな恰好はさせたくない。カクテル・パーティーで、老いた大金持の夫人が、四角に口紅を塗り、世にも荒《すさ》んだ乱暴な手つきで煙草を吹かしている姿は、それは本人の御自由だが、私なら自分の母親に、あんな煙草の喫《の》み方はしてもらいたくない。ああ！　カクテル・パーティー！　殊にニュー・ヨークのカクテル・パーティー！　あれへ招かれるたびに、私は晩秋の路上に、落葉が吹き寄せられて、しばらくカラカラと音を立てて輪舞を舞い、それもつかのま、四方八方へまた吹き散ってゆく夕暮を感じるのである。

私の考えでは、どこの国でも知識人はその国の「意識」そのものであって、その国の民族の歴史や伝統や文化の中に埋もれた深層意識や、本能の無意識を、意識の光りの下《もと》に代表しているのが知識人であり、テレンティウスの言うとおり、「私は人間であるから、人間に関する事柄で、私に無縁なものは何一つない」筈である。だから民衆は鏡の中にキャリバンの顔を見て激怒するが、知識人は少しも怖れない。自分自身に直面することは、或る場合は地獄をのぞくのと同じことであるにしても。

ところがアメリカでは、丁度むかし船乗りの病気が王家をまで犯したように、自分自身に直面することを怖れるという民衆の病気が、知識人をまで犯しているように見えるのだ。私は多くの知識人や芸術家が、分析医のところへ通うのを見ておどろいた。むしろ分析医が、芸術家のところへものを訊きに来るべきではないか。われわれの国では、洗濯屋が毎朝台所へ注文をとりに来るが、アメリカでは、何日も溜《た》めた汚れ物を抱えて、こちらから洗濯屋へ出かけなければならない。

誰も見ていないところで自分一人で見る夢でも、良心に責任があるというアメリカ人の罪障感は、われわれにはいかにも奇妙な考えに思われる。夢は或る場合は胃の、或る場合は性的器官の責任である。それなら、どちらも肉体の一部に他ならないのであるから、胃と性的器官に、公平に良心を分担させたらよいだろう。

精神分析はそもそも不安な中間層を狙って発達した学問で、大衆ほど無自覚にも生きられず、しかも真の知識人ほど自己を直視する能力もなく、一方、生活が向上して、生きんがためには何もかも忘れてガムシャラに働らくほどの貧困を免かれた、……そういう社会的知的中間層に、かれら固有の病気を与えた功績があるのだが、それがアメリカのような、中間層のもっとも発達した国で、大成功を治めたのも尤《もっと》もだと思われる。

その成功のもう一つの理由として、こういうことが考えられる。アメリカ人はピューリタニズムのおかげで、少くとも自分の「良心」の存在だけは疑わない伝統を持っている。その良心が、満足しておれ、矜《ほこ》りに輝やいておれ、あるいは傷ついておれ、ボロボロになっておれ、いくらボロボロになっても聯隊旗が聯隊旗であることには変りがないように、良心が良心であることには変りがない。「一体、良心というものが果して存在するかどうか?」という疑問は、かつてアメリカ人の心の中に生じたことのない疑問であるらしい。

この良心という大喰いの鳥を養うためには、沢山の餌を必要とする。だんだん月並な餌では満足しなくなり、目に見えない餌や、できるだけ遠くのほうにある餌がほしくなる。精神分析は、遠い過去からミミズをとってきて彼に与えるし、又、アメリカの世界政策も、ずいぶん遠いところからミミズをひろって来るのである。

さて、良心がはっきり存在するならば、その対象もはっきり存在しなければならない。たとえ夢のようなものでも、影のようなものでも、在っても無くてもよいものでも、とにかく存在しなければならない。

以上述べたことの、肉体の問題も良心の問題も引っくるめて、私にはアメリカと日本との、根本的な考え方のちがいは、「存在」の問題であるように思われる。

日本の歌舞伎劇で、黒衣《くろこ》と呼ばれる一種の舞台監督助手のような役目がある。これは劇の進行中に、不要になった門を取り外したり、役者の衣裳の形を直したり、必要な小道具を役者にそっと渡したりする役目だが、全身を黒衣で包み、紗《しゃ》の黒い顔掛けをかけ、ほとんど影としか見えぬように、ふだんは舞台上で客席へ背を向けている。背を向けていることは、存在しないことをあらわすものだ。

あるとき劇場へ借金取がやって来た。幕あきを待つあいだ、楽屋で黒衣を着たまま背を向けて煙草を喫んでいる彼に、借金取は声をかけ、このあいだ貸した金を返してくれ、とたのんだが、何度呼びかけても返事がない。怒りだした借金取に、とうとう返事があった。

「馬鹿野郎。俺が背中を向けて坐っていたら、俺はいないということだ。いない奴が金が返せるか」

これは奇抜な教訓で、人間はいなくなる必要があるときには、その場で姿を消すことができる、というすばらしい発見を語っている。

存在ははかないものであり、本来なくてもよいものであり、刻々と移り変る過渡的なものであり、無に対して相対的なものであるから、存在しないものはしないままに委《まか》せておけばよく、存在について思い煩う必要はない、というのが、仏教に培われた日本人の奇妙な考え方で、この考え方は、現在の東京でツウィストを踊っている若者の心の中にさえ、なお尾を引いて残っていると私は信じる。

ところがアメリカ人の良心や肉体は、あの歌舞伎の黒衣のようには、決していなくなることはできないらしい。そしてどうなるかというと、彼らの良心や肉体は、時としていいい、存在しすぎることになる。存在しすぎる、ということは、ある場合、存在の掟を犯すことになるのだ。どうしてアメリカ人が、GO・HOMEと云われたりするかといえば、簡単なことで、彼らの良心や肉体が、彼ら自身の理由から、そこに存在しすぎる、というだけのことである。

しかし、十九世紀末のペシミストたちの説はさておき、存在はいかなる意味でも病気ではない。アメリカ人の一部は、自分を病気《シック》だと信じているかもしれないが、それは決して病気ではない。世界中の人間がアメリカ及びアメリカ人を病気だと考えるときにも、私一人は敢《あえ》て彼らを健康だと信じているであろう。

ワールズ・フェアで、移動する椅子に坐ったままFuturamaという未来都市のパノラマを眺め、ホット・ドッグを頬張る群衆の間にまじって、池のむこうに、きらきらと池に投影を動かしながら一瞬毎に増加してゆくアメリカの人口の数字の電光を見ていると、私は一種の感慨に搏《う》たれた。私はこれだけの夥《おびただ》しい「アメリカ人」が、実はもともとはそれぞれの異民族で、世界博はアメリカそのものの観念的ミニアチュアだということに、単一民族の国民として、今さらながらおどろきを感じた。大きいということと雑多ということは、どうしても相親近する観念である。われわれは日本では新旧の時間的歴史的雑多には馴れているが、こんな空間的な同時的な巨大な雑多には馴れていない。つまり歴史の時間の大きさが、われわれの現在の雑多の原因なら、空間の大きさはアメリカの雑多の原因のようにも思われる。われわれは細い長い時間を思わせる針金のような島に住み、空間の巨人は何か別の次元のものと想像する他はないのである。巨大であるということがどんなに感動的なことであり、又、どんなに重荷であるか、という実感が、私にはどうしてもわからなかった。私は再び子供のころ夢みたアメリカの夢に還った。『象であるということは、どんな感じがするだろう』象はいつも自分の尻尾を非常に遠くに感じるかもしれないが、同時に、その尻尾の先までが象の一部であるということも、いつも鋭く感じているにちがいない。こんな巨大なものを統括する概念は一つしかない。それが「象」という名であり、「アメリカ」という名である。何を見ても、われわれは「アメリカ」という名の下に納得する。摩天楼を見ても、グランド・キャニオンを見ても、ポップ・コーンを見ても、ニュー・メキシコのインディアン部落にさえ鮮明に置かれているあの消防自動車みたいなコカ・コーラの赤い箱を見ても。

ただ一つ納得できないことは、男が女房の皿洗いの手伝いをするという、アメリカが世界に伝播した不名誉なイメージだが、この悪からもアメリカ人は、近い将来に救い出され、その威信を回復する可能性がある。一つは、男がそんなことをすることは、泥棒をしたり人を殺したりすることよりも悪いことだという新道徳の振興によって。もう一つは、他ならぬオートメーションのおかげを以て。

（『三島由紀夫全集』35、新潮社、昭和五一年四月）

インド通信

インドではすべてがあからさまだ。すべてが呈示され、すべてが人に、それに「直面する」ことを強いる。生も死も、そしてあの有名な貧困も。

最初に訪れた都市ボンベイは、美しい町だった。その汚ならしさも含めて、言うに言われず美しいのである。街路のどこを区切っても、そのまま絵になる。昔、英国女王や総督がここから上陸してインドに入った壮麗な海門がホテルのすぐ前に見えるが、泥色に笹立ったアラブ海の海風の中で、代赭色《たいしゃいろ》のその凱旋門風の門のまわりに、さまざまの色のサリーの女、頭に荷を負った女、漆黒の乞食、白衣の水兵たちが、色彩のゆたかな一タブロオを作り上げる。私が「絵」というのは、それればかりではない。

ニューヨークの街路の人たちは、ただ立って歩いているだけだ。しかし、ここでは、人々はただ立って歩いているのではない。歩く者、立止る者、しゃがんでいる者、寝ている者、バナナを食べている者、とびはねる子供、高い台の上に坐っている老人、これに白い聖牛が加わり、犬が加わり、鳥籠の鸚鵡《おうむ》が加わり、蝿が加わり、緑濃い木々が加わり、赤いターバンや美しいサリーが加わる。加わって、動いて、渾然として、一瞬一瞬に完成して又移り変る「生」の絵を描くことに力を合わせている。

ともすると、「生」というもののもっとも可視的な定義は、そこにフレームを与えて、ただちに絵になるもの、ということに尽きるかもしれない。絵にならないものは、いわば本当に生きていないのだ。

インドは世界一の美人国かもしれない。「かもしれない」というのは譲歩した言い方で、私の主観からすれば、世界一の美人国にまちがいがない。鄙《ひな》にも稀な、と日本では言うが、都鄙《とひ》を問わず、この世のものとも思われぬ優雅な美女に出会う。「息を呑む美しさ」などという形容は、このごろの気の利いた大衆作家なら、もう使わない表現だが、ホテルのロビーや、社交界の人たちの集まる劇場や、あるいはオールド・デリーの汚い小路や、牛車の上にさえ、時折、千夜一夜物語のあの誇張した表現も決して誇張ではない、深潭《しんたん》のような目をした絶世の美女を見ることが稀ではない。

ボンベイで見たインド舞踊の一人の娘などは、そのまま日本へ連れて帰りたいようで、私はゲエテの「東方詩集」の抒情を思い出した。

サリーからあらわれた長い細いエレガントな腕の美しさ、一瞬の手足の動きに逆行した瞳の動きのまばゆさ、一歩の前進の間に、いそいで首を横へ向けて戻す余計な動きがはさまれると、その肢体は、厳密な規制と蝶の気まぐれとを、刹那のうちに同時に呈示する。又、ホテルのひろいロビーへ、空いろ一色のサリーの女がしずしずとあらわれる時など、私にはアスパシアというのは、こういう女ではなかったかと空想された。

……こんな風に、人はインドで、ただちに「生」に直面する。人は決してそれを避けることはできない。

次に人は、否応なしに「死」に直面する。

聖なる河ガンジスが、みごとな三日月形をえがく西岸が、聖地ベナレスの水浴の場所であるが、ここではあらゆる罪を清める水浴が、敬虔なヒンズー教徒によって、殊に日の出の時刻に熱心に行われ、対岸にのぼる朝日を拝する人々の姿が見られるが、そのすぐ傍らでは、死ねばたちまち五大(空気・土・水・火・エーテル)へかえってのち転生《てんしょう》するヒンズーの信仰によって、昼夜絶えぬ火の上であからさまに火葬が行われ、灰は一ヶ所に集められて、川へ流されている。

三歳以下の幼児の死体は焼かれずに、川へ沈められる習慣のために、河辺でその重しの石を売っている。

又、ヒンズーは犠牲の宗教であるが、かつてジャイプールで行われた夥《おびただ》しい人身供犠の代りに牡の山羊《やぎ》が一般に犠牲に供される。ベンガル州は、殊にサクティ(精力)信仰のさかんなところで、その信仰の対象は血に飢えた大母神カリーであるから、カルカッタの有名なカリー寺院では、毎日三、四十頭、特別の祭日には四百頭の、牡山羊の犠牲が、衆目の前で行われる。世界でこんなに公然と犠牲の儀式が行われるのはここだけかもしれない。

犠牲台の首枷《くびかせ》にはさまれて悲しみの叫びをあげる小山羊、一撃の下に切り落される首、……そこには、本来人間が直面すべきもので、近代生活が厚い衛生的な仮面の下に隠してしまった、人間性の真紅の真相がのぞいている。

私はこの国の仏教の衰滅を思うごとに、洗練されて、哲学的に体系化されて、普遍性を獲得した宗教というものが、その土地の「自然」の根源的な力から見離されてゆくという法則を思わずにはいられなかった。

「生」と「死」に直面すると同時に、人はインドで、ごく自然に、あからさまな「貧困」に直面する。

インドの貧困は決してただの経済的問題ではない。それはまた、宗教的、心理的、哲学的問題である。飢えても人々は牛を決して食わず、北部インドやボンベイ西岸のヴィシュヌ信仰の菜食主義者は、豊富にとれる魚を口にしようとしないからだ。従って、かいなでの旅行者にも、これを哲学的、心理的に眺める自由が与えられている。

ボンベイの豪華なタジ・マハール・ホテルの二階の食堂の、窓際の食卓で、アラブ海を眺めながら食事をしていると、下の街路から、こちらをじっと見つめている目のあることが感じられる。視線は距離に打ち克ち、厚いガラスに打ち克って、日ざしと共に、私の左の頰を射当てて来る。見ると、半裸の少年が半裸の子供を片手に抱いて、片手をさし上げ、いつまでも施しを呼び求めているのである。

こうしたことは、われわれの食事に或る反社会的な意味を与えることになる。食物の味に苦味を添え、どんな調味料も及ばぬ或る特殊な「意味づけ」の香料をもたらすことになる。もちろん、それによって、ますます食事が美味《うま》くなることだってあるかもしれない。あるいは不味《まず》くなることもあるかもしれない。少なくともそれは、習慣に意味を添えるのである。

思えば、日本にも乞食は、昔はいっぱいいた。数寄屋橋《すきやばし》上にハンセン氏病の乞食を見ることも稀ではなかった。インドの乞食は、日本のそれよりも厚かましいが、カイロのそれほど厚かましくはなく、一種の威厳を保っている。車が交叉点で止れば、黒い手が窓からさし込まれて触る。少なくとも、日本に乞食がいなくなったことによって、われわれは乞食が代表していた神秘と哲学を失った。そういう不可知のものからわれわれへ無遠慮にさし出される汚れた手、貧困の只中からニュッとさし出される手を失ったのだ。貧困はその代りに、目に見えない、複雑な、徐々に身をむしばんで来るようなものになったのである。それはもはや、「あの」世界から訪れてきて、われわれの覚醒を促すものではなくなり、自覚症状なしに、われわれの奥にひそむ病気になった。「セールスマンの死」が描いているのはこの種の貧困である。

こうした環境はまた、たとえば、「木蔭とは、その影に横たわって休息をとる場所だ」という認識をわれわれから失わせる。

マングースや尾長猿がときどき路上を横切るアジャンタ遺跡への道すがら、車を止めて、木蔭でランチ・ボックスをあけたとき、私は、木蔭とは半裸の身を休めるところであり、苛烈な日光に対する救済だという、単純な自然の意味に目ざめた。その美しい木蔭はただ眺められるだけのものではない。それは肉体や精神にとって有用なのであり、オーランガバードの肥沃な野のいたるところに、緑の深い木立は、ひとつひとつ、啓示のような濃い影を落していた。

ヒンズー教は、このひろい国土に、自然から人間生活へ、人間生活から自然へとめぐって尽きない、大きなおぼろげな金いろの車輪をしつらえた。

もちろん、この国の抱えている問題は多様であり、いずれも解決困難の苦痛に充ちている。文学一つをとってみても、十五種の言語のなかから、統一的な、ひろい国民的文学を育成することは至難である。さすがタゴールの生誕の土地だけあって、私はベンガル語圏の若い詩人たちの仕事に、簡素な浄化された美しさを見出したが、それとても私が読んだのは、英語を通してであった。

しかし、この国へ来て感じることは、問題そのものにとって、解決がすべてではない、ということだ。問題を解決することが問題を消滅させるということだとすれば、インド自体が、本当のところ、そのような解決をのぞんでいないということだ。インドでは問題がすべてなのであり、そうなれば問題は一つもないのと同じである。彼らは問題と一緒に何千年住んできた。問題とは「自然」なのだ。ヒンズー教神学における、あのような創造と破壊を併せ持った、豊富で苛烈な自然なのだ。

今のところ、あらゆる面で、インドは出遅れているように見える。しかし、これだけの国の、これだけの旧套墨守は只事ではない。インドはふたたび、現代世界の急ぎ足のやみくもな高度の技術化の果てに、新しい精神的価値を与えるべく用意しているのかもしれない。ベナレスの水浴場で一心に祈りつつ水浴しているアメリカ青年の姿からも、私はそれを感じたのであった。

（「朝日新聞」（夕刊）、昭和四二年一〇月二三、二四日）

Ⅲ

渋　谷——東京の顔

夜の渋谷のその内部を私は知らないのである。渋谷というバラックだらけの街は、まるですき間だらけのベニヤ板で作った箱のようで、そのすき間からは中の灯火ももれ、中のにぎわいももれてきこえるが、そのすき間あかりばかりで成立ったような、夜の渋谷の灯火の景観は、どこかの植民地の小さな町はこうもあろうかと思わせる。

渋谷近辺に住んでいると、容易にこの街をつきはなした目で見ることはできないのであるが、新聞にたびたび出ていた渋谷駅頭の選挙さわぎの写真などを見ても、それがどこか見知らぬ街の写真のように思われる。写真にとられるとき、街はとっさに少しばかりよそゆきの表情をうかべるらしいのである。

夜の渋谷のわずらわしさはパンパンとも女給ともしれぬ女の大群で、一度カバンを奪い去られるといやでもカバンと運命をともにしなければならないので、帰りのおそい勤め人は、後生大事にカバンを小脇にはさんでこのあたりを通るのである。私も大ていの強硬手段にはおどろかなくなったが、ある晩渋谷大映のかげからあらわれた伏勢に、いきなり髪の毛をつかまれたのにはおどろいた。

伏勢といっても一人である。背丈はさほど高くない。髪の手入れはわるいけれども、着ているものは小ざっぱりしている。こういう女の子がお金が入れば、どんな悪趣味なケンランの装いをするか、想像もつこうというものだが、貧しさがたまたま彼女に、しっくり似合ったピンクのすなおなスカートをはかせているのである。そのくせ彼女が、自分の洋服がちっとも自分に似合っていないと妄想して気に病んでいることも、おおかた察しがつく。

「兄さんの髪の毛、あたし、気に入っちゃったわ」

「よせよ、痛いよ」

われわれは二言三言押問答をした末に、まず私が逃げ出すことによっておしまいになったが、こんな調子では相手が四、五人で、こちらが一人だと、テッサリヤの巫女《みこ》に取り囲まれた詩人のように、八つ裂きの目にあうかもしれない。

私は夜の渋谷でめったに酒を飲むことはない。ガードのむこうの酒場マノンへ、俳優座の若い人たちと一緒に飲みに行き、二人の女優さんの卵をまじえた同勢五人が、肩を組んで道玄坂を歌って歩いた早春の一晩は、銀座でも浅草でも似つかわしくなく、渋谷でなければならない学生気分の寛容な容認が、この街にはあるように感じられた。同勢五人は、たまたま上演されていた「三人姉妹」の歌を大声でうたい、一人一人が別々の手相見に、おのおのの運命を占ってもらった。

一人はその恋人がコールマン髭《ひげ》を生やしていることを見抜かれて顔をあからめ、一人は蛔虫《かいちゅう》がいるから気をつけなさいと忠告されて、わるい虫がつかないようにと一同にからかわれた。そこにいる男友達は、みんな善い虫であったのである。

酔いがさめると、みんなは少しばかり無口になり、勢いに乗じて洗いざらい喋ってしまった人が、黙ってきいていた聞き手を憎むように、お互いに対して軽い憎しみのようなものを感じた。占いは、間接の告白である。

夜の渋谷には、犯罪もあるだろうし、殺人事件もあるであろう。私はそんなものに出会ったことはないが、一度雨後の深夜にかえってくると

「人殺し……人殺し……」

という息もたえだえな声を耳にしてふりむいた。

「俺を殺す気か……人殺しィ……人殺しィ……」

というかすれた叫びが、真に迫ってきこえるのである。見ると、四人の男が、一人の

男をぶらさげてやって来る。その支え方が、活動写真で死体を運搬するあの恰好《かっこう》である。前の二人が左右の肩をもち、あとの二人が左右の腿をもって、四人とも自分の下げているものには無関心に、前方をむいたまま平然と歩いている。

私は大そうおどろいてこれを眺めたが、叫んでいる男の顔は逆さに垂れ、油の光った髪は額から乱れて垂れている。酔漢のしつこさで、同じ文句を機械的にくりかえして、声をからしているのである。

「俺を殺す気か……人殺しィ……人殺しィ」

四人は平然として、物体を運ぶように、こんな人ぎきのわるいことを口走る酔漢を運んでいる。四人のうち三人は靴を、一人は下駄をはいている。四人とも、また運ばれている男も、堅気《かたぎ》の風体《ふうてい》ではない。

街灯の灯火を映したぬれた舗道に、規則正しいくつ音と、それにまじる少しおどけたげたの音をひびかしてゆくこの四人の男は、一見親切な友人である。運ばれてゆくのは世話焼かせの酔漢である。それにちがいない。

かれら一行は交番の前を平然とすぎたが、巡査はぼんやりとこちらをながめている。別に呼びとめもしない。また呼びとめる理由もない。

そこで私も巡査に見ならって、この一行を酔っぱらいとその友人たちと認定することにした。一行は交番の前をよぎると、左折して暗い小路へ入った。……

私はまだ自分で見たものに一種の猜疑《さいぎ》の念を残しながら、頭を振って、家の方角へ歩きだした。

（「東京日日新聞」、昭和二五年八月二一、二二日）

高原ホテル

昨夏、私は仕事を持って千ヶ滝のGホテルにしばらく居た。

ホテルでは毛色のかわったお客を観察するほかにたのしみがない。

夕食のとき食堂へ出てみたら、イヴニングドレスを着た女がいた。中年の商人風の男と五つぐらいの男の子と三人の食卓である。軽井沢にはダンスホールがない筈である。まさか彼女はイヴニングのまま汽車に乗って来たのではあるまい。だとすれば夕食のために着かえて出たわけである。大体イヴニングを着てダンサーに見えない女は、日本人では、よほどの気品と育ちのよさの備わった女か、それともよほどのおばあさんかどちらかであるが、彼女はそのどちらでもなかったのである。無恰好で、笑うと金歯がみごとに並んでいるのがみえる。母性愛を発揮して、手ずから箸で子供の口にお菜を入れてやっている。白い割箸とイヴニングが妙に調和がとれてみえる。

食事がすんで部屋へかえりがけに、入口の売店のところでその女とたまたま一緒になった。男はさきに部屋へかえっている。母子があとにのこってゆっくり食事をすませて来たのである。

売場の女の子と話しながら、女が男の子のほうへ身をかがめている。男の子は何かむずかっているらしい。イヴニングの母親はこう言った。

「そうかい？　お部屋へかえりたいの。よしよしかえろうね。お部屋へかえって何してあそぶの？　又オイチョカブ？　そうかい？　オイチョカブしてあそぼうね」

＊

私の部屋の前では一日中噴水がしぶきをあげている。着いたあくる朝は雨の音かと思った。

しかし滞在のあいだというもの、晴れた日には朝早くから、この噴水のまわりの賑《にぎ》やかな笑い声で目をさまされた。私はテラスに出て仕事をしていた。テラスの前ではいつも誰かの姿があった。噴水は庭のひとつの中心であり、それを噴水自身も知っているかのように、終日終夜誇らしくそのおののく水柱を遠い山脈や山峡の村の遠景の前に支えていた。風の方向によって、風下の芝生が濡《ぬ》れている。大てい風の方向はきまっていたが、時には反対側の芝生が濡れていることもあった。

噴水は記念写真のよい背景になるらしかった。一日噴水のまわりに人気《ひとけ》がたえなかったのは、そのわきのベンチで本を読んだり話したりしている人たちのほかは、ほとんど記念写真をとる人たちのおかげだった。女学生たちは小鳥のように並んで、きゃあきゃあ笑いながら、噴水を背に写真をとられた。新婚の良人《おっと》は新妻を噴水のそばに立たせた。カメラをのぞいている良人の影が、芝生の濡れているあたりまで届いている。家族づれはいたずらざかりの子供たちを噴水の前に並ばせた。老夫婦は、カメラをもった息子の命令に従って、しぶしぶ噴水のかたわらのベンチに腰かけた。その白いペンキ塗りのベンチも、見ているうちに、ただのベンチとは思われなくなった。それは何か人生の小道具の一つであり、人生に必要な小さなお芝居、小さな道具立ての一つであるように思われだした。

それらの人たちは仕事をしている私をふしぎそうにのぞきに来る。大した興味はもたない。東京の家にいると猫がよく私の仕事をのぞきに来るがその程度の好奇心でのぞきに来る。

『あいつらは僕を動物園の動物扱いにしていやがる』

と私は考えて苦笑した。

『しかし見られているばっかりが能じゃない。こっちからだって見ているんだぞ』

テラスは白い高い囲いで庭と隔てられている。庭へ出てゆくには、ぐるりとまわって玄関から出てゆくほかはない。尤《もっと》も私は大ていこの囲いからとび下りたり、とび上ったりして出入したが。

この高い白塗りの囲いは、私の仕事と庭の記念写真の人たちとを隔てている。私は小説家だ。小説家はしじゅう目を見はっていなければならぬ。しじゅう記憶の袋に感情を採集していなければならぬ。しかるにあの人たちは、軽井沢の今年の夏をいつまでも綿密におぼえている義務はない。そのために写真という便利な機械が発明された。あの人たちは写真を一枚とればそれでいい。その写真一枚に人生の美しい記憶をゆだねてアルバムに収めておけばいい。かれらはしじゅう自分の過去をほじくりだして、その感情を反芻《はんすう》せねばならぬ小説家のような義務観念はない。

事実、今私の目の前で記念写真をとりつとられつしている人たちのそれぞれの生涯の中で、よく晴れた高原の今日の午後は、忘れがたいものになるにちがいない。ある一組にとっては新婚の楽しい旅の一刻であり、ある子供にとってはなつかしい幼時の思い出であり、ある女学生たちにとっては、卒業前の最後の夏の思い出であろう。彼らは忘れないために写真をとる。シャッタアが切られるのは何分の一秒かだ。その間だけ彼らは未来の追憶のために現在にじっと立止る。次の瞬間からかれらは又歩き出す。即ち人生を生きることに還って来るのである。

……そうすると、こうして見ている私は何だろうか？　私はぼんやりと人生を眺めている。噴水のまわりをうろついている人生を眺めている。私は果してあの人たちと同じように生きているといえるであろうか？

＊

毎朝玄関の前まで、農家から鞍《くら》を乗せて馬が牽《ひ》かれてくる。馬の嘶《いなな》きがきこえると、私はじっとしていられない。テラスの柵からとび下りて、玄関のほうへ駈けた。

しかし東京のクラブで乗り馴れた馬でないと、何だか臆病な私には気味がわるい。馬という奴は、どこでどういう気まぐれを起すかわからない。そこが乗馬の面白味なのであるが、私は一頭のところどころ毛の禿げた駄馬に乗ると、ホテルから右方へ坂を下った。

大体乗馬は坂を上ってゆくときは快適であるが、下り坂は気持のよいものではない。私は途中まで下って又上り坂を行ったほうがよかった気がして登りかけた。ホテルから左方へゆけば徐々たる上りなのである。

馬は家へ帰るものと勘違えをしているらしく、なかなか思うように馬頭をめぐらさない。やっと方向を変えても、とぼとぼと上るだけである。拍車も鞭《むち》もない私は困惑して、脛《すね》で馬の横腹をやたらに擲《なぐ》りつけた。するとやっとのことで怠け半分の速歩《はやあし》になった。

坂の曲り角の崖の下に泉の出ている草地がある。その日かげに遠足の女学生が二、三十人屯《たむろ》していた。田舎の女学生か東京の女学生か判然としない。私は馬にかまけていたので、日かげの崖下に咲いている竜胆《りんどう》の花むらのように、ぎっしりと寄り添うていた紺のセイラー服の一団を見たにすぎない。

しかし東京へかえってから、知り合いの娘が軽井沢で私の乗馬を見たという話をしているという話をきいて私はひやりとした。彼女は「三島さんて馬が下手なのねえ」と言っているそうだ。私はおもてむき馬が一応やれることになっている。私のクラブはあんまり衆目にさらされない場所にあり世間で私の乗馬の実況を見た人はそう沢山ない筈だ。しかし遺憾ながら彼女が今後は私の実力の証人になるであろう。

＊

仏文学のY教授の家族が来られて、ホテルの生活は賑やかになった。

Y教授の若々しい話題は多岐にわたり、クロオデルの内にひそむ意外なパガニズムの情熱にまで及んだ。教授の夫人は母の旧友である。教授のお嬢さんは、上のほうは十七位、下のほうは四つぐらいだ。下のお嬢さんのパガニッシュな情熱はものすごい。彼女はお風呂の中で私に汽缶車ごっこをやらせて、大よろこびをしたのである。つまり私は水を蹴立てて、痩せた汽缶車になる。シュッシュッ、ポッポッ、次は小田原と私が叫ぶ。

大阪までゆくと汽缶車は疲れ果てて、湯気に当てられてしまった。

或る朝、教授夫人と下の腕白お嬢さんと私の三人で馬に乗ろうということになった。玄関前で馬にまたがると、たまたま山のほうから大型のバスが二台下りてきた。Ｆプロダクションのロケーションの連中である。止ったバスから続々と顔見知りの人たちが下りてきた。作家のＩ氏夫妻がいる。プロデューサアのＦ氏がいる。女優のＳ嬢がいる。私は旅先であう東京の知人たちに多少誇張したなつかしさを示して挨拶した。旅はこういう誇張のたのしさをゆるすものだ。

私の馬は、ゆっくり一行を離れて坂を上りだした。Ｙ夫人の馬は馬方に引かれてあとからのどかに来る。その鞍上《あんじょう》にＹ夫人は小さいお嬢さんを擁している。

高原の澄んだ明晰な空気の中の騎行はまことに気持がよい。二頭はのんびりと上って行ったのでだんだんにみえてくる緑の山容は、絵巻をゆっくりとひろげてゆくようであった。

「いやあ、いやあ、こわい」

お嬢さんが馬上でむずかりだした。お母様がなだめておられる。

「いやあ、下りる、こわい」

「もう少し行ったら引返すのよ。こわいことはないわよ、弱虫ね」

Y夫人はのどかな人柄である。

私たちは坂を幾曲りして上ってゆき、廃屋になった社のような家の前で立止った。格子戸の中は暗く、真昼間だけに却《かえ》ってその奥の闇に妖気《ようき》がこもってみえる。

「うわあ、こわい、かえるう」

お嬢さんがリフレインを歌っている。

Y夫人も馴れない騎行に疲れた様子なので、私は馬頭を転じて、ホテルのほうへ引返した。お嬢さんはとうとう下りてしまった。馬方が手を引いて、うしろからゆるゆる歩いて来る。Y夫人はのどかに手綱をとって並足でついて来られる。多少じれったくなっていたせいもあるが、又一方、まだホテルの前庭にいるかもしれない派手な一行の前に少しは颯爽《さっそう》とした速歩で乗りつけたいという色気もあって、私は並歩がいやになって来た。もう廿米《メートル》ほども離れてしまったY夫人に声をかけた。

「僕駈けてもいいですかあ?」

「いいわよ」

私は少しばかり好い気になって駈け出した。曲り角へ来る。そこをすぎて一寸《ちょっと》ゆくと、うしろでけたたましい泣き声がした。見ると、Y夫人は落馬し、その馬はとっとと私の馬についてくる。私はあわててとって返した。

泣いたのは、Y夫人の名誉のためにいうが、夫人自身ではない。お母様の危急を見てびっくりした小さいお嬢さんの泣き声であった。夫人は立上ってけろりとしておられた。この二頭の馬は恋人同士で、離れられない癖があったのである。前の馬が駈け出したので、あとの馬も我慢ができなくなったのだ。草をたべるときも、この二頭は長い顔をよせてたべているのをあとで見た。

私は夫人に一生けんめいお詫びを云ったが、夫人は二、三日腰が痛んだ。私は心配して、何度もしつこく「まだ痛いですか」と訊くのであった。

「ええ痛いわ、一生この恨みは忘れないわ」

と夫人は言われた。しかし私は私で負け惜しみをいうのを忘れなかった。

「やっぱり馬は技倆《うで》の同じぐらいな人と一緒に乗らないと危険ですね」

（「旅」、昭和二六年六月）

祇園祭を見て

祭りのあとで四条通をとおってみたら、さきほど私たちが祭を見物した二階のらんかんにかかっていた緋毛《ひもう》せんはすでにとりさられ、そのとき寝かせてあった看板がまたもとのように掲げられていた。ある町内では、すでに飾りを外されたホコのやぐらだけが、電線工事に使うやぐらのように殺風景な様子で、雨に打たれていた。

祭ははかない感じのするものである。あの十八の山ホコののんびりした長い行列は、見ている人たちに永遠の錯覚を与える。それだけに、すぎ去ったあとの感じは、はかない。わけても祇園祭は時間を占領すると同時に、空間を占領する。それはあの高いホコである。三階建のビルディングより高いあのホコは、二階家ばかり並んだ昔の町並から見ると、異様に高く見えたであろう。

くじ改めの総代の一人に愛らしい少年があって、衆目の中で文箱《ふばこ》に蓋《ふた》をして、さて扇でヒモをはね上げたとき、力が足らないでヒモが一重にしか巻けなかった。こんなはずはないという表情で一寸《ちょっと》首をかしげた姿が、愛らしかった。

少年は一生のあいだたびたびこの晴れがましい、しかしふしぎな瞬間を思い出すであろう。ヒモが何故思いどおりに巻きつかなかったかという後悔が、彼の心にだんだんとわだかまって年長じて何かの折に、幼ないころの小さい失策を取りもどそうとするがむしゃらな若々しい情熱を彼の中にかき立てるかもしれない。私は今の自分の中にある幼年時代の追憶の力を今さらながら心の中でこわごわ測ってみたい気持になった。

(「夕刊朝日新聞(大阪)」、昭和二六年七月二四日)

「潮騒」ロケ随行記

私は自作のロケーションというものを見に行くのははじめてである。今度わざわざロケ地へ行ったのは、もちろん目的はロケ見物だが、この小説の調査のためにすでに二度訪れているその島を、もう一度訪れてみたかったためである。もちろん人の悪い興味もあり、あれほど文明から隔絶した島が、急にロケ隊という文明の尖兵《せんぺい》に乗り込まれて、どんな悲喜劇が生じているか、ということも見たかった。

ロケ地の島は、「潮騒《しおさい》」のいわゆる歌島《うたじま》、本名は神島《かみじま》という小島である。

私は熱海に滞在していたから、八月八日の深夜、黛《まゆずみ》敏郎氏が東京から乗っている夜行列車に、熱海から同乗した。黛氏はこの映画の作曲を引受けている。

翌朝八時四十五分鳥羽《とば》に着くと、田中友幸プロデューサーが出迎えに来てくれた。田中氏の案内で「みしま」という海ぞいの宿におちつく。宿の主人は、島の出身の、元船長であったという豪快な面白いおじさんである。宿のテラスには朝からきびしい日光がそそぎ、すぐ前の鳥羽港では、団体の旅行客を満載した遊覧船が、「蛍の光」の代りに、流行歌を拡声器でふりまいて、賑々《にぎにぎ》しく出てゆくところである。島にかこまれた湾内の海は静かである。

新聞記者八人と黛氏と十人で、神島行のポンポン蒸汽神通丸の出るやや遠い埠頭《ふとう》へ、自動車で着いたときには、午前十一時半の出帆の時刻をすぎて、船はすでに出たあとであった。みんなが「おーい」と呼ぶと、船はおとなしく迂回《うかい》して戻って来た。ここの船は機械ではなくて、人情を解する。その戻ってくる船に、黒眼鏡をかけた青年が、しきりに手を振っている。誰かと思うと、映画で安夫に扮する太刀川洋一君である。

船は、前のように素朴な荷物ばかりは載せていない。ロケ隊の需要によるらしいバヤリーズ・オレンジも一函船首に積んである。これに加え、以前は一往復だった船は、ロケのあいだ、二往復になっている。

航海は平穏である。前夜から黛氏をさんざんおどかしていたのに、これではおどかし甲斐がない。答志島《とうしじま》と菅島《すがしま》の間を出て、いつもなら俄《にわ》かに波の高くなるところでも、海の穏やかさは変らないのである。しかも烈しい夏の光りの下には、いつか早春に来たときに、波間に長い頸《くび》を隠見させていた鵜《う》の姿は、候鳥《こうちょう》であるから見られない。

一時間で島へ着く。外観は少しも変っていない。漁協組合へ行って、組合長の寺田宗一氏に挨拶する。以前の二度もそうだが、今度も黛君と二人で、氏のお宅に宿の御厄介になるのである。

この島では、宿は二、三軒の行商人の泊る旅人宿があるばかりで、収容人員は合せて十五、六人でもあろうか。藤原村長の話によると、「潮騒」上梓後、俄かに観光客の申込がふえ、予約が五十人に及んで頭を悩ましていたが、そのあとで六十数人のロケ隊が来ることになって、観光客の申込は全部断わり、ロケ隊のためには、旅人宿全部と、折柄夏休み中の小学校とを宿舎に提供し、それでも足りないで八代神社の社務所や、数軒の民家に分宿させることになったのである。その上、八月十三日の旧盆には、航海に出ている若者たちや、奉公に行っている娘たちが一せいにかえってくるので、そういう子弟の多い家は、ロケ隊の分宿を断わった由である。

監督の谷口千吉氏の宿舎で、早速さっきの新聞記者八人と、インタヴューがある。それがすむと、午後のロケがはじまるというので、黛君と一緒に、「女の坂」のロケを見に行った。

前夜眠れなかったので、体に暑気がこたえる。裏側の道は修理中でのぼれず、「潮騒」の最後の章で、新治と初江が通ったとおりに、八代神社の二百段の石段を上り、神社を抜けて裏へ出て、灯台の手前の女の坂まで行くのである。

女の坂には木のレエルが引かれ、撮影機がそれに乗せられている。「潮騒」第六章のおわりのほうで、新治と初江が、灯台のかえり、自分たちの過去や未来を語り合いながら歩くところである。久保明君の新治と青山京子さんの初江が立っている。新治は粗末なズボンに縞のワイシャツを着、肩から、漁に使う防水マントを畳んで掛けている。初江は質素なワンピースである。二人の歩く道は、レエルに大方占められて、崖際の細い部分だけである。久保君は歩いてみて、足にさわる木の株を、小道具掛に取り除いてもらっている。久保君の顔の色は、あまり黒いのでドーランだと思ったが、ロケ開始より前に島へ来ていて、けんめいに灼《や》いたのだそうである。

われわれは、道の上方の崖の途中で見物する。ロケ隊の人たちの労苦は並大抵ではなく、好きでなくては、とてもあんな仕事はやれたものではない。耐えがたい暑気である。撮影がまた単調で、気骨の折れる仕事である。

テストが何回もくりかえされる。恋人同士は、アフレコ(アフター・レコーディングの略で録音を後で入れること)であるからセリフを低く口吟《くちずさ》んで、何度となく坂を上り下りする。テストのたびに、助監督が青山京子さんの風に乱れた髪に櫛《くし》を入れてやる。

ロケーションは光線との勝負である。言いおくれたが、この場面は、昼の光線の下で、フィルターをかけて撮って、月夜の場面にしようというのである。歩いてくる二人の体をつたわる松影がうまく行かない。助監督が大きな松の枝を切って来て、カメラのうしろから二人の前へさし出して、理想的な松影を二人の体に辷《すべ》らそうという芸当をしている。こういう芸当は目前に見ると可笑《おか》しいが、小説でもわれわれが技巧と称して、しょっちゅう弄《ろう》している小細工である。

本番という声がかかってから、二、三度撮った。やっとその一齣《ひとこま》が終って、われわれも人事《ひとごと》ならずほっとした。ロケ見物の村人も数人いるが、島をあげて年中働らいている土地だから、これほど見物人に煩わされないロケーションは珍らしいそうである。

小説の演劇化乃至《ないし》映画化の過程というものは、目の前で行われると、異様な感じのするものである。はじめから別物だと思ってしまえば問題ではないが、とにかく目前の人物には、私のつけた名前がついているのである。小説では、どんなに劇《はげ》しい行為を描いても、作者には行為の意味だけがわかっていて、行為の体験というものはないのであるが、映画俳優は、目の前でその行為を演じてみせるのである。すると作者は、行為の意味はどこかへ行ってしまって、行為だけが動いてゆくような不安を与えられる。事実はその行為とて、演技にすぎず、実人生上の行為ではないのであるが、その行為が作者にとって他人の肉体を通じて実現されるのを見ると、行為ははっきりした独自の輪郭をもち、しかもそれが他人の精神という不安なものに、委《ゆだ》ねられているのが怖ろしくなるのである。しかしこれはおそらく、小説家というような個人芸術家が、集団芸術に触れるときの共通の不安であろう。

島へ来る舟ではじめてきいたニュースであるが、私は数日前の「毎日新聞」に出た神島の放射能患者の話を知らなかった。三重大学の発表で、神島灯台員の一人とその家族が原子病に罹患したことが公けになったのである。去年この島へ来たとき、「われもまたアルカディアに」[1]の感慨を味わったが、そのアルカディアが一年後、水爆実験の被害を蒙《こうむ》るにいたったのであった。この島では灯台の人々は天水を飲み、村の人たちは湧き水を飲んでいる。しかしそういうことになると、湧き水が天水に比べてどれほど安全であるか、素人には見分けがつかない。そこでその報道が出た日には、谷口監督がロケ隊全員を集め、新聞を読んできかせて、不安だと思うものは離脱して帰ってよろしい、と訓示を垂れたが、誰も離脱する者はなかった由である。

私と黛氏は、私が前に世話になった灯台長の官舎へ挨拶に行った。

ところがこの訪問は、私にとっては不味《まず》いことがある。灯台長のお嬢さんが、小説の中に出てくる。小説の彼女は自分で自分を醜いと思っているが、しかし丁寧に読めば、むしろ彼女はそんな自意識にもかかわらず、美しい少女にちがいない、と読者が想像するように書いてあるつもりである。が、村の素朴な人たちは、小説をそういう風に微妙に読もうとはしない。村の噂が耳に入って、夏休みで島へかえっている当のお嬢さんは、私の半生を台無しにされた、と嘆いているそうである。これでは灯台へはまことに行きにくい。

しかし行ってみると、灯台長夫妻は、前と少しもかわらぬ温さで私を迎えてくれた。私は勢いを得て、すこし弁解をした。すると灯台長の奥さんは、

「何ですよ、弁解なんてなさらないでいいんですよ」

と朗らかに笑っている。私はさらに勢いを得て、放射能さわぎの見舞をのべたのち、

「いや、三島が来たら呑ませてやろうというので、うんと濃い放射能水を煮つめてとってあるんじゃないか、とヒヤヒヤして上りました」

などと冗談を言った。

しばらくすると、奥さんは台所へ立った。そしてニコニコしながら、冷やしたお茶を二つのコップに入れて、黛氏と私の前に置いた。

「さア、お茶をどうぞ」

言わずとしれた天水のお茶である。しばらく手をつけずにいたが、咽喉《のど》は渇いてくる。私は黛氏の膝をつついて、小さい声で、

「大丈夫だろうか」

と言った。黛氏は、

「一杯ぐらい、大丈夫だろう」

と言う。とうとう二人は、渇きに耐えかねて、目を白黒させながら、一杯の放射能入りのお茶を呑み干した次第である。

その日の夕焼は壮麗をきわめ、黛氏と私は組合長の二階の窓から、伊勢海の空いちめんの夕焼を、最後の一点の朱色が燃えつきるまで眺め飽かした。

私たちは二晩島に泊ってかえった。

九月十二日に接した情報によると、颱風《たいふう》十二号の前ぶれの大波が島を襲い、段落をなしている町の中ほどの無線の鉄塔までが、波を浴びている由である。私は「わがアルカディア」の安否を気づかい、神代ながらのこの小さな島が、小泉八雲の描いたラスト島のような破局に陥らぬことを祈った。ラスト島は津波のために海に没したが、少くとも神島は、ロケ隊の津波ぐらいでは、その素朴な天性がびくともしていない有様を、私は見たのであった。

(1)「われもまたアルカディアに」は、ゲーテの「イタリア紀行」の題辞に用いられている言葉。アルカディアはギリシアの地名で、牧歌的理想郷を意味する。

(「婦人公論」、昭和二九年一一月)

神島の思い出

拙作「潮騒《しおさい》」の材料は、もと、水産庁のお手助けで、得ました。物語の筋は、はじめから頭にあったものですから、その筋に合うような条件の島を、探してもらったのです。都会の影響を少しも受けていず、風光明媚で、経済的にもやや富裕な漁村というのが、選択の目安であったのです。その結果、金華山沖の某島と、伊勢湾口の神島《かみじま》とが、適格の島とされ、私は、万葉集の歌枕や、古典文学の名どころに近い後者を選びました。

神島へは、都合三度渡りました。最初は、昭和廿八年三月、次は同年八月、最後は、本もすでに上梓され、映画のロケーションが行われたとき、昨廿九年の八月上旬でした。

島では、決して小説家としてではなく、水産庁長官の紹介状のおかげで、はじめから、信用してもらえました。しかし島の真黒な人たちの中へ、いきなり顔面蒼白の文士がゆき、島の漁協組合長のお宅に厄介になっていたものですから、組合長のところには親戚の病人が療養に来ているそうだ、などという噂が立ちました。またあるときは、私が組合

でブラブラしていましたら、一人の老爺《ろうや》が来て、私のことを頭の先から爪先まで仔細に観察したのち、

「これ、どこの子やいの」

とかたわらの人にききました。この島では男子はたいてい島を出て、沿岸輸送に従事するならわしですから、成人すると顔の見分けのつかないこともあるのでしょう。

私の長所は、ふしぎと船に強いことです。鳥羽《とば》から神島まで一時間ばかりの船旅も相当なものですが、ある早春の一日、早朝から薄暮まで蛸漁《たこりょう》の小舟に揺られて、町方の人にはめずらしく船に強い、と褒められました。それに勢いを得て、終結部の颱風の描写の助けを借りるため、大波が来たらしらせてくれ、とたのんでおいて、電報をうけとりざま、すぐ出立したのが、二度目の渡島の時です。連絡船は欠航もせず、風は治まったが、波のすさまじい海へ出ました。大波の突端が山の頂きのようにみえ、その上へのし上って、また谷あいへ落ちるスリルは、まことに爽快でした。

島ではいつも宿の厄介になる組合長は、素朴な人柄で、このごろの都会では見られぬような本当の「父性」の典型でした。彼は尊敬される父であると同時に、実力と経験のある漁夫でした。組合長夫人は、また、世にもゆたかな「母性」の典型でした。愛される母であると同時に、練達で明朗な海女《あま》でした。長男はこの両親を敬愛し、島を愛し、

彼自身、何度も海難をくぐり抜けてきた船員でした。長男の嫁さんは、おとなしい、愛くるしい、しかし体力のすぐれた女性でした。幼ない末の兄妹《きょうだい》は、腕白きわまる坊主と、利かん気の女児でした。私は都会に生れて、都会に育ったために、生れてはじめて、こういう自然と労働とにしっかり結びついた巌《いわお》のような家族を見たのです。ルナアルが書いた樹木の家族のような、沈黙した根強い家族を。

島には、「潮騒」に書かれている如く、一軒のパチンコ屋も、一軒の呑み屋もありません。もちろん人間社会のことですから、醜い権力争いや、偏見がないとはいえませんが、私の目に映ったのは、美しい自然と、素朴な人情だけでした。一回目の渡島のおわりには、多くの人が埠頭《ふとう》へ送りに出、二回目の渡島のときには、島でゆきあう人と、自然に挨拶を交わすほどになりました。

発電機が故障すると、島にはラムプの灯しかなくなり、私は生れてはじめて、ラムプの灯下の生活に親しみました。すると夜の闇の中の波音は、大きく立ちはだかり、人間の生活そのものが、いかに小さく、つつましいかが思われます。われわれ都会人とて、電灯の明りのおかげで、夜の恐怖を忘れていますが、人間生活の小ささ、はかなさは、実に都会とて同じことでしょう。

島では、離島振興法に大きな期待をかけていました。以前は、伊勢や津の方面では、神島へゆく、というと、朝鮮へ行くくらい億劫なことに思っていたようです。用もないのに、ここまでやって来る人は、よほど物好きだったにちがいありません。

私とて、島の人たちの生活に利便がもたらされ、物質文明の恩沢が婦女子の労働を幾分でも軽減することをのぞみます。しかしもう一方の、感傷的な私は、島があの素朴な美しさを失うことを、惜しまずにはいられません。もし賢明な政治が、物質的利便だけを提供して、島の野趣を残すことができたにしても、その野趣は、すでに観光的な、自分の美しさを意識した女のようになってしまうだろう、と惧《おそ》れます。

（「しま」、昭和三〇年四月）

「百万円煎餅」の背景――浅草新世界

一九六〇年六月二十六日、久々の快晴で、暑い日だったので、友人夫妻と待ち合わせて、品川のプリンス・ホテルのプールへ泳ぎに行った。かえりに銀座で夕食を食べ、さて、どこか珍しいところはないか、ということになり、月並みなナイト・クラブなんか面白くないから、いっそ浅草へ行ってみようと、みんなの気がそろった。そのときはじめて行って、その後一度も行っていない「新世界」の情景が、たまたま短編小説の背景に困っていた私の心に触れ、「百万円煎餅」という作品の素材になったのである。

小説「百万円煎餅」は、要するに、お座敷でエロ・ショーを見せるのが商売の若夫婦が、その実、今時めずらしい堅実な市民的な生活意識を持っているという皮肉を利かせた短編であるが、あとでさる通人から、実際に、そういう商売の夫婦の生活は実に堅実なものである、という話をきき、想像と現実の一致におどろいた。話の筋や構成はできていたが、格好な背景と、全編をギュッと一括する象徴的な小道具がみつからない。それが「新世界」へ行ってみて、二つながらみつかり庶民的な遊び場の背景と、百万円せんべい（実際にそこで売っている）とは、正に切ってはめたように、この小説の注文に当てはまった。そこでその晩から、私はすぐ書き出すことができたのである。

「百万円煎餅」は私の唯一の浅草物で、事ほど左様に、浅草という土地は私にはあまり馴染《なじみ》がない。今まで住んできたところが、いつも遠すぎたというのが大きな理由で、偏見を持っていたわけではないのである。浅草というと「庶民的」というのが合い言葉のようになっているが、そんなことを言えば、銀座も丸ノ内も庶民的で、五十歩百歩というべきである。東京に「貴族的な」遊び場なんてあるものではない。珍しもの好きの外国人旅行者が、浅草の大衆酒場などへ行って、「ここに日本あり」と随喜の涙を流しているらしいが、旅行者は大体あまり清潔なところは好かないものである。

さてその「新世界」だが、行ってみたときは、あんなところにあんなバカでかいものが建ってるのにびっくりした。もともと瓢簞池に馴染のあった私ではなし、今昔の感などに搏《う》たれようもないが、いくら何でも不釣り合いだという感じがした。しかし中へ入ってみると、さすが浅草で、東京タワーのアンチモニーの模型やら、そのころ流行《はや》っていたダッコちゃんやら、売っているものが、みんなケンランたる色彩のお上りさん向き安物ばかり、そのふんい気は、いかめしいビルの外観にも似ず、ビルのすぐ外に並んでいるいかにも浅草らしい「人民理髪店」とか、おばあさんが一人でお客にお酌している「おばアちゃん」という飲み屋とかの持っているふんい気と直結している。つまり浅草的とは、率直の美徳ということであり、安物が多いのは、欲望と欲望満足との間の距離を最大限にちぢめようという商業道徳を意味するのであろう。

マジックランドというのに入って、斜めの部屋だの、柔らかい階段だのにおどかされ、握力計で百三十いくつを出して得意になり、酒も入っていないのに大人が平気で木馬に乗る気分になれるのも、浅草だからこそであろう。浅草というのは、おそらく今も昔も実体はないのだが、われわれが無邪気に自分を解放するには「浅草的なもの」というエクスキューズが必要なので、これをインテリのいやらしさという。

（「東京新聞」（夕刊）、昭和三七年四月一五日）

青春の町「銀座」

銀座の活気は大したもので、その理由の一つに、もし統計をとってみればたちどころにわかるほど、行人の平均年齢が若いということがあると思われる。こんなに若々しい男女で溢《あふ》れた町は、(もちろん時刻にもよるが)、世界中にないのではないか。それから服装の自由なこと、男のノー・ネクタイは当り前で、女は海浜着さえめずらしくない。ジャンパーだろうとスウェーターだろうとおかまいなし、そういう恰好をしていて若ければ、われこそは銀座人種の代表という顔をしていられるのが銀座の特徴である。そしてバアや料理屋で大きな顔をしている社用族が、却《かえ》って野暮くさくて田舎くさいのも面白い。

それで思い出すのは、ニューヨークにいたとき、まだ秋の深くないスウェーターが頃合の季節に、たまたま買った英国製のスウェーターが気に入っていたので、ホテルからその姿で出て、五番街へ行ってみたことがある。夕方であったと思うが、二、三ブロック歩くうちに、私はとうとう恥かしくなって横丁へこそこそ曲ってしまった。というのは五番街の人出の絶頂に、その人ごみを隈《くま》なく見まわしても、スウェーター姿の人間は一人もいなかったからである。

男はみんな黒か灰色の背広に地味なネクタイ、女は過半数が毛皮の外套で、とりつく島もない気取り方で歩いているまんなかを、いくら心臓でも、スウェーター姿で歩けるものではない。

そこでこそこそ横丁へ曲ると、一つのレストランへ、仕入れた食品を肩に載せて運び込んでゆく男が、ただ一人、私以外のスウェーター姿であった。

大体外人は早く老けてみえるが、あの時刻の五番街の行人の平均年齢は、同じ時刻の銀座の行人の平均年齢より、少くとも十五、六歳か二十歳ぐらい上だろうと推測される。するとふしぎなことは、ニューヨークでは若い人たちはその時刻にどこにいるのだろう。又、日本では、老人たちは一体どこにいるのだろう。

歌舞伎座の昼の部などへ行くと、絶対多数の女群におどろくことがあり、あるときは又、よくも集めたと思うほどお婆《ばあ》さんばかりのオン・パレードにおどろくことがあるが、東京という町は、そこかしこで年齢層が偏在しているらしいのである。

＊

さて、銀座のもう一つのふしぎは、町を歩いている人種と、商店の購買者層とが、必ずしも同一でないことである。ニューヨークの五番街なら、まず大体、五番街で買い物のできる程度の人が歩いているわけであろうが、銀座の若い人たちが全部、いかに好景気の世の中とはいえ、銀座の高級品店や高いバアやレストランの常連であるとは思えないのである。もちろん銀座にも、年中若いお客さんでごったがえしている大衆的な店も沢山あるが、新宿のように、そういう値段の店が大勢を占めている町とはちがって、銀座はやはり、贅沢品や贅沢な食事や贅沢な酒場が売物の町である。それにもかかわらず、若い人たちがこれだけ銀座へやって来るのは、銀座にそれなりの魅力があるのであろう。ただ歩いて、映画を見て、お茶をのむだけでも、銀座は銀座だけのことがあるのであろう。現に私は、銀座を彷徨《ほうこう》しているロカビリー・ガールが、きょうはもう五回銀座を往復していると言うのをきいて、彼女たちの健脚の無償性におどろいたことがある。

＊

世界的水準で見て、銀座の欠点は、明らかにスカイラインの低いことである。道路の点は、パリだって、ローマのお洒落《しゃれ》通りヴィア・コンドッチだって、車の往来にイライラする窄《せま》い通りはいくらもあるが、屋根の低さだけはどうにもならない。どうして「銀座百点」あたりが気をそろえて、十階建平均の下駄穿《げたば》きビルを建て、町に秩序と重厚さをもたらさないのか、これもふしぎの一つである。売ってるものがあんなに精選され、ウインドウ・ディスプレイがあんなに洗練されて来ているのに、銀座が安手な感じを与えるのは、屋根が低いせいである。このごろの若い人たちは六尺ぐらいはザラになっているのに、今に店の屋根よりも、歩いている人間のほうが高くなってしまうであろう。銀座が世界の銀座になるには、今のようなゴミゴミした感じを払拭しなければダメである。そのためには、「銀座の柳」的情緒主義、低徊趣味を、思い切って捨て去らなければだめである。高速道路というおそろしい散文的なイカモノに、数寄屋橋《すきやばし》と築地から挟撃されている今の銀座が、昔の情緒を追っていたら、時代にとりのこされることは必定であろう。

もちろん私だって、昔の銀座の好さを少しは知っている。父母からきく大正時代の銀座のよさにもあこがれている。

しかし、それだけに、今の中途半端な、ゴミゴミした銀座、近代化と老舗《しにせ》意識に片足ずつ足をかけたような銀座が気に入らないのである。

世界の大都市はみんな古くさい旧式ビルの寄せ集めであるけれど、もし銀座がモダン高層建築ばかりの集積になったならば、正に世界に類例のない町になるであろう。日本趣味や銀座情緒は、その上で改めて考えればいいのである。

（「銀座百点」、昭和三六年九月）

竜灯祭

竜灯祭へお招きをうけて、灯籠流しにもいろいろの趣きがあるのを知った。今まで私がしばしば見たのは熱海の灯籠流しであったがこれはふつうの施餓鬼《せがき》の行事で、ひろい海面の潮のまにまに灯籠が漂うのは、淋しい彼岸へ心を誘われる心地がした。柳橋の竜灯祭は神事である上に、いかにもこの土地らしい華麗なものである。川面いちめんに灯籠が流れ出す数分間はふだんはただ眺めているだけの隅田川をわれとわが手で流した灯籠で、占領してしまったような快感を与える。地上の豪奢《ごうしゃ》を以て、水中の竜神の心を慰めるという趣きがある。それがいかにも「竜灯祭」という名にふさわしいのである。

また、それから引き潮に乗ってあれほど夥《おびただ》しかった灯籠が、数十分のうちにほとんど視界を没し去るのも、いかにもいさぎよくて、江戸前の感じがする。執念が残らないで、さわやかなのである。最後まで料亭の舟着場の下などにまつわりついて離れない少数の灯籠もあるが、これも執念というものではなくて、そのすぐ上方の座敷のさんざめき、美妓のたたずまいなどに心を残して、無邪気にそこに居据《いすわ》ってしまった感じで可愛らしい。あたかもその十いくつの灯籠だけが、そろって首をもたげてうすく口をあけて、地上の遊楽の美しさを讃美しているようだ。

灯籠流しというと、人はすぐ暗い仏教的イメージを持つが、私の発見したのは別のものだった。このごろの大キャバレエの遊びよりも昔の人はもっと豪奢な遊びを知っていた。そして消えない電気の光りよりも、波のまにまに夜のなかへ馳け込んでゆく灯籠の光りのほうに、はるかに、遊楽に一等大切な「時間」の要素が、いきいきとこめられているのを知った。一度花やかな頂点に達してそれが徐々に消えてゆく、そのゆるやかな時間の経過の与える快さは、快楽の法則に自然に則《のっと》っていて、いずれにしても花火よりも「快楽的」であると思われるのだった。

（「柳橋」、昭和三六年一〇月）

もうすぐそこです

この間、実に久々で、取材のために関西へ旅をした。飛行機ぎらいのこととて、往きは第二富士、かえりは第二つばめに乗った。その車中は、いつにかわらず快適であり、定刻にキチンと着きキチンと出る汽車は、世界に冠たる特色である。食堂のサーヴィスもテキパキしているが、何度かにわけられている食事の時刻のうち或る時刻は特に希望の多い時刻なので、一輌目から順に注文をとってゆくと、どうしてもそういう時刻が先にふさがってしまうことになる。あれは何とかならぬものか。それから、私には直接関係のないことだが、往きもかえりも、英語のアナウンスのひどさには呆れてしまった。会話の能力をつけるのは大へんだが、あのくらいの決りきった短文を、正しい発音で習得させるぐらいのことは、思いついたらすぐできることであろう。

私はもっとも、そういう愚痴をならべる目的でこれを書いているのではない。日本の汽車は絶対に時刻が正確であるから、乗客も乗りおくれないように、ちゃんと時間を塩《あん》梅《ばい》しなければならない。サバを読むことは到底できない。

従って琵琶湖畔のBホテルも、京都発の第二つばめの発車時刻の、二時間前にチェック・アウトしてしまった私は、セッカチすぎて手持無沙汰になった。

湖畔の庭へ出て、雨もよいの空を窺《うかが》った。雨はすぐに来そうではなかった。しかしさっきまで芝生のあちこちを散歩していた人の群は、桟橋に着いた周遊船にみな乗り込んでしまったらしく、庭は深閑としていた。

今年の夏の立去るのは迅速で、湖は、曇り空の下では、秋も深いころの色になった。庭の央《なか》には、ビーチ・パラソルの支柱だけを残したテーブルが侘しく、石造りの象が一四、しらじらと湖へ向かっていた。

私は暇つぶしのたねはないかと桟橋へ近づいたが、そこに番小屋があり、三、四人乗りの鮮明な赤いモータア・ボオトがつながれていたので、声をかけた。

季節の間のアルバイト学生らしい、肥った呑気《のんき》そうな青年が出てきた。モータア・ボオトに乗せるかときくと、三十分いくらいくらです、という。私は考えて、あと三十分なら丁度いい時間つぶしだと思って、乗った。

辷《すべ》り出《だ》しは快調であった。青年は、自分の庭を案内するような態度で、まことに気楽に運転していた。丁度、競艇場の前まで来たとき、ガタンと、ボオトが大きくつまずいたと思うと、止ってしまった。

「どうしたんだい？　故障かい？」

「すぐ直りますから」

そう言いながら、青年はシャツを脱ぎズボンを脱ぎ、水泳パンツ一つになって水へ飛び込んだので、私はおどろいた。船中から直せるものとばかり思っていたのである。見ると、船尾の水から首だけ出して、彼はしきりにエンジンをいじっていた。

すぐ直るだろうと思って、私は競艇場へ目を向けた。競艇を見るのははじめてであり、しかも観客席の反対側から、水に漂う小舟にのんびりと身を委《ゆだ》ねて眺める競艇は乙なものだった。コースをまわる色ちがいのユニフォームが、カーブするところでは重なり合い、又いさぎよく離れて、水しぶきを上げて疾走するのは、目に快い眺めであって、曇天の憂愁を消し飛ばしてしまうような力があった。

五分たち、十分たった。

「まだかい？」

「もうすぐです」

濡《ぬ》れた体が上って来てボオトが揺れたので、いよいよ直ったかと思ったが、彼はそこらを探し廻り、

「ちぇッ、ねじ廻しを忘れてきた」

と言ったかと思うと、又水にとび込んでしまった。

私は競艇へ目を戻したが、だんだん心配になって、くるくるまわる色ちがいの水すましの轟音《ごうおん》も、うるさいばかりになった。

「何か振れば岸から見えるだろう。助けを呼ぼうか?」

「もうすぐです」

さらに五分たち十分たった。ボオトは心なしか沖へ流されてゆくようである。私は折角前から予約してとった第二つばめの切符が無駄になる場面を思いえがき、そもそもホテルの庭へなど出なければよかったと後悔した。雨がポツポツ降ってきた。薄色の背広の襟に、みるみる黒い斑点が散った。

「おい、もう諦めて助けを呼ぼうよ」

「もうすぐです。もうすぐそこです」

私は中《ちゅう》ッ腹《ぱら》になっていたが、今の答をよく考えて、「もうすぐです」というのはわかるとしても、「もうすぐそこです」とは何のことだろうと思った。岸へは、少くとも百五十メートルはある。そのうち私は、さっきまで船尾でしていた鉄板を叩くような音が、別種の蒸気汽缶車のような音に変ったのに気がついた。

よく見ると、呆れたことには、彼は片手でボオトをつかみ、片手で水を掻《か》いて、けんめいに岸を目ざしていたのである。蒸気音みたいなのは、呼吸音であったのだ。こうまでしても助けを呼ばないのは、ボオト・マンのプライドというものだろうが、人力でモータア・ボオトを引っぱっても、船はほんのわずかずつしか動かず、岸の料理屋の屋根はいつまでたっても同じ大きさで、時間は容赦なくたってゆき、私の背広はズブ濡れになり、ボオト・マンはいたずらに全力を費しており、……何とも云えない、徒労の漫画になった。

そのとき、白波を蹴立てて、沖から、救命艇があらわれ、一気に近づいて来たのを見たときには、全くホッとした。捨小舟《すておぶね》に一人漂っている私の姿を遠くから認めたのであろう。

早速ロープを結んで曳航《えいこう》してくれるパトロール・マンの、寡黙で無表情で、しかもテキパキした動作も実にたのもしく、私はようやく岸に飛び移ると、「金はいらない」とボオト・マンが言うまま、一文も払わず、雨の中を右往左往して、ようやくタクシーを見つけ、湖のむこう岸のホテルへかえって、匆々《そうそう》に鞄を提げて、京都駅へ向った。どうやら、第二つばめには間に合った。

汽車が走り出すと、だんだん余裕ができて、さっきの自分の腹立ちもおかしくなった。

なかんずく、「もうすぐそこです」の一言を思い出すと、おかしくておかしくてならなかった。

（「こうさい」、昭和三九年一月）

熊野路──新日本名所案内

南紀は陽光のあふれている感じの地方で（実際は雨量がすこぶる多いのだが）、夏のさかりにここを訪れたのはよかった。

私が今まで紀州へ行ったことがないのは、われながらふしぎだ。少年時代のあこがれの的だった妖艶《ようえん》なる女性が、同級生のお姉さんで、その家が紀州の出だと知ったときから、紀州にはいつも幻の美女のイメージがまつわっていた。能楽が好きになり、その「道成寺《どうじょうじ》」や「熊野《ゆや》」がみんな紀州にゆかりのあること、お伽草子《とぎぞうし》が好きになり、その本地物の信仰的故郷が熊野にあったこと、のちに、神仙譚《しんせんたん》が好きになり、その舞台が多く紀州に求められたこと、神秘的な修験道《しゅげんどう》の、役《えん》の行者《ぎょうじゃ》をはじめとする行者たちの霊地が那智であること、……何もかも私の心を惹くものが紀州に源を発し、そこは美女と神仙の国という風に思いなされた。

それだけに幻滅を感じるのがおそろしかったが、今度の紀州の旅は、ほとんど夢を裏切らなかった。

名目は観光旅行だが、名もゆかりもない絶景がどれだけ人の心をとらえるか疑わしい。かつてメキシコから北米テキサスの国境の町エルパソへ入ったとき、そこの奇抜な形の神韻縹渺《しんいんひょうびょう》たる山の名を、タクシーの運ちゃんにたずねて、

「あれ？　ありゃあリンカーン・マウンテン」

と答えられたときの失望を思い出すと、やはり旅は古い名どころや歌枕を抜きにしては考えられない。

古典の夢や伝統の幻

やはり旅には、実景そのものの美しさに加えるに、古典の夢や伝統の幻や生活の思い出などの、観念的な準備が要るのであって、それらの観念のヴェールをとおして見たときに、はじめて風景は完全になる。今度の旅は正にそのような旅であった。

東京から南紀への交通は、そう簡単ではない。夜行の直通急行を利用すればともかく、昼間の汽車では、朝七時四十五分に特急「ひびき」で発っても、名古屋乗換えで、紀伊勝浦に着くのは夕方六時半である。紀勢本線は、地図で見ると美しい海景を左の車窓に

保ったまま走るかと思われるが、実際はトンネルを出たり入ったりして、大そう目まぐるしい。

勝浦はしずかな湾を抱いた温泉地だが、宿で夕食をすますとすぐストリップを見にゆく。ストリップこそわが古典芸能の源であり、女性美の根本であるから、紀州へ来たらこれを見るべきだが、私はこんなたのしいストリップ・ショーを見たことがない。東京へ連れて来たいような美しいストリッパーが一人いたが、東京へ来たら、彼女の愛嬌の大事な要素である前歯の金歯を早速抜かれてしまうだろう。

はじめに羊頭狗肉の八ミリ映画があったが、映写技師のおばさんは、スクリーンの曲っているのを気にして、

「掛軸(!)まっすぐにしておくれやす」

などと、お客を使う。

ストリッパーの一人と、大阪弁の酔客たちとの、息の合ったやりとりは、「観客の参加する演劇」のお手本みたいで、お客を叱りとばしながらにこやかに踊る彼女は、東京の高級ストリップ・ショーの、両性の争闘を思わせる息づまる舞台と客との対決の代りに、永遠に明るくたのしい、両性の仲のよさ、両性のユーモラスな和解を思わせる。

ストリップから判断するのは早計だが、私の紀州の女のイメージは、こういう何でも

ゆるしてくれる世にもたのしい女と、何もゆるさない怖ろしい女(道成寺の清姫)との、ダブル・イメージなのである。

——あくる日、早朝、ランチで島めぐりをしたが、晴れた夏の朝の海上に霞が棚引き、かなたの奇怪な形の岩々を、幻のように見せるのが、ふたたび仙境の夢に私を誘った。しかしこの島めぐりのもっとも美しい眺めは実は島ではなく、海上はるかに望む那智《なち》の滝である。日本でも海上からこういう滝が見られるところは他に少ないそうだが、妙法山の右、山肌の露出した小部分に、一筋の白い線が、ここ勝浦の沖から見える。それは満山の緑のなかに、細い象牙の一線をはめ込んだように鮮明に見えるのだ。

こういう風景の特殊な感興は、見える筈のないものが見えるという、或る夢のような経験を与えることである。遠い海上にいて船乗りが、たとえば自分の家で機《はた》を織っている妻の、白い糸をありありと見たら、それは夢であろう。それと同じように、山間深く見るならわしの滝を、こうして沖合から見るよろこびは、二つの世界に同時に住むような感じを与えるのである。

征矢いかける那智滝

私はむしょうに那智へ行きたくなった。

勝浦からタクシーで三十分ばかり、この神の滝は、やや水が乏しく、姿がやや歪《ゆが》んでいたが、高さ百三十三メートル、幅十三メートルの壮麗な全容は、宮司の厚意で特に滝壺のところまで行って、しぶきを浴びながら仰いだとき、ここに古人が神霊の力をみとめたのも尤《もっと》もだと思わせた。

落口《おちくち》は岸壁を離れて水煙になり、その白い煙の征矢《そや》が一せいに射かけてくるようで、うしろの岩に、その水の落下の影が動いて映る。中ほどから岩に当って、幾筋にもわかれて岩を伝うが、じっと仰いでいると、その光った石英粗面岩の岩壁全体が、こちらへのしかかって、崩れ落ちてくるような気がする。

滝の横でしじゅうわなないている濡《ぬ》れた草むらを、二、三の黄の蝶がめぐっている。「那智滝祈誓文覚《なちのたきちかいのもんがく》」という芝居では、文覚上人がこの滝の直下に身をしばりつけて滝《たき》行《ぎょう》をする場面があらわれるが、実際にはそれは不可能で、しかも滝壺でしぶきを浴びるのは貴人に限られていたので、文覚の滝とは大滝の下のほうの、大岩の間をほとばしる小滝をいうのだ。

今でも滝行をする行者は絶えず、深夜、滝を浴びていると、いろいろな幻を見るらしい。そういう行者の一人が、

「帷子《かたびら》を着て入水《じゅすい》したので寒くてたまらぬ、とこぼしている老人の亡霊を見た」と言ったのが、実際、浴衣の袖に石を入れてこの滝に飛込み自殺をした老人と符合していたのにおどろかされたと、宮司も話していた。

この滝の前でも、また、五百段の石段をのぼって達する本社の前でも、煙に願文《がんもん》を託して焚《た》く修験道のならわしによって、神社でありながら、神前に、香りを抜いた薬仙香をおびただしく焚き、神道護摩の姿を伝えている。明治政府の神仏分離も、この土地の永い神仏混合・本地垂迹の伝統をほろぼすわけには行かなかったらしい。

熊野信仰の源は、ここの本社那智山熊野権現、新宮の速玉《はやたま》神社、本宮の熊野坐《くまのにます》神社、の三つ。いわゆる熊野三山にあるのであるから、私は新宮へ行って速玉神社に詣で、さらにあとで、紀州の旅のおわりを本宮に定め、これでようやく私の愛する中世文学への義理を果したように感じた。

夏の烈しい日のなかを五百段の石段を昇るのは決して楽ではないし、上り切ったところで若いアンチャンの観光客までが、

「足が動かんようになってしもた」

などとこぼしているけれど、神社の長い石段は一種の苦行による浄化をも意味しているので、楽に上れたらおしまいである。一例が富士山にドライブ・ウェーが通じること

は、「楽に登れる」ということだけでも、神聖化のおわりであり、山岳信仰の死なのである。

苦行の果てにはかならずすばらしい風景が待っている。熊野権現の境内からは、山々のあいだに、東の海をわずかに望むが、そこから昇る朝日の荘厳が偲ばれる。西の眼下には生物学者の垂涎の的である原始林があり、ここではさまざまの亜熱帯の動植物が育っている。

車で新宮へ行き、速玉神社へ参り、また、名物の浮島を見物する。

これから瀞八丁《どろはっちょう》へ行くわけであるが、結論を先に言うと、私の辿《たど》ったコースは、車で行けるところまで行って、瀞八丁だけプロペラ船を利用するという行き方で、たしかに時間の節約にはなるが、肝腎の瀞八丁の感興を削《そ》ぐことになった。

やっぱり新宮から何時間もプロペラ船に揺られた末に、徐々に瀞八丁へ入ってゆくべきで、私はいきなりレビューのフィナーレだけ見てしまったようなものである。しかもそのフィナーレは十数分で終ってしまうのである。

大正調のプロペラ船

名物のプロペラ船についても、無知な私は、水中翼船のことだと思っていたが、これは浅い水深に軽舟を走らすために、船尾に自動車の古エンジンを利用したプロペラをつけたという発明であって、プロペラは水をではなく、空気をかきまわして、舟を進めるのだ。従ってそのやかましさはツンボ舟と呼ばれるほどで、船の発着場がすぐ裏手にある速玉神社は、しじゅうこの百万匹の蜜蜂の唸《うな》り声に充ち、また、熊野川沿岸の学校は、窓々に防音装置を施している。

しかしそれはいかにも大正年間の発明らしく鄙《ひな》びて、愛嬌のあるものだ。それは滑稽な露骨な機械化であって、現代のようによろずにスマートな機械化、機械を内部に巧く隠して外側にグッド・デザインを飾ったような機械化とはちがっている。プロペラ船には、昔のラッパのついた蓄音機みたいな趣があるのである。

材木積出しのトラックやバスとひんぱんにすれちがう二時間のスリルに充ちたドライブは、眼下の悠々たる熊野川を、やかましい水すましのように辷《すべ》るプロペラ船に何度も行き逢う。むかしは素人でも一晩に二貫も鮎《あゆ》が釣れたという熊野川の清流も、上流にいくつもダムができてから、カーキいろに濁っている。

ときどき材木を対岸へ運ぶワイヤー・ロープが空中高くかかっているのを見る。数本の材木が束ねられて、川空高く、ごくゆっくりと移ってゆく姿には、気の遠くなるような悠長な時間が感じられる。それは植物が芽生え、成長し、伐られ、運ばれる時間で、東京では決して手に入らない種類の時間である。

ガタガタ道の往復に三百円をとる有料林道をとおって、やっと山々を越えた果てに着いた玉置口《たまき》から、私は二十数人乗りのプロペラ船の客になった。プロペラ船の利点は、あんまりプロペラの音がやかましいので、流行歌のレコードなどをかけられない点である。

船は午後四時発の最終便。荒涼とした河原すれすれにゆく船が、やがて上瀞のせまい峡谷に入る。日はすでに高い絶壁の頂に沈みかけている。

突然、南画そのままの風景がはじまる。この効果は絶大で、どろりとした灰青色の水面と、左右の奇怪な巨岩のあいだをゆくうちに、私は再びこの向うには仙境があるような気がしていた。それはポオの「アルンハイムの地所」をも思わせ、人工と自然との見わけのつかぬような、このうちつづく巨岩の怪奇な形が、このままではすまない、何かがはじまる、という予感を起させるからである。それは曲りくねる水路のかなたに待つものの、異様な導入部である筈であり、夕空高くそびえ立つ蒼黒《あおぐろ》い岩の裂け目には、遅咲きの朱いろの山つつじの花が点々と咲いている。

しかし現実はいつも貧弱であって、約二キロのこの上瀞の最後の角を曲ると、正面に粛々とあらわれるのは、崖の上の安っぽい旅館であり、天幕を張った河原の船着場であり、船から下りようとする若い客に向って、

「荷物余計《ようけ》あるんか」

とたずねる親切なキャンプ友達であり、……その他、その他である。

そして仙境の夢などを捨てた心は、むしろ帰路の船で、船ばたに立って不平そうに景色を眺めているハイカーの少女の、ほおずきを口にくわえて、そのつけたままの朱い鞘《さや》が小さな唇を隠すほど口のまわりにひろがっているさまを、すばらしいと思って眺めたほうがいい。まことにほおずきは、不平そうな唇によく似合う。彼女は強行のスケジュールに疲れているらしい。薔薇いろのピケ帽をかぶり、派手な紺白の横縞のTシャツをだぶだぶに着ている。

――玉置口からまた車に乗り、宮井から今度は十津川ぞいに奥へ入って、請川《うけがわ》からさらに左、大塔川を一里ちかくさかのぼったところに、今夜の宿の川湯温泉がある。

「プールつき秘境」も

ここは旅の疲れを休めるにはこの上ない場所で、宿の前の川で泳ぎ、体が冷えると川ぞいの露天風呂に入る。河原を少し掘れば、湯が湧き出るのだ。だから、泳ぐにも、岸ちかくの水は温かい。

川の対岸に湯元があり、金網に卵を入れて、向う岸まで浅瀬づたいに運んで、それを湯元に据えておき、二十分ほど泳いで遊んで、卵をとりにゆくと、丁度いい具合の温泉玉子が出来ているという寸法である。

ネオンもなければ、拡声器の流行歌もない。修学旅行の少女たちが嬉々として川に戯れ、上ってはまた湯にひたり、知らない間に時間がたち、夜が来て、山の空が星でいっぱいになる。

観光地といえば、パチンコ屋とバーと土産物屋が蝿のようにたかって来てそこを真黒にしてしまう大都市の周辺は、私に黒人共和国ハイチの不潔な市場を思い出させる。いやに真黒なものばっかり売っているな、と思って近づくと、それがみな食料品に隙間《すきま》なくたかった蝿なのだ。しかしバーや土産物屋などの蝿よりも、一等始末のわるいのは、音を出す拡声器という蝿である。それから考えると、今度の旅では、全くその音をきかずにすんだ。拡声器のアナウンスや流行歌に比べれば、プロペラ船などは可愛らしい蜜蜂だ。

——川湯に一泊した朝、私は熊野本宮に詣でたのち、一路、車で奈良の五条市へ直行すべく、五時間のドライブに身を委《ゆだ》ねた。電源開発のおかげでできたこの道は、和歌山県と奈良県を縦に貫き、かつて戦争のために中絶した五条新宮間鉄道の計画を代行した。この道は山々を越え、いくつかのダムの傍らを通り、ダムの補償のおかげで、もはや秘境でなくなった秘境を通り抜ける。

その一つを、両県の国境の十津川の一部落、かつては人跡稀な秘境であったところに、子供たちのモダンなプールが出来て、青い水の中に赤い浮袋の子供がさわいでいる、この「プールつき秘境」七色《なないろ》に私は見た。

（「週刊朝日」、昭和三九年八月二八日）

「仙洞御所」序文

1

晩夏のむしあつい午後に、私は生れてはじめて仙洞御所を拝観した。

御所の外苑は日ざかりのこととて、人出も少ないが、内庭と外苑を区切る永い五線塀まで、一九六七年の世間の風は押しよせていた。むかし、神聖な場所というものは、聖域の外側へ、十重二十重に神聖な影響が及ぼされ、ひろい領域にわたって、神聖の波打際があり、大波の絶頂からごくささやかな漣《さざなみ》にいたるまでの階梯《かいてい》がある筈だった。そういうものが今ではない。立入自由の場所までは、人々はもっともあけすけなものを遠慮なしに持ち込む。むしろ、向う側に禁断の場所があるという意識が、人をして、却《かえ》って、日常生活では見せぬ放埒《ほうらつ》なものを持ち込ませるのかもしれない。東京の皇居前広場の性的放埒と同じものが、夜ともなれば、京都ではこの御所外苑で展開されているらしい。私はこのことを一概に非難するのではない。思えば、平安朝の昔から、宮廷の恋愛生活は民衆の恋愛生活の憧れでもあり規範でもあったのだが、少くともそこには畏《おそ》れがあった。

仙洞御所の五線塀の落書を見るものは、この畏れが民衆の間に完全に失われたことを、いやでも認めざるをえまい。相合傘の下に男女の名前を書いた伝統的な落書はまだしも、ただ自己顕示欲のあらわれでしかない自分の名だけを大書したのや、卑猥な言葉を大書したのさえあった。

しかし、その塀に接して、犬走りと玉砂利の間を流れる溝の水は、琵琶湖から御所水道で導かれ、苑内をめぐって放たれる清流である。夏休みのおわりの、宿題の追い込みに忙しい子供たちは、外苑のスケッチがおわると、この溝際にしゃがんで、小さな洗濯女たちのように、パレットを洗っている。子供らしく、豊富な色を使いすぎたパレットから、水彩絵具は、たちまち水に融けて淡々しく消えてゆく。東京から来た子供には、かりにも溝と名のついたもののこんな清らかさを、到底信じることができまい。

五線塀の外れの門から入ると、まず正面に大宮御所の壮麗な唐破風《からはふ》が、一枚の奉書紙をのべたような白い玉砂利の車寄せの向うに聳《そび》えている。ここでは今も、国賓の宿泊接待が行われるのである。

潜《くぐ》り門《もん》へ向って、大宮御所の塀ぞいの小径をゆくと、あたりには、晩夏の午後二時の木洩れ日のなかに、たくさんの松笠が落ち、松葉がこぼれている。金木犀《きんもくせい》の葉の一枚一枚に、こぼれ松葉が懸って微妙に揺れている。ある葉裏には、蟬の抜殻がとりすがっていて、その飴色の体を夏の日が無残に透かしている。

特定の季節を除いて、御所の拝観は誰にも許されるものではないから、(事実、ここにいた一時間あまりの間、ほかの拝観者の影を見なかった)私はこの、現代から護られた特権的な、又、逆説的な静寂の場へ、一歩一歩近づきつつあるのを感じた。

というのは、一定の空間、一定の時間にわたる静寂を得るには、実に煩瑣な手続を要するのが現代だからである。静寂は、今では蝶の一過のように、すぐ捕えなければ忽ち《たちま》飛び去ってしまう一瞬のものになった。現に、都会でアパート生活を営む世帯持ちのサラリーマンには、子供やテレビの騒音に悩まされずに、たった一人で読書に没入するという時間も空間も与えられていないのである。一人きりで本を読むということさえ、その条件を整えるには甚だ金のかかる贅沢になりつつある。人工的に一定空間一定時間の静寂を得ることが、これほど特権的なものになりつつある現代では、既存の、伝統的な静寂の保存は、実に逆説的なものにならざるをえない。すなわち、その本来の自然な静寂を、すこぶる反自然的に人工的狡智の限りを尽して防衛することが、現代の尖端的《せんたんてき》な要求になるであろうからである。これが私の天皇制に関する基本的な考え方であり、宮廷とは、すでに大らかな恋愛や政治の象徴ではなく、現代に失われた静寂の象徴なのである。その点では、静寂はますます逆説的なものになり、仙洞御所が一定の許可手続を経て拝観できるということは、当面もちろんありがたいことではあるが、もしここがさらに厳格な禁断の場所であり、さらにここに現実の上皇がおられて、中古そのままの生活を送っておられたとしたら、私のいう「静寂」は完璧なものになる。そのとき、静寂の存在は疑いがないが、私にはそれを目に触れ手に触れることはできず、従って「静寂」は一そうみごとなものになるであろうからである。

実際、仙洞御所の苑内を経廻りながら、私は私の目、私の頭脳、私の感覚そのものが、この床しい静寂を擾《かきみだ》していることを認めざるをえなかった。それすらが一つの騒音なのだ。

2

それにしても仙洞御所はすでに焼亡し、そこに住んでおられる方はない。美しい庭だけが、ただまれ人に見られるために、しじゅう身じまいをして、黙然と坐っている。美しい老いた狂女のように。

潜り門を入って、大宮御所御内庭の松竹梅の御庭をすぎると、そこに又、開かれた潜り戸があって、仙洞御所のお庭をはじめて垣間見せるみごとな額縁をなしている。

その小さな矩形《くけい》が、仙洞の御庭の前面の白い玉砂利と、池と、池の彼方《かなた》の叢林とで、ほぼ三等分されているのである。しかし、本来なら、そのいちばん上方の木立はさらに低く、如意ヶ岳の借景を存分に見せて、四等分されているべきであった。煙突や近代建築の櫛比《しっぴ》に対抗して、葉の多い木立が目かくしに使われてから、この借景の効果はほとんど失われたのである。

しかし、この矩形に籠《こ》められた、無人の御庭の序曲はいかにも美しい。池にはさやかに風が渡って、人目にさらされぬ庭の純粋な戯れを見せている。ここから見ると、あたかも庭から気づかれずに、庭を窺《うかが》っている風情があって、風が渡るたびに燻銀《いぶしぎん》に鳥肌立った水面の一部分が、風下へ走ってまた濃緑の色に静まるさま、時折魚が跳ねる波紋など、いかにも人に見られていない庭が、無心で遊んでいるかのようである。風があるので、すべては敏感に風に応えている。水に映る石や木の影は、風の簀《す》の入った水面に歪《ゆが》んでいる。かなたの藤島の木々は、鬱陶しいほどの緑であるが、なかに一つ、高い梢《こずえ》の洋紅色のこまかい花が、揺れている。夏のおわりの百日紅《さるすべり》である。奥の木叢《こむら》も、時々、何事かを語るかのように、風がかきみだす葉叢のあいだの黒い口をあける。

ここへ一歩踏み入るのに、私は永い躊躇《ちゅうちょ》を要した。

ここから見える北の御庭は、しかし、仙洞御所の御庭の主要部分ではない。大宮御所の女院《にょういん》の御目の慰めのために、池も、池辺の石組も、すべて女性的に作られている。池の岸は悉《ことごと》く、柔らかな曲線で綴られ、石組にも立てた石は一つもなく、あらゆる石が横に伏している。どこと云って際立つ強いアクセントはなく、まろやかで、王朝風で、非哲学的非瞑想的な、大らかなものに包まれている。痩せたギスギスした女性美ではなく、ふくよかな円満な女性美が、北池とその周辺を支配しているのである。

3

しかし、仙洞御所自体の御庭である南庭を早く見るために、私はこの潜り戸を入ったのち、池辺に佇《たたず》む暇を惜しんで、道を南にとって南池のほとりへ出た。

南池は、明治時代の悪趣味な宮内官僚が、木橋を支那風に作り変えた石橋で、二つに区切られ、その石橋をおおう藤棚の緑が繁って、見とおしを遮《さえぎ》っている。その石橋の袂《たもと》の、やや赤らんだ蔦《つた》におおわれた石組に腰を下ろして、私は南池の南半分を眺め渡した。

この西側の林の中に、かつて仙洞御所があって、歴代の院はそこから南池を望まれ、あるいは池の南端の茶屋醒花亭から、すぐ下にひろがる池をみそなわした筈であるが、この橋の袂から見る南池には、いかにも江戸封建期らしい、ぎくしゃくした、寓意的な趣味が横溢している。

なるほど、桜の馬場と名づけられた径で林と隔てられ、俄《にわ》かに池へ傾いている斜面に、一升石と呼ばれる石を敷き詰めて、海浜を模した着想は面白い。面白いけれども、そこには何かしら、大名風の奢侈《しゃし》の匂いがある。この精選された石の浜は、雨に濡《ぬ》れたとき実に美しいと云われるが、こうした夏の乾いた日にも、独特の抽象的な美しさを発揮している。それは寂しい荒涼たる磯の、大胆な模様化なのであるが、大名風というのは、「荒涼」という詩情を表現するのに、粒を揃えすぎた石を贅沢に量的に豊富に敷き並べた点にあるのだ。それは事実、小田原藩主が京都所司代のとき献上し、石一個が米一升の価《あたい》があるところから、一升石と呼ばれるにいたったものである。しかし、荒涼たる磯は、この金に糸目をつけない石の精選によって、何か「荒涼たるもの」から直接にわれわれが感じる詩的快楽を遠ざけてしまう。寂寥よりも、石のみごとな均質に目が奪われ、ここでは芸術上のデフォルマシオンが逆の効果をあげてしまっている。

が、こんな風に眺めるのは、一升石の呼称に煩わされた貧乏性のなせる業かもしれない。斜面に隙《すき》なく敷き詰められた石の間から、ただ一本、無愛想な形の松が汀《みぎわ》に、数本の桜が径ぎわに、植えられている意匠は好もしい。そして、この人工的な荒涼感を晩夏の日光がしらじらと温めている風情は好もしい。

雨の日の黒く濡れた石はさぞ艶《つや》やかだろうが、どんよりと曇った蒸暑い午後の、乳白色のフィルターをかけた重苦しい日ざしの下で、濃紫《こむらさき》の雲丹《うに》のような色に乾いたのや、斑《まだ》らに乾いたのや、黒く乾いたのや、白く乾いたのや、粗なのや、滑らかなのや、さまざまな石の乾き具合が、ものうい調和を見せているのも捨てがたい。そして石が大粒なだけに、水が汀の石を涵《ひた》す感じは、いかにも河原の暑さによどんだ味わいを示し、石と石の間に、黒い水が鉄鎖のように喰い込んでいる。

林の斜面は赤銅色《しゃくどういろ》に枯れた杉苔におおわれ、その赤銅色が地色をなして、乏しい杉苔の緑が、若草のように際立っている。蟬は綿密に啼きしきり、木々の葉はこまごまと空を埋め、杉苔の赤銅からそこかしこに強い羊歯《しだ》の生い立っているのが、エキゾティックである。林の間を低く飛んでいた鴉が河原に降りる。河原の南端の醒花亭が、細身の柱の、いかにも繊細な造りであるだけに、この河原との対照が面白い。

池には水すましがめぐり、魚が跳ねている。

4

池のこの部分に、鶴島亀島が泛《うか》び、中ノ島には、水戸中納言献上の、これも大名趣味歴然たる雪見灯籠が、丸く刈り込んだ植込みの間に立っている。石組は崎嶇《きく》としている。

……私は石橋の袂から立上り、数歩北へ上って、南池の石橋より左の部分を眺めた。さっきこの前を歩いて来ながら、先へ先へと気をとられていた私は、仙洞御所の御庭の頂点ともいうべき、ここの眺めを逸していたのだった。

そこには南池の南半分と全くちがった、優雅でのびのびとした風光がひろがっていた。対岸の雄滝から右へのびる岬の汀が、世にも美しいのである。

左方の雄滝は、目も隠れるほどの深々とした庇髪《ひさしがみ》のような木下蔭《このしたかげ》から、丁度滝の裾《すそ》のほうの水の光りと飛沫《ひまつ》だけが望まれるようになっている。滝の半ばが影に包まれているために却《かえ》って涼しげで、繁吹《しぶき》に濡れてそよぐ葉末の感じまでが、遠くから窺われる。

この滝から右方へ、なだらかな岬がのびていて、岬の部分は芝草だけにおおわれている。徐々に高まった岬の根方は、小笹や下草の上に木々が生い茂っているのに、ある一線で截然《せつぜん》と絶たれて、そこから岬の端《はな》までは、坦々たる芝草が、うららかに日を浴びているのである。

この岬のスロープの絶妙についてはあとで述べるが、池の西側から眺めた限りでは、もっとも目につくのは、このゆるやかにゆるやかに水面へ向って低まる岬を、水面から劃《かく》する石組である。

石組の高低は岬の端にいたるまで微妙に配分されて、音楽のような流れをなしている。

それはピアノで弾かれた遁走曲《とんそうきょく》のような趣がある。滝のすぐ右側には、草子洗石と呼ばれる平たい舟着のような巨石が、ゆったり水面へひろがっている。そこから右へ、黒い石がわだかまり、ついで白い低い石がつづき、ついで赤っぽい鋭い石が高まると、しばらく、水辺を伝わるごく低い横石が連なり、やがて又これが山脈のように高まって、黄ばんだ石塊をなし、さらに最後にもっとも高い黒石が白い流条を示して聳え、この頂きと、だんだんに低まって来た背後の芝生の稜線とがまじわると見る間に、今度は前《さき》と同じごく低い横石がつづいて、端《はな》にいたるのである。

それは、水という冷たい物質の、はっきりと一線を区切る冷静な直線に対して、石という物質の、温かい人間的な気まぐれと屈折を呈示した、皮肉な意匠のように見えるけれど、そこには決して過度の皮肉も過度のソフィスティケーションもない。岬の端という、水のなかへ融け消える末端へ向って、草の岬の芝生のスロープは考えられる限りなだらかに、石組はさまざまな繊細な対比を示しつつ、いずれも同じ場所同じ目的同じ到達点で落合うのであるが、その末端へと向う、おそらく解放の喜びとは反対な、寂寞《じゃくまく》の喜びを現わすのに、草と石とは、おのおの方法を異にしながら、今感じているごく微妙な、かすかな悲しみが含有された、あると云えばあり、ないと云えばないような、そのきわめてこわれやすい喜びを、きわめて大切に捧げ持ちつつ、いずれも、できるかぎりその喜びを引きのばしたいという欲求においては共通しており、草は草の表現を、石は石の表現の限りをつくしている。そこまで引きのばされた時間は、もはや永遠に似ており、永遠の近似値である。従って、この岬の意匠を見ると、音楽が永遠につづくような心地へ引き入れられる。

しかし、岬のスロープの微妙さについて語るには、石橋を渡り、林間の小径をとおり、さらに又、一枚岩の橋を渡って、岬の間近で、ありありと眺めなければならない。上から眺めた芝生の岬は、何かの堆積が日に融けて、丁度溶けたアイスクリームが乳に還る寸前のような、これ以上はひろがりようはないと謂《い》った形の、甘いとろりとした緑の澱《よど》みなのだ。芝草に綿密におおわれた岬の背は、どこに立っても、もう一つ見とおせない部分をのこしていて、まるで息をしているような柔軟な起伏に満ちている。

池のむこうからこれを望み、近くから又これをつらつら眺めて、仙洞御所の御庭には、何かきわめて明るい、きわめて現実的な神秘があると感じられた、その根源はここにあったのだという思いに、私は強くとらえられた。

それは、仙洞御所全体が語っている、地上の権力の彼方にある安息の象徴なのにちがいない。そして安息は決して地上の権力の此方《こなた》にはなく、その彼方にしかないのであり、それを味わいうるのは、ずっと昔から、権力の内包する苦患《くげん》に目ざめていた人の特権である。しかも、超脱した彼方の生活にも、決して現実感は失われず、そこには昼も夜も、水へさしのべた岬の甘い澱みが漂っている。それこそ仙洞御所自体が語っている生活の理想にちがいない。

それを支えるものは絶対の静寂だ。しかし、ここにいてさえ、池のすぐ東辺の外を走る道路の自動車のクラクションの音や、鴨沂《おうき》高校のブラス・バンドの練習のひびきは、時折、容赦なく樹間を伝わって来るのである。

5

例の悪趣味な支那風の石橋の、橋の半ばから下りる中ノ島の南側には、むかし橋殿と呼ばれる茶室があった。いちめんの杉苔の間に、わざと放埒な形に石を置いた短い露地が残っている。

露地の先、すぐ前方に鶴島亀島を望む汀に舟着の石段が水の中へ下りている。そこに立つと、正面遠く醒花亭が見えるのである。

水に没した第一段の中央に、一株の菖蒲が強くいきいきと立って、あたかも舟の到着を拒んでいるかのようだ。水中の第一段の横石と、踏込みに敷き詰めた砂利は水垢に包まれている。第二段の踏込みも砂利であるが、おそらく雨季の増水時には、そこまで水ている。

に没するのであろう。そして第三段から第六段までの踏込みは、厚い杉苔の絨毯《じゅうたん》を敷いている。

風が渡る舟着は涼しく、水は無限に寄せて来て、無限にこちらの身を犯して来る感じがする。実際に水嵩《みずかさ》が増して来るわけではないのだが、水の庭の外れにいて、水に接していると、幻の水が無限にこちらへ向って浸透して来るように思われる。形態のある世界と、無形態の世界とが、一つの庭の中でこうして相接しているとき、昔の暇のあった人々は、この対立からあらゆる比喩を読み取ったにちがいない。石は生命であり、生命を司《つかさど》るところのより根源的包括的な観念は池で表わされるのだ。そして池はいつか水嵩を増して、生命をやすやすと併呑してしまうのである。

この南池の南半分は、美しい岬のある北半分に比べると、はるかに、そういう中世的な現世蔑視の、通俗的でさえある明瞭な構図を持っている。仙洞御所の池を、かりに三つに分けると、南から北へと、次第に現世がうららかな姿を現わすようになっているのは、意識的に巧んだかの如くである。南池の北半分では、しかし形而上的なものと現世との、もっともみごとな、もっとも調和のとれた融合、いわば現世浄土的な理想が見られると云ってよい。そこには北池ほどの、あまりにも非哲学的な女性的なのどけさはなく、そうかと云って、南池南半のような、贋物《にせもの》の哲学性もない。くりかえすようだが、南池北半のこのような調和の中核をなすものこそ、あの優婉《ゆうえん》な岬とその石組なのである。

6

私は廻遊式庭園を逆行して、石橋を渡ったところから林間の径をとおり、一枚岩の橋を渡り、岬の裏から、北池の裏手へ出た。

北池の東側にある藤島という呼称は、三条白川の橋桁《はしげた》の石で組まれた石の八ツ橋に立つ人の目に、舞台のように眺められる藤棚から来たものであろう。今、緑のふさふさとする柔らかい葉ばかりの藤を載せた藤棚は、藤波が水に落す紫の影を狙って、岸の水中に立てられている。その藤棚の八本の柱の細みも頃合なら、柱の長さも絶妙で、実に小粋な立姿になっているが、こうしたプロポーションは、藤の花房の長さを考慮に入れ、又、これを眺める八ツ橋の人の目の高さを計算して、日本の工匠の直観がやすやすと成就したものにちがいない。

八ツ橋を渡って小径へ入る。池の全景が眼前にひろがる。はからずも自分は、さっきはじめてこのお庭を目に入れたときに気づいた百日紅の残花の下にいたのである。

今度は逆に、百日紅の下から、自分が最初に参入した大宮御所の潜り戸を望むことになる。私はしばらく歩みをとどめて、彼方にひらいているあの小さな、開け放した潜り戸をなつかしく眺めた。あの規矩正しい額縁が示した画の、すでにして私は画中の人になっている。彼方の額縁のむこうには騒然たる現代があり、こちらには、丹念に護られた無人の静寂境があるのである。その境目が、あんなに小さな、簡素な潜り戸であって、あそこで厖大な雑多な現象の侵入が防がれているのは、ふしぎな感じがする。それもこの御所に誰も住む人がいないからこそできることである。大宮御所常御殿のほうは、外見こそ古風だが、内部は国賓用の洋家具やベッドやバス・タブに犯されている。

それにしても、池の向うの、白い砂利と、茶室又新亭《ゆうしんてい》の黄ばんだ壁の傍らに、小さい謙虚な口をあけている潜り戸は、大宮御所の御庭の松の西日に照らされた根方をほのかに見せて、小さな、明確な、一つの誘惑として存在している。あの向うにあるものはすべて既知であるのに、あの向うの世界は忌わしいものに溢れているのに、しかも静かな小さな潜り戸は誘惑しているのである。

誘惑する者が誘惑される者であり、未知が既知になり、又既知が未知になって、ほんのちょっと視点をずらすだけで世界が一変するという庭園の構造、……したがって、無数の視点の移行によって、無数の世界観に接することのできる庭園の構造、……それが廻遊式庭園の特徴なのだ。

思いを馳せずにはいられない。

7

……こういう考えに達すると、われわれは自然に、西洋の庭園と日本の庭園の対比に思いを馳せずにはいられない。

私は今までにいろいろヨーロッパの宮殿を訪れている。フランスのヴェルサイユ宮とフォンテエヌブロー、イギリスのハムプトン・コートやブライトンのプリンス・リージェントの世紀末趣味満溢する離宮、イタリーのボルゲーゼ宮や、スペインのエスコリアル、数知れぬ宮殿のなかで、庭が独立した体系と価値を持ち、真にヨーロッパ的な庭園構造を代表しているものは、ヴェルサイユ宮に他ならない。

幾何学的な庭はイスラム教によってインドにまで侵入したが、もっともギリシア・ラテン的な理智の結晶としての庭はヴェルサイユであり、それのみが日本の宮廷の庭の、正当な対蹠点に立っている。

ヴェルサイユの庭を見渡すことによって生ずる、あの明晰な、わざと隠されたものの何もない、すみからすみまで分析され理解され整頓され綜合された世界を見るよろこびは、他に比べるものとてない。「統治」とはあのような感覚を云うのであろう。そこでは世界は幾何学的空間に翻訳され、軍隊のパレードを見るように整然として、自然は悉く改造され、神々の彫像はしかるべく配置されて、叛旗をひるがえすものはどこにもない。ルイ太陽王の御代《みよ》とはこのようなものであり、デカルトの哲学やコルネイユの戯曲は、すべてこのような秩序に準じている。一定空間をこんな風に秩序あらしめることは、侵蝕する時間の要素を除去して、歴史をこの空間の中へとじ込め、密封し、停止させてしまうことである。「統治」がそれを命ずるであろう。

名著「西洋の庭園」の中で、鼓常良《つづみつねよし》氏は次のように言っている。

「ヴェルサイユ庭園は西洋庭園の主要な特徴をもっとも大規模に展開したものと見られることはたしかである。したがってまたすべての点において日本庭園とのちがいも拡大されて示されていることになっている」

坐って見る庭と立って見る庭とのちがい、自然に対する芸術観の差異、建築材料のちがい、建築と庭園との関係の相違、等、さまざまの示唆に富んだ、東西庭園比較論については、鼓氏の著書に拠るのがもっとも有益である。

私は、「空間への無限の憧憬」によって霞へつながるごとく流動するバロック様式や、十九世紀ロマンチック文学の影響によって起った自然主義庭園などをも含めつつ、西洋庭園における空間的要素と、日本庭園における時間的要素との、二大別によって問題を整理したいと思う。そして、自然の模倣と反自然的構築という、もっとも見やすい対比が、実は東西の芸術観の根本的な差異に根ざす以上、庭園の対比を、ただちに芸術観の対比にひろげてしまうような厖大な議論を避けたいと思う。

日本の庭を「時の庭」と私が呼ぶとき、そこには必ずしも廻遊式庭園だけが思い浮べられているのではない。空間的規模において、修学院離宮といえども、ヴェルサイユとは到底比較にならないが、いかにひろくても一定の限定された空間に他ならぬ庭園というものは、そこに世界を包摂するという目的と、同時に、そこを足がかりにして世界を離脱するという目的とを、双つながら含んでいると考えられ、その相反する二つの目的のニュアンスの濃淡によって、西洋庭園のさまざまなスタイルの変遷があらわれたにしても、そこに何ら「時間」の要素を導入しなかった、ということが、西洋庭園の大きな特色であるように思われる。

水の使用法一つにしても、滝や渓流は、噴水と本質的にちがっている。噴水はいわば水の彫刻であって、水は或る形に固定されて、しかも自然ではめったに見られない整合的な姿で空中に浮んでいる。滝や渓流は流れている。又、日本庭園に多用される池も、滝によって水を供給され、渓流へ導かれて橋を架せられる。橋が又、建築におけるもっとも時間的な要素である。

造園術において、政治学的な比較も亦《また》、芸術的哲学的比較と同様に有効であるにちがいない。仙洞御所では、上皇というものの特殊な政治的位置と、この庭の構造とは、わざと巧まれたもののように似合っている。もし上皇という地位が、ヴェルサイユの庭のような壮大明晰な統治の図式に日々直面していたら、その地位自体が甚だ変ったものになったかもしれないのである。

それを別としても、日本の造園術は、寝殿造の庭のような円満な遊興形式にせよ、中世以降の隠遁者流の庭にせよ、権力そのものの具現であるような庭の形式をかつて知らなかった。庭が安息であり、権力否定の場であることは、金をかけた庭ほど目ざしているところのものであり、それは精妙な偽善の技術とさえ見えるのである。

空間を無限に拡大し、その空間をさまざまな建築的資材で構築し、シンメトリカルに区分し配列する西洋の庭は、空間構築自体による世界離別の傾向を秘め、それがバロックを生んだとも言えるであろう。又、純正ルネッサンスの平面的構造は、いかにひろい空間であっても、空間を理性的空間としてとどめるラテン的理想を表現して、秩序をして完全な可視的な秩序たらしめ、世界包摂の雛型《ひながた》を生み出した。

しかし、時間を庭へ導入することを、西洋の造園術は思いつかなかった。もし時間の原理を導入すれば、形態は腐蝕され、秩序は崩壊し、モニュメントは無効になるであろうからである。立木はたえず時間の影響をうけて変形するので、その刈り込みは庭師の多忙な仕事であったが、樹々は配列も形態も、彫刻同様にはっきり反自然的なものであらねばならなかった。

庭がどこかで終る、庭には必ず果てがある、という観念は、西洋の専制君主にとっては、我慢ならぬものであったに相違ない。そのためには、空間を支配し、空間を構造で埋めなければならぬ。ヴェルサイユの庭はその極致である。

私は冬のきわめて寒い日に、ヴェルサイユを訪れたときのことを思い出す。フランスのどこへ行ってもそうであるように、政府雇員である筈の英語ガイドは、にんにく臭い息を吹きかけながらチップを要求し、チップを払わなければ見られない部屋のいくつかへ案内する。

庭は謁見の間から見渡されたが、気が遠くなるような壮大な規模で、いざ庭へ下りてみると、どこへ行くにも何キロという距離は、歩く疲労そのものよりも、歩くにつれて募る寒気のために、身をすくませてしまう。宮殿のテラスから、ラトヌ女神の彫像のある大水盤のまわりを歩くだけで、人間の庭の規模とは思えぬほどであるから、彫刻群と木立に左右を囲まれた巨大な芝生絨毯の傍らをすぎ、その絨毯の連続としての大運河の、どこまでつづくとも知れぬ川岸をゆくときには、寒気に体は凍りつくようになって、こんな大空間を、自動車もない時代の人間が使いこなしたことは、われわれの及ばぬ精力のように想像される。

しかし、いくら歩くのに時間がかかっても、われわれは、時のない場所を歩いているという感覚を捨てることはできない。なぜならこの厖大な規模の中で、われわれの歩幅が小さいのは単なる偶然であり、一枚のチェスの盤上をゆく蟻のようなわれわれの存在に比して、ルイ太陽王の巨大な手は、この大庭園をチェス遊びに手頃な広さと考えていたことは自明であって、時間を感じようにも、こんな壮大な人工的構築物のなかを移動する時間というものは、そもそもわれわれの生活体験の裡《うち》には存在しないからだ。

8

庭がどこかで終る。庭には必ず果てがある。これは王者にとっては、たしかに不吉な予感である。

空間的支配の終末は、統治の終末に他ならないからだ。ヴェルサイユ宮の庭や、これに類似した庭を見るたびに、私は日本の、王者の庭ですらはるかに規模の小さい圧縮された庭、例外的に壮大な修学院離宮ですら借景にたよっているような庭の持つ意味を、考えずにはいられない。おそらく日本の庭の持つ秘密は、「終らない庭」「果てしのない庭」の発明にあって、それは時間の流れを庭に導入したことによるのではないか。

仙洞御所の庭にも、あの岬の石組ひとつですら、空間支配よりも時間の導入の味わいがあることは前《さき》に述べた。それから何よりも、あの幾多の橋である。水と橋とは、日本の庭では、流れ来《きた》り流れ去るものの二つの要素で、地上の径をゆく者は橋を渡らねばならず、水は又、橋の下をくぐって流れなければならぬ。

橋は、西洋式庭園でよく使われる庭へひろびろと展開する大階段とは、いかにも対蹠的な意味を担っている。大階段は空間を命令し押しひろげるが、橋は必ず此岸《しがん》から彼岸《ひがん》へ渡すのであり、しかも日本の庭園の橋は、どちらが此岸でありどちらが彼岸であるとも規定しないから、庭をめぐる時間は従って可逆性を持つことになる。時間がとらえられると共に、時間の不可逆性が否定されるのである。すなわち、われわれはその橋を渡って、未来へゆくこともでき、過去へ立ち戻ることもでき、しかも橋を央《なか》にして、未来と過去とはいつでも交換可能なものとなるのだ。

西洋の庭にも、空間支配と空間離脱の、二つの相矛盾する傾向はあるけれど、離脱する方向は一方的であり、憧憬は不可視のものへ向い、波打つバロックのリズムは、ついに到達しえないものへの憧憬を歌って終る。しかし日本の庭は、離脱して、又やすやすと帰って来るのである。

日本の庭をめぐって、一つの橋にさしかかるとき、われわれはこの庭を歩みながら尋《と》

めゆくものが、何だろうかと考えるうちに、しらぬ間に足は橋を渡っていて、

「ああ、自分は記憶を求めているのだな」

と気がつくことがある。そのとき記憶は、橋の彼方《かなた》の藪かげに、たとえば一輪の萎《しぼ》んだ残花のように、きっと身をひそめているにちがいないと感じられる。

しかし、又この喜びは裏切られる。自分はたしかに庭を奥深く進んで行って、暗い記憶に行き当る筈であったのに、ひとたび橋を渡ると、そこには思いがけない明るい展望がひらけ、自分は未来へ、未知へと踏み入っていることに気づくからだ。

こうして庭は果てしのない、決して終らない庭になる。見られた庭は、見返す庭になり、観照の庭は行動の庭になり、又、その逆転がただちにつづく。庭にひたって、庭を一つの道行《みちゆき》としか感じなかった心が、いつのまにか、ある一点で、自分はまぎれもなく外側から庭を見ている存在にすぎないと気がつくのである。

われわれは音楽を体験するように、生を体験するように、日本の庭を体験することができる。又、生にあざむかれるように、日本の庭にあざむかれることができる。西洋の庭は決して体験ではない。それはすでに個々人の体験の余地のない隅々まで予定され解析された一体系なのである。ヴェルサイユの庭を見れば、幾何学上の定理の美しさを知るであろう。

9

……それにしても、仙洞御所を一時間あまり拝観して、辞去するとき、私ははなはだ畏《おそ》れ多いことながら、その庭が自分の所有に属さないことを喜んだ。いずれ又、紅葉の季節や、花の季節に、私は拝観を願い出て、仙洞御所を再訪することもあるだろう。しかし、この御庭を愛すれば愛するだけ、私はそれが決して自分の所有に属さず、訪れない間は、京都へ行けば必ずそれがそこにあるという、存在の確実さだけを心に保つことができるのを喜ぶ。

それというのも、所有ということの不幸と味気なさを、私は我身で味わったのは貧しい例でしかないが、人の身の上にしみじみと見て来たからである。或るフランスの大富豪の貴族のシャトオに数日滞在していたときのこと、私は次々とあらわれては去る来客を、主人夫妻が、ほぼ同じ順序でもてなすのを見た。朝食はそれぞれのゲスト・ルームで供され、私は黄金の舟の形をしたベッドの上で毎朝喰べたが、午餐、晩餐は、毎日ちがう部屋で、ちがう趣向で供された。滞在最後の日の午餐と、その晩の晩餐後の私有美術館の訪問とが、客にとってのハイライトとして準備されていた。すなわち最終日の午餐は、家具調度のみならず、十九世紀の或る年或る日の午《ひる》さがりそのままに、すべてが調えられた赤い宝石箱のようなパビヨンで出された。客は、身をただちに、十九世紀中葉の装飾過剰の婦人の部屋の、緋色《ひいろ》を基調にした夢幻的な雰囲気のなかで、自分の当世風の背広姿を恥じつつ、午餐の席に着くのであった。又、その晩の晩餐のあと、客はまとめて暗い汚ない地下廊へ案内され、手さぐりでスイッチを押させられ、さて、つまらない粗末なドアを開けさせられた。するとドアの向うには、思いがけない、金色燦然《こんじきさんぜん》たる、広大な美術館が忽然と出現し、客はみんな愕《おどろ》きのあまり、口をぽかんとあけていた。それから口々に、その愕きをさまざまな形容詞で表現しては、主人夫妻をいたく満足させるのであった。

自分のシャトオにいる間、主人夫妻は、いわば、案内役と司会者の役割を毎日つとめて、倦《あ》きもせずに、ただ次々と新らしい客の讃嘆の声だけを餌にして生きていた。これを見ていて、私はつくづく、所有する者の不幸と味気なさを感じたのである。

庭も亦《また》所有を前提としている。他人に思うさま蹂躙《じゅうりん》された庭は、公園であってもはや庭ではない。しかし厳密に言うと、所有者にとっても、それは徐々に「庭」であることをやめるのである。なぜなら、見倦きた庭は、庭であることから、何かただ、習慣のようなものになって、われわれの存在の垢とまじり合ってしまうからである。

四季の変化からなるたけ影響を受けぬように作られた幾何学的な庭はもちろん日本の

庭の中でも竜安寺の石庭のような抽象的な庭は、所有者にとっては、忘れられた厖大な蔵書の一部のようになってゆくにちがいない。

ある庭を完全に所有すまいとすれば、その庭のもつ時間の永遠性が、いつも喚起的であるように努めねばならない。

理想的な庭とは、終らない庭、果てしのない庭であると共に、何か不断に遁走《とんそう》してゆく庭であることが必要であろう。われわれの所有をいつもすりぬけようとして、たえず彼方へと遁《のが》れ去ってゆく庭、蝶のように一瞬の影を宿して飛び去ってゆくような庭、しかもそこに必ず存在することがどこかで保証されているような庭、……そういう庭とは何であろうか。

私はここで又、仙洞御所の庭に思い当る。なぜならその御庭は、私の所有でないと同様に、今はどなたの住家でもないからである。しかもそれは確実に所有されており、決して万人の公園ではない。もしわれわれが理想的な庭を持とうとするならば、それを終らない庭、果てしのない庭、しかも不断に遁走する庭、蝶のように飛び去る庭にしようとするならば、われわれにできる最上の事、もっとも賢明な方法は、所有者がある日姿を消してしまうことではないだろうか。庭に飛び去る蝶の特徴を与えようとするならば、所有者がむしろ、飛び去る蝶に化身すればよいのではないか。生はつかのまであり、庭は永遠になる。そして又、庭はつかのまであり、生は永遠になる。……

そのとき仙洞御所の焼亡は、この御庭にとって、何かきわめて象徴的な事件のように思われるのである。

10

生きている芸術家とは、どういう姿になることが、もっとも好ましく望ましいか。

私は或る作家の作品を決して読まない。それは、その作家がきらいだからではない。その作家の作品を軽んずるからではない。それとは反対に、私は彼の作家としての良心を敬重しており、作品を書く態度のきびしさを尊敬し、作品の示す芸のこまやかさと芸格の高さにいつも感服している。それなのに、私は彼の作品を読もうとしないのである。

何故かというのに、私が読まなくても、彼は円熟した立派な作品を書きつづけていることがわかりきっているからである。そういう作品が彼を囲んで、ますます彼の芸境を高めていることを知っているからである。

そうなった作家は、すでに名園である。いわば仙洞御所の御庭である。行かなくても、そこへ行けば、その美に搏《う》たれることがわかっており、見なくても、そこにその疑いようのない美が存在していることがわかっているからだ。

だが、私は、自分の作品の、未完成、雑駁《ざっぱく》を百も承知でいながら、生きているあいだは、決してそういう千古の名園のような作家になりたいとは望まないのである。

1967. 8. 31

(『宮廷の庭1』、淡交新社、昭和四三年三月)

解説

佐藤秀明

三島由紀夫は、特別旅行好きだったわけではない。乗り物に特異な興味を寄せたわけでもない。それでも、三島由紀夫の旅行はなかなか面白いものであったし、何よりその旅行について書いた文章が素晴らしかった。的確で独創的な文章である。旅行の体験のうち、何を書き何を書かないかの選択も利いている。誰もが書きそうな場所は思い切りよく無視し、そのくせギリシャの景観は他愛もなく褒めちぎっている。こんな勝手気ままな、それでいて押さえるべきツボを心得た文章を読むのは、実際にその土地に行ったことがなくても楽しい。

紀行文には、書き手に制限がない。素人と玄人の区別がつきにくいという面白さがある。思えば今世紀ほど多くの人が紀行文を書き公表している時代はかつてなかった。大衆の余暇と金銭的余裕によって近代ツーリズムは成立したが、二十一世紀は紀行文の大衆化が起こった時代である。

だが、紀行文というのは、絵画とも写真とも映像とも異なる仕方で、旅先の風景、風土、人間、その他何もかもを言語にしてしまおうという主観性の強い不逞な企みである。そうだとしても、人は何でも書けるわけではない。明るい表通りからダークな裏町まであらゆる場面に目を向けるタフな視線を持っていなければならない。何でも言語化してしまおうとする貪婪さが三島由紀夫にはあり、それは知的で野蛮でさえある。そういう点も魅力であり、ネット社会のトラベル・ライティングの書き手と読み手に呈する価値があると思われる。

以下、本書収録のエッセイについて、読書の案内とすべく旅行の時期や場所などを記し、その背景や読みどころについて収録順に解説を施すことにしよう。

＊

アポロの杯

一九五一（昭和二十六）年十二月二十五日に、横浜港の大桟橋からプレジデント・ウィルソン号で出発。翌一九五二年五月十日に、旅客機で帰国するまでの四ヵ月半にわたる初の海外旅行である。昭和の年と満年齢が一致する三島は、この旅行で二十六歳から二十七歳になる。サンフランシスコ講和会議による平和条約の発効は一九五二年四月二十八日なので、占領下の民間人が海外に出かけるには制限があった。三島由紀夫は、父梓の一高時代の友人で朝日新聞社出版局長嘉治隆一の仲介により、新聞社の特別通信員の資格で渡航した。プレジデント・ウィルソン号はアメリカン・プレジデント・ラインズ社の一五、三九五トンの客船。一年三ヵ月後には当時の皇太子が米欧の旅行に使うことになるから、船の格式は自ずから知られよう。渡航先は、アメリカ(ハワイ、サンフランシスコ、ロサンゼルス、ニューヨーク、マイアミ)、プエルトリコ、ブラジル(リオデジャネイロ、サンパウロ、リンス、リオデジャネイロ)、スイス(ジュネーブ)、フランス(パリ)、イギリス(ロンドン、ギルフォード)、ギリシャ(アテネ、デルフィ)、イタリア(ローマ)である。ブラジルのリンス郊外にある多羅間農園に滞在したのは、妹の学友だった板谷諒子の紹介による。パリに一ヵ月半も居座ったのは、『アポロの杯《さかずき》』でも触れているように、旅行小切手《トラベラーズ・チェック》を闇のドル買いに詐取されたからである。再発行を待ったのである。

「私は久しく自分の内部の感受性に悩んでいた。私は何度かこの感受性という病気を治そうと試みた」と書かれている。感受性は、幼少年期の三島を文学に誘った原動力だった。それを「病気」と見なし、「感受性を濫費してくるつもりだ」「感受性をすりへらしてくるつもりだ」と語った。リオデジャネイロでの不思議な体験がおそらく感受性の「濫費」であり、太平洋上での「太陽！」との出会いやギリシャで得た健康の感覚がその目指すところであった。

ハワイを経てサンフランシスコに上陸すると、和食にありつけた。しかし、「ここでは日本という概念が殊のほかみじめなので、まるでわれわれは祖国の情ない記憶だけを強いられているような気持になる」「身をかがめて不味《まず》い味噌汁を啜《すす》っていると、私は身をかがめて日本のうす汚れた陋習《ろうしゅう》を犬のように啜っている自分を感じた」とある。日本食が世界のあらゆる大都市で受け入れられている時代からすれば隔世の感を抱くが、あの「みじめ」さを知っている世代は、ことさらこの部分を知らない世代に誇示して意地悪な黒い愉悦に浸りたくなるにちがいない。『アポロの杯』の海外旅行は、こういう時代になされたのであり、今となってはこれは、時代を切り取る鮮やかな一齣《ひとこま》である。

ニューヨークでは、案内をしてくれたクルーガア女史を前景に、摩天楼や劇場を後景にして書いているので巨大都市にたじろぐ様子は書かれない。オペラ「サロメ」や日本未上陸の「ミュージカル・プレイというの」(傍点引用者)について詳しく書いたのは、演劇芸能関係者への土産話であろう。ピカソの「ゲルニカ」の感想にも筆を費やす。ニューヨークを「五百年後の東京のようなもの」と書いているから、感興がなかったわけではない。驚きは押し殺したのである。

リオデジャネイロでは、到着前の機内の様子からして異様だった。「リオの灯火の中へなら墜落してもいいような気持がした」と言うのだ。その理由は「私にはわからない」と書いている。三島がこのように思考を投げ出すのは珍しい。

リオの街では、丘の中腹の人通りのない住宅地を見て、「一度たしかにここを見たことがある」という想念に襲われる。はじめからリオにはただならぬ「憧れ」があったが、飛行機もろとも「墜落してもいい」というのは、死の衝動というよりは過去の時空に埋没する欲動である。それは「幼年時代」の記憶だと言うが、幼年時代そのものであるのか、幼年時代に「夢に見たこと」であるのかは分明ではない。「痛切で純粋な悲哀」を感じて、三島の情緒は激しく揺さぶられる。どうやら三島は、感受性のほしいままの発動に飛び込んで、転生の夢想に浸っているらしい。こういうひとときを持った三島由紀夫は、たぶん生まれ変わろうとしていたのである。それが感受性を「濫費し」、「病気」を駆逐しようとする決意とつながっているのは確かである。

このような三島個人の決意を、この紀行文は真夏の白昼での神秘体験のようにしつらえて読ませてしまう。これは一編の読み物になっており、その明るい神秘に引きつけられてしまうのは、文章に書き手の切実な実感が乗り移っているからである。後にこれとよく似た神秘を、三島は最後の長編『豊饒の海』に描くことになる。ともあれリオデジャネイロの記述は、『アポロの杯』のクライマックスの一つとなる。

ところで、リオでは三島の同性愛がおおっぴらになされていたことをジョン・ネイスンが書いている（『新版・三島由紀夫――ある評伝』新潮社、二〇〇〇年）。三ヵ月後にアテネのディオニュソス劇場で、つきまとう少年について「少年愛の伝習を私に教えるつもりなのであろうか」と自問し、「それなら私はもう知っている」と書くことにもなる。『アポロの杯』で書かれた「感受性」に、三島のセクシュアリティが含まれるのは想像に難くない。だが、リオでの神秘体験をことさら性愛と結びつけてしまうのは正しくない。三島の同性愛傾向は、すでに東京にいたときから現実化しており、だいいちそのこと自体は、問題視することではないからである。

「この国の貧乏人は、金持よりも幾分自然に近いというだけのことなのである」。「こういう国の貧困はただ怠惰の代名詞であるが、幸いにしてブラジルでは、怠惰はまだ悪徳のうちには数えられていないのである」。こういうレトリックがブラジルの現実を正確に伝えているかどうかは怪しいが、その特徴を巧みに表現しているのは了解されよう。風景に表れた社会事情を切り取るレトリックは、紀行文に許される文学的な方法である。

リオでは、カーニバルの仕度から終演、そして翌日の仕事始めまで、自身の体験や見聞を交えて詳しく書いている。これも「感受性」の「濫費」なのだろう。

ヨーロッパに飛んで、パリでは、シルク・メドラノのサーカスを見て、やや長い感想を記す。じつはトラベラーズ・チェックを詐取されたのはこの日のことだったのだが、三島はそんなことはおくびにも出さない。「私は巴里が好きではなかった」と書いているから、そのとおりであろうが、パリではこのサーカスとフォンテーヌブローへのピクニックしか書かないのは、名にし負う都市への気負いもあったように思える。

「希臘《ギリシヤ》は私の眷恋《けんれん》の地である」。「今、私は希臘にいる。私は無上の幸に酔っている」。「私は自分の筆が躍るに任せよう。私は今日ついにアクロポリスを見た！　パルテノンを見た！　ゼウスの宮居を見た！（中略）しばらくの間、私の筆が躍るのを恕《ゆる》してもらいたい」。四月二十四日の夕刻にアテネに着いた。この旅行のもう一つのクライマックスである。

ここで三島は規格外の喜びに浸っている。写真で見た古代の遺跡を確認するようなことはしていない。観光のまなざしなどではないのだ。この単純で直截な記述が表しているのは、夢見た訪問が成し遂げられた喜びを遥かに凌駕している。三島は、ディオニュソス劇場に二時間、ゼウスの神殿に一時間をかけて過ごした。まるで「ギリシャ」をインストールしているかのようである。太平洋を行く船上での「太陽！」との出会いと通じ合う箇所である。そこに行き、そこに身を委ねることで、自分を変えてしまおうとする願望を全的に解放しているのである。これは冒険記ではないから、こんな旅行もこんな紀行文も滅多にあるわけではない。その後は、デルフィへの困難なバス旅行が記され、青銅の馭者《ぎょしゃ》像に出会った幸福が書かれる。

ローマでは、バチカン美術館のアンティノウス像に夢中になった。アンティノウスはローマ帝国のハドリアヌス帝に寵愛され、奴隷から取り立てられた少年である。ナイル川で溺死したアンティノウスの死因は不明で、ハドリアヌス帝はその死を悼み数多くのアンティノウス像を作らせた。三島がとりわけ愛したのは、バチカンの胸像である。美術史家の宮下規久朗は「この胸像は特に重要ではありません」と言い、「普通日本人がヴァチカンに来て一番期待するのは、システィーナ礼拝堂のミケランジェロの壁画なんですよ。でも、『アポロの杯』ではアンティノウスにばかり言及して、《ラオコーン》のような重要な古代彫刻もミケランジェロのこともほとんど無視してますね」と語っている（宮下規久朗・井上隆史『三島由紀夫の愛した美術』新潮社、二〇一〇年）。少年愛に憑かれた三島の偏愛である。『アポロの杯』の旅は、翌日アンティノウスの胸像を再度見に行き締めくくられる。

貧しい敗戦国から講和条約発効以前の難しい条件下に旅立った『アポロの杯』の海外旅行は、特権的な旅行だったと言ってよい。したがって旅行の体験記がそのまま土産になった。しかもそれはプライベートな土産ではなく、「日本」への土産になったのだ。海外旅行のツーリズムも未発達だったから、紀行文には典型的な場所の記述が求められたはずである。にもかかわらず『アポロの杯』の内容は、きわめて個人的なことに傾いている。律儀な三島は、自分への期待を了解していたはずだから、これは意図的になされたにちがいない。気負いを感じさせる文章からは、若い小説家としての矜持も窺える。だが一方で、それほどに感受性の摩滅を図る必要があったのだろう。そういう三島の願望の強さが推察されるのである。

髭とロタサン

『アポロの杯』の旅行で、リオデジャネイロで執筆し、地元の日本語新聞「羅府新報」に寄稿した印象記である。

旧教安楽——サン・パウロにて

同じく『アポロの杯』の旅行で、リオから移動し六日間滞在した。ブラジル人の放埒な一面をスケッチして、「私はブラジル人を深く愛する」とある。そういうブラジル人の根底にあるのが旧教で、「ファナティシズムと偽善との二つの危険から、この厳しい面持をした寛容な母親は、わが子を抱擁して守っている」とあるのは、この時期の三島由紀夫を考える上で興味深い。「厳しい面持をした寛容な母親」とはカソリックの比喩だが、そういう文化をもたず、ついには「日本」なるものに突き進む三島は、戦後の「偽善」を斬るために「ファナティシズム」に走るという生き方をすることになる。十数年後のことである。

マドリッドの大晦日

一九五七(昭和三十二)年のマドリッドの大晦日を回想した文章である。この日、三島はニューヨークからスペインに着いたばかりだったから、いきなり彼の地の大晦日に出くわした。ニューヨークでは、アメリカで最初の『近代能楽集』の上演がなされるはずであった。八月からそれを待ち、待ちきれずに中南米諸国や合衆国内を経巡ってニューヨークに戻った。しかし、上演の計画は進んでおらず、それでも待ったが、業を煮やしてスペインに脱出したのだ。ニューヨークでは節約のため安いホテルに移り、したたかに孤独も味わったから、マドリッドの大晦日は印象に残ったのであろう。しかし、回想の文章のためか、そういう気持ちの波立ちは窺えず、葡萄の房を持つ群衆を一筆書きで描いている。

ニューヨーク

「どういうものか世界で一番ニューヨークが好きなのである」と述べている。三度目のニューヨーク行きの出発前の文章である。二度目のニューヨークで体験した孤独は、『鏡子の家』で商社マンの妻が味わう孤独として詳しく描かれた。旅先での不如意が、その都市への好悪と関わらないのは旅行の面白さである。

口角の泡――「近代能楽集」ニューヨーク試演の記

三度目の海外旅行でのニューヨークの出来事を書いたもの。三年ほど前に『近代能楽集』の上演がお流れになった因縁がある。そのとき嫌というほど味わった孤独から結婚を考え、今回は瑤子夫人を伴っての自作の観劇なので、二重のリベンジという格好である。上演された「葵上」「班女」について、その夜出た「ニューヨーク・タイムズ」朝刊の劇評には「三島の作品は美しい形式と均衡をもち、豊かなメタファーと美しい文章が目に立つ」とあった。旅行は、アメリカ(ハワイ、サンフランシスコ、ロサンゼルス、ニューヨーク)、ポルトガル、スペイン、フランス(パリ)、イギリス(ロンドン)、ドイツ、イタリア(ローマ、ボローニャ、ベニス、ミラノ、ローマ)、ギリシャ(アテネ)、エジプト(カイロ)、香港を巡る。一九六〇(昭和三十五)年十一月一日から六一年一月二十日の旅程だった。

南蛮趣味のふるさと――ポルトガルの首都リスボン

同じく三度目の海外旅行。十二月二日にアメリカからポルトガルに行く。リスボンは、リオデジャネイロに次いで「美しい町」だと書き、「隠居するならリスボンに限る」とまで述べている。ポルトガルは初めてなのだが、三島はどういうわけか以前から好んでいたらしい。岩下尚史の『直面(ヒタメン)三島由紀夫若き日の恋』(文春文庫、二〇一六年)によれば、三十歳の頃、交際していた女性に「ふたりで葡萄牙《ぼるとがる》に行って暮らさないか?」と持ちかけていたのである。「南欧の太陽の下」の明るさが、「隠居」という生活に根ざしたもう一つの人生を誘っていた。

稽古場のコクトオ

三度目の海外旅行での、十二月十五日にパリでジャン・コクトーの芝居の稽古を見た見学記である。もともとコクトーへの憧れが先立っていたのだが、一幕物の「影」を熱演した岸恵子の演技に熱くなっている。

冬のヴェニス

これも三度目の海外旅行でのスケッチ。ベニスを「老貴婦人が、ボロボロのレエス、裾《すそ》の腐りかけた夜会服を身にまとって、立ったまま死んでゆくのを見るようである」と形容する三島は、ベニスの本質が人間よりも建物だと見抜いている。

ピラミッドと麻薬

同じく三度目の海外旅行でのエジプトと香港での見聞を書いたエッセイである。エジプトのピラミッドが「いた」という感覚は独特で面白い。そして香港で見たアヘン患者の存在様態も「いた」という感覚で捉えられている。西洋的な「人間と精神を連結しようとする」文明とは根源的に異なる文明観を感じ取ったことが書かれている。

美に逆らうもの

この精密でリアリスティックな描写と三島の感想を挟んだ説明が、それだけでユーモアを生み出しているのだが、今はもうないあの「タイガー・バーム・ガーデン」の奇怪なスタイルを、これほどに書きされる小説家はいないだろうと思わせる文章である。これも三度目の海外旅行の報告だ。「こちらのとりだす幾千の物差に永遠に合わない尺度を持ち、こちらの美的観点に永遠に逆らいつづけ、どんな細部でも美からうまく身をそらし、永久に新鮮な醜でありつづけるような存在物、……こんなものがあったとしたら、それは一体何物であろうか?」という力の入った前振りからしてもう諧謔が漂う。そして対象の滑稽さ、珍奇さにかなりの程度三島が共振しているさまもまた面白い。旅行では一見の価値ある風物という謳い文句があるが、これは一読の価値のあるたまらない名文ではないか。

「ホリデイ」誌に招かれて

「ホリデイ」の日本特集号(一九六一年十月)に三島は"Japan: the cherished myths"(原題「アメリカ人の日本神話」)を寄稿し、その宣伝のシンポジウムに参加するために一九六一(昭和三十六)年九月十五日から九月二十九日までサンフランシスコに滞在した。講演は"JAPANESE YOUTH"という演題で、明治維新以来、西洋文化を摂取してきたのは若者だったが、年齢を重ねると次の段階が見えず、伝統文化に埋没したり、西洋文化と東洋文化の混在を生きたりしているが、いかに両文化の統合を成し遂げるかが日本人の課題としてあるというもの。英語での二十分のスピーチだった。

わがアメリカの影《リフレクション》

これは厳密な意味での紀行文ではない。アメリカ人の持っているピューリタニズムと良心の問題を扱った随想である。ただ、これは五回に及ぶアメリカ旅行での体験がベースにある。アメリカがアメリカ的であるのはどういうことかという自問自答で、ここで三島は彼我の根源的な違いを明らかにしようとしている。三島は、アメリカを規定することで、逆照射して日本とは何かを明らかにしようとしているのである。サイードの『オリエンタリズム』を逆にしているのだ。

インド通信

インド政府の招きで、一九六七(昭和四十二)年九月二十六日に夫人とともに出発。四十二歳の八度目の海外旅行である。ちなみに三島は生涯に九回海外に出ている。ボンベイ(ムンバイ)からオーランガバードに行き、アジャンタ遺跡とエローラ遺跡を見学。ジャイプールに移動しピンクシティやアンバー城を見学する。アグラに行きタージマハルを見学。ニューデリーで夫人は帰国し、ここでガンジー首相、フセイン大統領と会う。ベナレス(バラナシ)に到着したのは十月七日で、ガンジス西岸のガート(水浴階段)を見学し、翌朝も行く。カルカッタ(コルカタ)に移動し山羊の生け贄の儀式を見る。インドを発ってタイのバンコクに行き、ラオスに足を伸ばし外交官の弟千之と会い、国王とも面談して、バンコクに戻り、十月二十二日に帰国する。

インドとタイの旅行は、『豊饒の海』第三巻『暁の寺』で描かれることになる。「アメリカの影《リフレクション》」もそうだが、「インド通信」は彼我の文明論的比較が読みどころである。しかし、「アメリカの影《リフレクション》」が日本回帰のベクトルをもっているのに対し、「インド通信」は自己の風土を相対化するもう一つの価値を見出している点に特徴がある。

渋谷——東京の顔

三島は、一九三七(昭和十二)年から一九五〇年まで渋谷区大山町(現渋谷区松濤)に住んでいたから、渋谷は最寄り駅だった。その後転居したのは目黒区緑ヶ丘で東急東横線沿線だったから、やはり渋谷を利用することになる。しかし三島は、「夜の渋谷のその内部を私は知らない」と書いている。詩人の中村稔が、夜遅く三島と練馬から帰ってきたら、渋谷駅に父親が迎えに来ていて驚いたと回想している(「三島由紀夫氏の思い出」『私の詩歌逍遙』青土社、二〇〇四年)。〝箱入り息子〟の三島は、健全な市民として駅周辺を通過していたのだろう。だから夜の渋谷の垣間見には、旅行にも似たスリルがあるのだ。

高原ホテル

ここに書かれた「千ヶ滝のGホテル」は、今はもうない軽井沢の千ヶ滝グリーンホテルで、三島はここに一九五〇(昭和二十五)年八月二日から滞在した。緑ヶ丘の家に引っ越したばかりで、片付けもそこそこに仕事を持ってきたのだろう。三島がテラスで原稿を書いていると、その外側にある噴水に人が集まり、記念写真を撮っている。

三島はカメラを持たない。夫人と一緒に出た海外旅行で一回だけカメラを持って行ったことが確認されるが、あとはおそらくカメラなしの旅行をしていたと思う。小説の取材ノートには山の絵や建物の絵を描いていて、写真を撮って残そうとした痕跡がない。手で書くことで風景を自分のものにしていたと思われる。じつは写真は旅行と同時期に発達した。観光旅行についての包括的な研究書として知られるジョン・アーリとヨーナス・ラースンの『観光のまなざし(増補改訂版)』(法政大学出版局、二〇一四年)には、「一八四〇年から以降、観光と写真は互いに結びついて一体となり、不可逆的なそして巨大な二重らせんとなり、そのなかで姿を変えていったのだ」(加太宏邦訳)という指摘がある。

ところでこのホテルで三島は、初恋の女性に邂逅している（村松剛『三島由紀夫の世界』新潮文庫、一九九六年）。『仮面の告白』に書かれた「園子」である。彼女は他の男性と結婚してしまい、三島の失意は大きかった。彼女もこの噴水を背景に写真に収まっていたのだろうか。この女性のことは「高原ホテル」には全く書かれてはいない。しかし、「……そうすると、こうして見ている私は何だろうか？　私はぼんやりと人生を眺めている。噴水のまわりをうろついている人生を眺めている。私は果してあの人たちと同じように生きているといえるであろうか？」という文章には、小説家としての人生を歩み始めたこと以上の苦みが感じられるのである。

祇園祭を見て

三島が祇園祭の山鉾巡行を見物したのは、一九五一（昭和二十六）年七月十七日のことである。初出の新聞を見ると、山鉾の色について二科会の吉原治良が、形についてデザイナーの藤川延子が、音について指揮者の朝比奈隆が書いていて、番外に三島がこの文章を寄せている。新聞社の企画であるらしい。くじ改めは、くじ取り式で決まった巡行の順番を確認する儀式で、十代の少年が奉行にくじ箱の中の順番が書かれた奉書を差し出し、くじ箱から垂れた長い組紐を閉じた扇子を使って勢いよく跳ね上げ、箱に巻き付ける所作を行う。くるくると巻き付くはずのところが、この少年は紐が一回転しただけで止まってしまったということである。

「潮騒」ロケ随行記／神島の思い出

谷口千吉監督のロケ隊に三島が加わったのは、一九五四(昭和二十九)年八月九日から十一日までの三日間だった。ここには灯台のことが書かれているが、灯台長夫妻の娘山下文代は、当時都内の薬科大学に通う学生で、夏休みに帰省した折、取材に来ていた三島と出会う。その文代をモデルにしたのが、自分を醜いと信じ込んでいる千代子である。文代を傷つけたわけではないと思いながら弁解に行くと、灯台長夫人から朗らかに笑われるのである。文代の兄山下悦夫は、母は「それが三島であっても臆することなく」話をする話し好きの人で、『潮騒』の灯台長夫人は「かなり正確」に母を描いているという。また、妹も「当時は小説に書かれたような印象を三島に与えたかもしれない」と書いている(「手紙に見る三島由紀夫と私の家族」『三島由紀夫と澁澤龍彥』鼎書房、二〇一八年)。

『潮騒』は、観光の面から見ると意外な意義を持つ作品としてある。この小説は、何よりもまずその舞台となる場所探しが問題だった。三重県の神島に決まった経緯は「神島の思い出」に書かれている。そして一九五三年三月と同年の八月から九月にかけて二度取材に行き、神島の風景や人物や生活習慣を取り入れて作品化した。三島は宿泊していた漁業組合長の長男の嫁寺田こまつに、「この仕事ができたら、神島は日本国中に知れ渡りますよ」と言い置いて行ったそうである（「中日新聞」二〇一三年三月三十一日）。それればかりでなく、神島灯台に勤務していた鈴木通夫には、「もしかしたら映画化されてロケ隊が行くかもしれません」と手紙に書き送っていた。『潮騒』献本の挨拶を記したこの手紙の日付は、一九五四年六月九日で、『潮騒』刊行の一日前である。『潮騒』は、雑誌連載を経ない書き下ろし単行本での発表だった。

三島は、まだ世に出ていない『潮騒』が映画化されることを予想していたのだ。刊行前に宣伝用に寄贈される見本本の反響が、すでにあったのであろうか。執筆前に島が有名になることを告げ、刊行直前に映画化の可能性に言及した三島由紀夫は、宿泊施設も十分でなかったこの島が「見られる」島になることをはじめから見通していたことになる。実際に映画化の話はすぐに起こり、ロケ隊の入っていた神島に、音楽担当の黛敏郎とともに再訪したのは小説刊行の二ヵ月後である。映画化の際には神島でのロケを三島が主張した可能性が高い。『潮騒』は都合五回映画化されることになるが、そのすべてが神島でロケされることになる。

ジョン・アーリとヨーナス・ラースンの『観光のまなざし』では、観光は「広告やその他のメディア発信の記号群あっての作用である」と強調している。マンガ、映画、テレビドラマの場所が〝聖地〟となる現象をわれわれは知っているが、『潮騒』の神島は、以後〝聖地〟の古典となった。しかも、『潮騒』が神島を結果的に観光地化したのではなく、三島の目論見にすでにそれが含まれていたのだ。三島は積極的に観光地化のプロデュースに加担したのである。「神島の思い出」に三島は、「その野趣は、すでに観光的な、自分の美しさを意識した女のようになってしまうだろう、と惧《おそ》れます」と書いたが、自分の罪深さを自覚していたにちがいない。

「百万円煎餅」の背景――浅草新世界

「百万円煎餅」の筋は書かれているとおりだが、話の運びはこれとは逆で、堅実な生活設計をしている若いカップルが、じつはお座敷でのエロ・ショーを生業にしていたという意外な展開になる。百万円煎餅は、節約に努めている二人が、縁起をかついで買った大きな紙幣型の瓦煎餅である。

青春の町「銀座」

別の随筆「わが銀座」で、三島由紀夫は「性懲りもなく、私は銀座へ出てくる。私もポオのあの「群衆の人」の一員なのであるか」と書いていたので、銀ブラも小さな旅の一つと見てここに収めた。銀座を、ニューヨークの五番街やパリやローマのヴィア・コンドッチと比較することが、当時としては途方もなく、また新しかった。そういう見方が「銀座百点」にあったかどうか、おそらくなかったから三島はこんなことを書いたのであろう。

竜灯祭

三島が柳橋みどり会の招きを受けて母と一緒に竜灯祭に出かけたのは、一九六一(昭和三十六)年八月二十四日のことである。柳橋みどり会は、柳橋の芸妓衆が作る舞踊の会。当時は柳橋のみならず新橋、赤坂などの花街の全盛の時代だった。政界、財界の人たちが利用し、接待費が大らかに使えた時代だったからである。三島は、みどり会のために舞踊台本「艶競《はでくらべ》近松娘《ちかまつむすめ》」「室町反魂香《むろまちはんごんこう》」「橋づくし」を書いておりその縁での招待と思われる。こういう短い文章でも上手いと感じるのは、すっと異質なものを導入してさり気なく比較して見せるからである。ここでは「大キャバレエの遊び」を入れてきた。そうして「「時間」の要素」という抽象論に運び、その「快さ」で閉じるのだ。

もうすぐそこです

『絹と明察』の取材で彦根を訪れたときのものである。一九六三(昭和三十八)年九月初旬のことだ。『絹と明察』は、近江絹糸の労働争議をモデルにした長編小説。三島は、京都駅に近い琵琶湖ホテルに宿を取った。帰りの特急の二時間前にチェックアウトし、三十分の船遊びに出た。ホテルから京都駅まではタクシーで二十分程度と見込むと、ここで起こったアクシデントには絶妙な時間が意識され、滑稽味とともに軽い不安や不満も人ごとでなく味わえる。

熊野路――新日本名所案内

「週刊朝日」の企画で、一九六四(昭和三十九)年七月二十九日から二泊三日の日程で出かけた。この年の十月一日に東海道新幹線が開通するから、その少し前である。副題からすると、既成の名所旅行記とは異なる見方が期待されていたはずであるが、「やはり旅は古い名どころや歌枕を抜きにしては考えられない」と書いている。伝統的なツーリズムへの回帰のようでもあり、企画を一ひねりした応答のようでもあるが、三島には別の意図があったのだ。

この紀行文には、取材ノート(「「熊野路」創作ノート」)が残されている。それを見ると、三島は出発から最後の十津川のプール以後までも勤勉にノートを取っている。例えば、勝浦のストリップショーでの映写技師のおばさんと客との対話には、もっと露骨なやり取りがあったし、ランチの島巡りでは島々が一つひとつ書き残された。那智の滝の行者が体験した幻覚も複数メモされ、瀞八丁のプロペラ船は詳しく描写されている。

三島に別の意図があったというのは、「新潮」の翌年一月号に短編小説「三熊野詣」を発表していて、その取材も兼ねていたからである。「三熊野詣」は、折口信夫を思わせる国文学者で歌人の藤宮先生が、先生の世話をしている門人の常子を伴って熊野三社を巡る旅行に出る話である。取材ノートには、思いついたように二ヵ所だけ「三熊野詣」の創作メモがあるから、週刊誌の取材をしながら構想を練っていったのであろう。紀行文としてこの「熊野路――新日本名所案内」を見れば、もはや「秘境」とは言い難く、とはいえ新幹線以前の東京都心から遠く離れた熊野の、過渡的でレトロな一時期の風景が鮮やかに捉えられている。

「仙洞御所」序文

この随筆は、一九六七(昭和四十二)年八月二十八日から三十一日までの取材をもとにしたものである。後半のベルサイユ宮殿の庭との比較は、ありきたりではあるが、やはり面白い。仙洞御所の庭の特徴を述べるのに、そこらのチンケな庭を配するわけにはいかないから、ここでは定型が用いられなければならなかった。

そうではあるが、本書の収録作で言うならば、「「仙洞御所」序文」は「美に逆らうもの」と対にして並べたい誘惑に駆られる。タイガー・バーム・ガーデンの卑俗に対する仙洞御所の静寂、コンクリートの作り物に対する石と樹木と水、人形に対する無人、瞬間の固定化(不動)に対する流れる時間、そして「抽象へ昇華されることのない世界」に対する「地上の権力の彼方にある安息」……。このような対比は、われわれがいかなる文化に親しんでいるかを浮かび上がらせるとともに、奇妙奇天烈なタイガー・バーム・ガーデンへの驚きの質を鮮明にしてくれる。

しかし、このような対比の後に思うのは、仙洞御所について書いた三島が、庭園についての記述を超越しているということである。エッセイの末尾が、難解な議論になっているのである。庭と庭の所有者、理想の庭とその所有者、そして芸術家としての三島が仙洞御所のような「名園」だとしたらという議論である。ベルサイユ宮殿の庭との対比は、この議論への伏線でもあったと思われる。

仙洞御所は、江戸時代初期の後水尾上皇のために造営された。しかしあえて庭とその所有者について問題を提起しているのは、現実の所有とは異なる次元の論述を目指しているからにちがいない。

ここで、「明治時代の悪趣味な宮内官僚が、木橋を支那風に作り変えた石橋」という一句に着目したい。この批判的言辞はもう一度繰り返されていて、それがそのことを指すだけでなく、副次的意味を内包していると窺わせるのである。この石橋は、『文化防衛論』でも「のびやかな帝王の苑池に架せられた明治官僚補綴《ほてつ》の石橋の醜悪さに目をおおうた」と批判されており、それは「官僚文化」が天皇制における「政治的機構の醇化によって文化的機能を捨象して行った」という文脈で書かれているのだ。大胆な解釈を加えれば、「石橋」とは、天皇制に政治権力を付与したことを意味しているのである。そして庭は天皇制であり、庭の所有者とは天皇を指していると思われる。

それというのも、「理想的な庭」を「そこに必ず存在することがどこかで保証されているような庭」で、「終らない庭、果てしのない庭」であるというところから意味が結ばれるからである。庭が「決して万人の公園ではない」とは、民主主義の所有でもないという意味だ。さらに「何か不断に遁走《とんそう》してゆく庭」「われわれの所有をいつもすりぬけようとして、たえず彼方へと遁《のが》れ去ってゆく庭」とあるように、それは誰の所有にも帰すことのできない、天皇の所有でもない天皇制のことである。三島は、天皇と天皇制を分けて考えていた。

では、そのような論理を展開する自分はどうなのだという反転した自問が、最後の節「10」の冒頭に置かれた「生きている芸術家とは、どういう姿になることが、もっとも好ましく望ましいか」という疑問となる。ここで三島は、自分では「決して読まない」「或る作家」を例に出す。「作家としての良心を敬重しており」「作品を書く態度のきびしさを尊敬し」「芸のこまやかさと芸格の高さにいつも感服している」その作家は、「すでに名園」であり「いわば仙洞御所の御庭」であると述べる。川端康成を想像するしかないが、いささか悪意が強く出すぎている。最後は次のように結ぶのだ。「だが、私は、自分の作品の、未完成、雑駁《ざっぱく》を百も承知でいながら、生きているあいだは、決してそういう千古の名園のような作家になりたいとは望まないのである」。生きている間は批判者であり続けるという宣言にほかならない。

＊

「観光客」をモデルとして思考そのものの方法を問い直す東浩紀は、「そもそも観光は必要に迫られて行うものではない」と言う(『ゲンロン0　観光客の哲学』ゲンロン、二〇一七年)。「観光は、本来ならば行く必要がないはずの場所に、ふらりと気まぐれで行き、見る必要のないものを見、会う必要のないひとに会う行為である」。当然と言えば当然のことだが、実際的な目的のある旅行を除けば、この「必要がないこと」が旅行の根本的な要素としてある。

しばしば言われる旅行の楽しみに、知らない世界を見ること、未知を体験すること、日常性を脱すること、新たな見聞によって自己を変えることなどが挙げられる。しかし、これらは逆の方向にも転じる。苦痛にも悲惨な目にもなりうるのだ。だからこれらのことは、旅行の楽しみの根源を言い当ててはいない。もしこの点を捉えて旅行の楽しみを言い直すならば、旅行とは異なる時空に身をさらす危うさに楽しみが見出される行為だ、ということになろう。それこそ「必要」に迫られてはならない。

必要のない外出なり遠出を楽しむには、内的な「必要」が発動されなければならず、そこには自由の感覚が生じる。鉄道マニアの内田百閒が、汽車に乗るためにだけ旅行し、名所旧跡には目もくれなかったというのは、内発的な「必要」に正直な行為であり、「必要のない遠出」をする自由を徹底させた行為であった。近代ツーリズムは、旅行の便宜を図るとともに、個人の内的な「必要」を充塡する産業として発達した。だから、内的な「必要」といっても、商業主義の巧妙な操作が介入しているかもしれないのである。ミシェル・フーコーが説くように、おしなべて内発的な事柄には権力が介在するのだが、「必要のない遠出」を決行する自由は旅行者にある。

三島由紀夫の旅行には、内田百閒のような自由はなかったものの、約束に縛られた旅行であっても、それを上回る内発的な興味が旅行の楽しみをもたらしていた。だから三島の書いた旅行記は面白いのだ。職業作家として面白い文章を書く要諦を心得ていたと言えよう。

それにしても、「必要のない遠出」について書くとはどういう営為なのだろう。「遠出」だから書くと思われがちだが、本当は「必要がない」がゆえに書くのだろう。「必要のない遠出」につきまとう不安定な感覚をことばで埋めたくなるからである。「異なる時空に身をさらす危うさに見出される楽しみ」をことばにして、ことばと自分を繋ぎ止めたくなるからだ。そのときことばは、何かのものではなく、旅行のことばそのものになる。「私は今日ついにアクロポリスを見た！　パルテノンを見た！　ゼウスの宮居を見た！」――これは、紀行文を書くためのことばではなく、ギリシャに身を置いた不安定に駆られて発したことばである。だから、記述し誰かに伝えるために出る旅行、風景などろくすっぽ見ないでシャッターを押すだけのために乗り物を乗り継いで遠い街にまで出かけるのは、本末転倒であり倒錯である。しかし思えばそれも、「必要がないこと」から発している。内発的な興味を高ぶらせて書いた三島の紀行文にも、そういう要素がないとは言えない。そこにもまた紀行文の面白さはあるのである。

［編集附記］

一　本書に収録した全作品は、『決定版　三島由紀夫全集』（新潮社刊）第二十七・二十八巻（二〇〇三年二・三月）、三十一―三十四巻（同年六―九月）、補巻（二〇〇五年一二月）を底本とした。

一　『アポロの杯』所収の各篇の初出は、以下の通りである。

•「航海日記」
　初出未詳。

•「北米紀行（序曲、ハワイ、桑港、羅府、ニューヨーク、フロリダ、San Juan）」
　「あめりか日記」（『群像』昭和二十七年四月）。

•「南米紀行―ブラジル（リオ―転身―幼年時代の再現）」
　「リオ・デ・ジャネイロ」（『新潮』昭和二十七年五月）。

•「南米紀行（サン・パウロ、再びリオ・デ・ジャネイロ、謝肉祭）」
　「サン・パウロの鳩の街」（『中央公論』昭和二十七年六月）。

•「南米紀行（リンス）」
　「南米紀行」（『別冊文藝春秋』昭和二十七年六月）。

•「欧洲紀行（ジュネーヴにおける数時間、パリ―シルク・メドラノ、ロンドンおよびギルドフォード）」
　「憂鬱なヨーロッパ」（『婦人公論』昭和二十七年七月）。

•「欧洲紀行（パリ―フォンテエヌブロオへのピクニック）」
　「フォンテエヌブロオへのピクニック」（『近代文学』昭和二十七年八月）。

・「欧洲紀行（アテネ及びデルフィ、ローマ）」
「希臘・羅馬紀行」（『芸術新潮』昭和二十七年七月）。
・「旅の思い出」
初出未詳。

一　原則として漢字は新字体に、仮名づかいは現代仮名づかいに改めた。
一　漢字語のうち、使用頻度の高い語を一定の枠内で平仮名に改めた。平仮名を漢字に変えることは行わなかった。
一　漢字語に、適宜、振り仮名を付した。
一　本文中に、今日からすると不適切な表現があるが、原文の歴史性を考慮してそのままとした。

（岩波文庫編集部）

三島由紀夫紀行文集《みしまゆきおきこうぶんしゅう》

2018年 9月14日　第1刷発行
2023年 9月15日　第5刷発行

編　者　佐藤秀明《さとうひであき》

発行者　坂本政謙

発行所　株式会社 岩波書店
〒101-8002 東京都千代田区一ツ橋 2-5-5

案内 03-5210-4000　営業部 03-5210-4111
文庫編集部 03-5210-4051
https://www.iwanami.co.jp/

印刷・三秀舎　カバー・精興社　製本・松岳社

ISBN 978-4-00-312191-7　　Printed in Japan

読書子に寄す

——岩波文庫発刊に際して——

岩波茂雄

真理は万人によって求められることを自ら欲し、芸術は万人によって愛されることを自ら望む。かつては民を愚昧ならしめるために学芸が最も狭き堂宇に閉鎖されたことがあった。今や知識と美とを特権階級の独占より奪い返すことはつねに進取的なる民衆の切実なる要求である。岩波文庫はこの要求に応じそれに励まされて生まれた。それは生命ある不朽の書を少数者の書斎と研究室とより解放して街頭にくまなく立たしめ民衆に伍せしめるであろう。近時大量生産予約出版の流行を見る。その広告宣伝の狂態はしばらくおくも、後代にのこすと誇称する全集がその編集に万全の用意をなしたるか。千古の典籍の翻訳企図に敬虔の態度を欠かざりしか。さらに分売を許さず読者を繋縛して数十冊を強うるがごとき、はたしてその揚言する学芸解放のゆえんなりや。吾人は天下の名士の声に和してこれを推挙するに躊躇するものである。このときにあたって、岩波書店は自己の責務のいよいよ重大なるを思い、従来の方針の徹底を期するため、すでに十数年以前より志して来た計画を慎重審議この際断然実行することにした。吾人は範をかのレクラム文庫にとり、古今東西にわたって文芸・哲学・社会科学・自然科学等種類のいかんを問わず、いやしくも万人の必読すべき真に古典的価値ある書をきわめて簡易なる形式において逐次刊行し、あらゆる人間に須要なる生活向上の資料、生活批判の原理を提供せんと欲する。この文庫は予約出版の方法を排したるがゆえに、読者は自己の欲する時に自己の欲する書物を各個に自由に選択することができる。携帯に便にして価格の低きを最主とするがゆえに、外観を顧みざるも内容に至っては厳選最も力を尽くし、従来の岩波出版物の特色をますます発揮せしめようとする。この計画たるや世間の一時の投機的なるものと異なり、永遠の事業として吾人は微力を傾倒し、あらゆる犠牲を忍んで今後永久に継続発展せしめ、もって文庫の使命を遺憾なく果たさしめることを期する。芸術を愛し知識を求むる士の自ら進んでこの挙に参加し、希望と忠言とを寄せられることは吾人の熱望するところである。その性質上経済的には最も困難多きこの事業にあえて当たらんとする吾人の志を諒として、その達成のため世の読書子とのうるわしき共同を期待する。

昭和二年七月

《日本文学(現代)》〔緑〕

怪談 牡丹燈籠　三遊亭円朝
小説神髄　坪内逍遥
当世書生気質　坪内逍遥
アンデルセン 即興詩人 全二冊　森鷗外訳
ウィタ・セクスアリス　森鷗外
青年　森鷗外
雁　森鷗外
阿部一族 他二篇　森鷗外
山椒大夫・高瀬舟 他四篇　森鷗外
渋江抽斎　森鷗外
舞姫・うたかたの記 他三篇　森鷗外
鷗外随筆集　千葉俊二編
大塩平八郎 他三篇　森鷗外
浮雲　二葉亭四迷 十川信介校注
野菊の墓 他四篇　伊藤左千夫
吾輩は猫である　夏目漱石

坊っちゃん　夏目漱石
草枕　夏目漱石
虞美人草　夏目漱石
三四郎　夏目漱石
それから　夏目漱石
門　夏目漱石
彼岸過迄　夏目漱石
漱石文芸論集　磯田光一編
行人　夏目漱石
こころ　夏目漱石
硝子戸の中　夏目漱石
道草　夏目漱石
明暗　夏目漱石
思い出す事など 他七篇　夏目漱石
文学評論 全二冊　夏目漱石
夢十夜 他二篇　夏目漱石
漱石文明論集　三好行雄編

倫敦塔・幻影の盾 他五篇　夏目漱石
漱石日記　平岡敏夫編
漱石書簡集　三好行雄編
漱石俳句集　坪内稔典編
漱石・子規往復書簡集　和田茂樹編
文学論 全二冊　夏目漱石
坑夫　夏目漱石
二百十日・野分　夏目漱石
五重塔　幸田露伴
努力論　幸田露伴
一国の首都 他一篇　幸田露伴
渋沢栄一伝　幸田露伴
飯待つ間 —正岡子規随筆選　正岡子規 阿部昭編
子規句集　高浜虚子選
病牀六尺　正岡子規
子規歌集　土屋文明編
墨汁一滴　正岡子規

仰臥漫録	正岡子規
歌よみに与ふる書	正岡子規
獺祭書屋俳話・芭蕉雑談	正岡子規
子規紀行文集	復本一郎編
正岡子規ベースボール文集	復本一郎編
金色夜叉 全二冊	尾崎紅葉
不如帰	徳冨蘆花
武蔵野	国木田独歩
愛弟通信	国木田独歩
蒲団・一兵卒	田山花袋
田舎教師	田山花袋
一兵卒の銃殺	田山花袋
あらくれ・新世帯	徳田秋声
藤村詩抄	島崎藤村自選
破戒	島崎藤村
春	島崎藤村
桜の実の熟する時	島崎藤村

夜明け前 全四冊	島崎藤村
藤村文明論集	十川信介編
生ひ立ちの記 他一篇	島崎藤村
島崎藤村短篇集	大木志門編
にごりえ・たけくらべ	樋口一葉
大つごもり・十三夜 他五篇	樋口一葉
修禅寺物語・正雪の二代目 他四篇	岡本綺堂
高野聖・眉かくしの霊	泉鏡花
歌行燈	泉鏡花
夜叉ケ池・天守物語	泉鏡花
草迷宮	泉鏡花
春昼・春昼後刻	泉鏡花
鏡花短篇集	川村二郎編
外科室・海城発電 他五篇	泉鏡花
鏡花随筆集	吉田昌志編
化鳥・三尺角 他六篇	泉鏡花
鏡花紀行文集	田中励儀編

俳句はかく解しかく味う	高浜虚子
俳句への道	高浜虚子
回想 子規・漱石	高浜虚子
有明詩抄	蒲原有明
上田敏全訳詩集	山内義雄・矢野峰人編
宣言	有島武郎
一房の葡萄 他四篇	有島武郎
寺田寅彦随筆集 全五冊	小宮豊隆編
柿の種	寺田寅彦
与謝野晶子歌集	与謝野晶子自選
与謝野晶子評論集	鹿野政直・香内信子編
私の生い立ち	与謝野晶子
つゆのあとさき	永井荷風
濹東綺譚	永井荷風
荷風随筆集 全二冊	野口冨士男編
摘録 断腸亭日乗 全二冊	磯田光一編
すみだ川・新橋夜話 他一篇	永井荷風

- あめりか物語　永井荷風
- 下谷叢話　永井荷風
- ふらんす物語　永井荷風
- 荷風俳句集　加藤郁乎編
- 浮沈・踊子 他三篇　永井荷風
- 花火・来訪者 他十一篇　永井荷風
- 問はずがたり・吾妻橋 他十六篇　永井荷風
- 斎藤茂吉歌集　山口茂吉・柴生田稔・佐藤佐太郎編
- 千鳥 他四篇　鈴木三重吉
- 鈴木三重吉童話集　勝尾金弥編
- 小僧の神様 他十篇　志賀直哉
- 暗夜行路 全二冊　志賀直哉
- 志賀直哉随筆集　高橋英夫編
- 高村光太郎詩集　高村光太郎
- 北原白秋歌集　高野公彦編
- 北原白秋詩集 全二冊　安藤元雄編
- フレップ・トリップ　北原白秋

- 野上弥生子随筆集　竹西寛子編
- 野上弥生子短篇集　加賀乙彦編
- お目出たき人・世間知らず　武者小路実篤
- 友情　武者小路実篤
- 銀の匙　中勘助
- 若山牧水歌集　伊藤一彦編
- 新編 みなかみ紀行　若山牧水　池内紀編
- 新編 啄木歌集　久保田正文編
- 吉野葛・蘆刈　谷崎潤一郎
- 卍(まんじ)　谷崎潤一郎
- 谷崎潤一郎随筆集　篠田一士編
- 多情仏心 全二冊　里見弴
- 道元禅師の話　里見弴
- 今年竹 全二冊　里見弴
- 萩原朔太郎詩集　三好達治選
- 郷愁の詩人 与謝蕪村　萩原朔太郎
- 猫町 他十七篇　萩原朔太郎　清岡卓行編

- 恋愛名歌集　萩原朔太郎
- 恩讐の彼方に・忠直卿行状記 他八篇　菊池寛
- 父帰る・藤十郎の恋 菊池寛戯曲集　石割透編
- 河明り 老妓抄 他一篇　岡本かの子
- 春泥・花冷え　久保田万太郎
- 大寺学校 ゆく年　久保田万太郎
- 久保田万太郎俳句集　恩田侑布子編
- 室生犀星詩集　室生犀星自選
- 犀星王朝小品集　室生犀星
- 室生犀星俳句集　岸本尚毅編
- 出家とその弟子　倉田百三
- 羅生門・鼻・芋粥・偸盗　芥川竜之介
- 地獄変・邪宗門・好色・藪の中 他七篇　芥川竜之介
- 河童 他二篇　芥川竜之介
- 歯車 他二篇　芥川竜之介
- 蜘蛛の糸・杜子春・トロッコ 他十七篇　芥川竜之介
- 侏儒の言葉・文芸的な、余りに文芸的な　芥川竜之介

芥川竜之介書簡集　石割透編
芥川竜之介随筆集　石割透編
蜜柑・尾生の信 他十八篇　芥川竜之介
年末の一日・浅草公園 他十七篇　芥川竜之介
芥川竜之介紀行文集　山田俊治編
田園の憂鬱　佐藤春夫
海に生くる人々　葉山嘉樹
葉山嘉樹短篇集　道籏泰三編
日輪・春は馬車に乗って 他八篇　横光利一
宮沢賢治詩集　谷川徹三編
童話集 風の又三郎 他十八篇　宮沢賢治／谷川徹三編
童話集 銀河鉄道の夜 他十四篇　宮沢賢治／谷川徹三編
山椒魚・遙拝隊長 他七篇　井伏鱒二
川釣り　井伏鱒二
井伏鱒二全詩集　井伏鱒二
太陽のない街　徳永直
黒島伝治作品集　紅野謙介編

伊豆の踊子・温泉宿 他四篇　川端康成
雪国　川端康成
山の音　川端康成
川端康成随筆集　川西政明編
三好達治詩集　桑原武夫／大槻鉄男選
詩を読む人のために　三好達治
中野重治詩集　中野重治
夏目漱石 全三冊　小宮豊隆
新編 思い出す人々　内田魯庵／紅野敏郎編
檸檬《レモン》・冬の日 他九篇　梶井基次郎
蟹工船 一九二八・三・一五　小林多喜二
富嶽百景・走れメロス 他八篇　太宰治
斜陽 他一篇　太宰治
人間失格・グッド・バイ 他一篇　太宰治
津軽　太宰治
お伽草紙・新釈諸国噺　太宰治
右大臣実朝 他一篇　太宰治

真空地帯　野間宏
日本唱歌集　堀内敬三／井上武士編
日本童謡集　与田準一編
森鷗外　石川淳
至福千年　石川淳
小林秀雄初期文芸論集　小林秀雄
近代日本人の発想の諸形式 他四篇　伊藤整
小説の認識　伊藤整
中原中也詩集　大岡昇平編
ランボオ詩集　中原中也訳
晩年の父　小堀杏奴
小熊秀雄詩集　岩田宏編
夕鶴・彦市ばなし 他二篇 ―木下順二戯曲選II　木下順二
元禄忠臣蔵 全二冊　真山青果
随筆滝沢馬琴　真山青果
旧聞日本橋　長谷川時雨
みそっかす　幸田文

古句を観る　柴田宵曲
俳諧随筆 蕉門の人々　柴田宵曲
新編 俳諧博物誌　柴田宵曲／小出昌洋編
随筆集 団扇の画　柴田宵曲／小出昌洋編
子規居士の周囲　柴田宵曲
小説集 夏の花　原民喜
原民喜全詩集
いちご姫・蝴蝶 他二篇　山田美妙／十川信介校訂
銀座復興 他三篇　水上滝太郎
魔風恋風 全二冊　小杉天外
柳橋新誌　成島柳北／塩田良平校訂
幕末維新パリ見聞記 成島柳北「航西日乗」・栗本鋤雲「暁窓追録」　井田進也校注
野火／ハムレット日記　大岡昇平
中谷宇吉郎随筆集　樋口敬二編
雪　中谷宇吉郎
冥途・旅順入城式　内田百閒
東京日記 他六篇　内田百閒

西脇順三郎詩集　那珂太郎編
大手拓次詩集　原子朗編
評論集 滅亡について 他三十篇　武田泰淳／川西政明編
山岳紀行文集 日本アルプス　小島烏水／近藤信行編
雪中梅　末広鉄腸／小林智賀平校訂
新編 東京繁昌記　木村荘八／尾崎秀樹編
新編 山と渓谷　田部重治／近藤信行編
日本児童文学名作集 全二冊　桑原三郎／千葉俊二編
山月記・李陵 他九篇　中島敦
眼中の人　小島政二郎
新選 山のパンセ　串田孫一自選
小川未明童話集　桑原三郎編
新美南吉童話集　千葉俊二編
岸田劉生随筆集　酒井忠康編
摘録 劉生日記　岸田劉生／酒井忠康編
量子力学と私　朝永振一郎／江沢洋編
書物　森銑三／柴田宵曲

自註鹿鳴集　会津八一
窪田空穂随筆集　大岡信編
窪田空穂歌集　大岡信編
奴隷 —小説・女工哀史1　細井和喜蔵
工場 —小説・女工哀史2　細井和喜蔵
鷗外の思い出　小金井喜美子
森鷗外の系族　小金井喜美子
木下利玄全歌集　五島茂編
新編 学問の曲り角　河野与一／原二郎編
林芙美子紀行集 下駄で歩いた巴里　立松和平編
放浪記　林芙美子
山の旅 全二冊　近藤信行編
酒道楽　村井弦斎
文楽の研究 全二冊　三宅周太郎
五足の靴　五人づれ
尾崎放哉句集　池内紀編
リルケ詩抄　茅野蕭々訳

ぷえるとりこ日記　有吉佐和子
江戸川乱歩短篇集　千葉俊二編
怪人二十面相・青銅の魔人　江戸川乱歩
少年探偵団・超人ニコラ　江戸川乱歩
江戸川乱歩作品集　全三冊　浜田雄介編
堕落論・日本文化私観　他二十二篇　坂口安吾
桜の森の満開の下・白痴　他十二篇　坂口安吾
風と光と二十の私と・いずこへ　他十六篇　坂口安吾
久生十蘭短篇選　川崎賢子編
墓地展望亭・ハムレット　他六篇　久生十蘭
六白金星・可能性の文学　他十一篇　織田作之助
夫婦善哉　正続　他十二篇　織田作之助
わが町・青春の逆説　織田作之助
歌の話・歌の円寂する時　他一篇　折口信夫
死者の書・口ぶえ　折口信夫
汗血千里の駒　坂本龍馬君之伝　坂崎紫瀾　林原純生校注
日本近代短篇小説選　全六冊　紅野敏郎・紅野謙介・千葉俊二・宗像和重・山田俊治編

自選　谷川俊太郎詩集
訳詩集　白孔雀　西條八十訳
茨木のり子詩集　谷川俊太郎選
大江健三郎自選短篇
M/Tと森のフシギの物語　大江健三郎
キルプの軍団　大江健三郎
石垣りん詩集　伊藤比呂美編
漱石追想　十川信介編
荷風追想　多田蔵人編
鷗外追想　宗像和重編
自選　大岡信詩集
うたげと孤心　大岡信
日本の詩歌　その骨組みと素肌　大岡信
詩人・菅原道真　―うつしの美学　大岡信
日本近代随筆選　全三冊　千葉俊二・長谷川郁夫・宗像和重編
尾崎士郎短篇集　紅野謙介編
山之口貘詩集　高良勉編

原爆詩集　峠三吉
竹久夢二詩画集　石川桂子編
まど・みちお詩集　谷川俊太郎編
山頭火俳句集　夏石番矢編
二十四の瞳　壺井栄
幕末の江戸風俗　塚原渋柿園　菊池眞一編
けものたちは故郷をめざす　安部公房
詩の誕生　大岡信・谷川俊太郎
鹿児島戦争記　―実録　西南戦争　篠田仙果　松本常彦校注
東京百年物語　一八六八～一九〇九　全三冊　ロバート キャンベル・十重田裕一・宗像和重編
三島由紀夫紀行文集　佐藤秀明編
若人よ蘇れ・黒蜥蜴　他一篇　三島由紀夫
三島由紀夫スポーツ論集　佐藤秀明編
吉野弘詩集　小池昌代編
開高健短篇選　大岡玲編
破れた繭　耳の物語1　開高健
夜と陽炎　耳の物語2　開高健

岩波文庫の最新刊

兵藤裕己編注
説経節 俊徳丸・小栗判官 他三篇
大道・門付けの〈乞食《こつじき》芸〉として行われた説経節から、後世の文学・芸能に大きな影響を与えた五作品を編む。「山椒太夫」「愛護の若」「隅田川」の三篇も収録。
〔黄二八六-一〕 **定価一二一〇円**

三木 清著
構想力の論理 第二
三木の探究は「経験」の論理的検討に至る。過去を回復し未来を予測する構想力に、新たな可能性を見出す。（注解・解説＝藤田正勝）（全二冊）
〔青一四九-三〕 **定価一一五五円**

トマス・アクィナス著／稲垣良典・山本芳久編／稲垣良典訳
精選 神学大全1 徳論
西洋中世最大の哲学者トマス・アクィナス（一二二五頃-一二七四）の集大成。初めて中核のテーマを精選。1には、人間論から「徳」論を収録。（全四冊）（解説＝山本芳久）
〔青六二一-三〕 **定価一六五〇円**

カール・ポパー著／小河原誠訳
開かれた社会とその敵
第二巻 にせ予言者―ヘーゲル、マルクスそして追随者（上）
全体主義批判の本書は、ついにマルクス主義を俎上にのせる。階級なき社会の到来という予言論証の方法論そのものを徹底的に論難する。（全四冊）
〔青N六〇七-三〕 **定価一五七三円**

泉 鏡花作
日本橋
紅燈の街、日本橋を舞台に、四人の男女が織り成す恋の物語。愛の観念を謳い上げた鏡花一代の名作。改版。（解説＝佐藤春夫・吉田昌志）
〔緑二七-七〕 **定価七七〇円**

今月の重版再開

魯 迅著／松枝茂夫訳
朝花夕拾
〔赤二五-三〕 **定価五五〇円**

トマス・アクィナス著／柴田平三郎訳
君主の統治について
―謹んでキプロス王に捧げる―
〔青六二一-二〕 **定価九三五円**

岩波文庫の最新刊

パスカル
塩川徹也・望月ゆか訳
小品と手紙

『パンセ』と不可分な作として読まれてきた遺稿群。人間の研究と神の探求に専心した万能の天才パスカルの、人と思想と信仰を示す二一篇。〔青六一四-五〕 定価一六五〇円

安倍能成著
岩波茂雄伝

高らかな志とあふれる情熱で事業に邁進した岩波茂雄（一八八一―一九四六）。「一番無遠慮な友人」であったという哲学者が、稀代の出版人の生涯と仕事を描く評伝。〔青N一三一-一〕 定価一七一六円

グレゴリー・ベイトソン著／佐藤良明訳
精神の生態学へ（下）

世界を「情報＝差異」の回路と捉え、進化も文明も環境も包みこむ壮大なヴィジョンを提示する。下巻は進化論・情報理論・エコロジー篇。動物のコトバの分析など。（全三冊）〔青N六〇四-四〕 定価一二七六円

中川裕補訂
知里幸惠アイヌ神謡集

アイヌの民が語り合い、口伝えに謡い継いだ美しい言葉と物語。熱き思いを胸に知里幸惠（一九〇三―二二）が綴り遺した珠玉のカムイユカㇻ。補訂新版。〔赤八〇-一〕 定価七九二円

アリエル・ドルフマン作／飯島みどり訳
死と乙女

息詰まる密室劇が、平和を装う恐怖、真実と責任追及、国家暴力の闇という人類の今日的アポリアを撃つ。チリ軍事クーデタから五〇年、傑作戯曲の新訳。〔赤N七九〇-一〕 定価七九二円

……今月の重版再開……

塙治夫編訳
アブー・ヌワース **アラブ飲酒詩選** 〔赤七八五-一〕 定価六二七円

大杉栄著／飛鳥井雅道校訂
自叙伝・日本脱出記 〔青一三四-一〕 定価一三五三円